Carolin Schairer

# VESNA

Carolin Schairer

# Vesna

Roman

Ulrike **HELMER** Verlag

**Bibliografische Information der Deutschen Nationalbibliothek**
Die Deutsche Nationalbibliothek verzeichnet diese Publikation in der Deutschen Nationalbibliografie; detaillierte bibliografische Daten sind im Internet über http://dnb.d-nb.de abrufbar.

Gedruckt auf säurefreiem, alterungsbeständigem Werkdruckpapier.

ISBN 978-3-89741-368-9


Covergestaltung: Atelier KatarinaS / NL
unter Verwendung des Fotos »Ready to business trip«
© gstockstudio – Fotolia.com

Ulrike Helmer Verlag
Neugartenstraße 36c, D-65843 Sulzbach/Taunus
E-Mail: info@ulrike-helmer-verlag.de

**www.ulrike-helmer-verlag.de**

# Ankommen

»Ihr Kind soll mit den Füßen nicht immer gegen den Sessel treten! Das nervt!«

Elisa riss die Augen auf. Nur einen Moment lang hatte sie ihrer Müdigkeit nachgegeben, hier oben zwischen den Wolken, auf dem bereits über zwei Stunden dauernden Flug in eine ungewisse Zukunft. Die dunkle, etwas kratzig klingende Stimme kam aus der Sitzreihe vor ihr und gehörte jener elegant gekleideten Frau, die ihr schon beim Einsteigen negativ aufgefallen war: Mit Gewalt hatte die Dame ihren Trolley vor Elisas Handtasche und Lillys Teddybären-Rucksack ins Handgepäckfach gepresst. Jetzt schickte sie einen frostigen Blick über die Sessellehne.

»Entschuldigen Sie bitte«, sagte Elisa automatisch, obgleich sie die harsche Reaktion der Frau übertrieben fand. Soweit sie es trotz ihres kurzen Nickerchens beurteilen konnte, war Lilly nur einmal kurz gegen die Lehne gestoßen. Dass eine Fünfjährige nach mehr als siebenstündiger Reise nicht noch unruhiger war und quengelte, überraschte sie sowieso. Lilly hielt sich sehr tapfer in Anbetracht der Umstände.

»Stellen Sie das ab.«

Die Frau drehte sich wieder nach vorne. Selbst wenn sie sich ein höfliches Bitte abgerungen hätte, ihr leicht osteuropäischer Akzent ließ alles, was sie von sich gab, wie einen Befehl klingen.

»Mami, wann sind wir endlich da?«

Lilly wippte auf ihrem Sitzplatz vor und zurück, wobei sie die Füße wieder bedrohlich in Richtung Vorderlehne streckte.

Elisa, die nicht noch mehr Ärger wollte, drückte ihr die Beine sanft nach unten.

»Lass das, Herz. Wir sind gleich da.«

»Wie lange denn noch?«

Sie sah auf ihre Armbanduhr. 21.50 Uhr. In dem Leben, das sie noch vor kurzem geführt hatten, läge Lilly schon längst im Bett, ihren Teddybären eng umklammert.

»Eine Stunde«, antwortete Elisa, obwohl sie wusste, dass die Kleine mit dieser Zeitangabe genauso wenig anfangen konnte wie mit jeder anderen. Stunden, Tage, Wochen – für Lilly dauerte alles, was ihr nicht gefiel, eine halbe Ewigkeit. So wie auch diese Reise, die vor über drei Wochen mit einem überstürzten Aufbruch aus San Lorenzo begonnen hatte und sie über die Zwischenstationen Brighton und London nun nach Wien führte.

»Mamiii. Ich habe Hunger!«

Elisa unterdrückte ein Seufzen. Nicht dass sie das Bedürfnis ihrer Tochter nicht hätte nachvollziehen können. Auch sie wäre unter gewöhnlichen Umständen von dem auf eine Tüte Erdnüsse oder einen Schokoriegel reduzierten Imbiss der Fluglinie nicht satt geworden. Doch das Sandwich, dass sie am Flughafen Heathrow vor dem Abflug noch für Lilly gekauft hatte, befand sich im Teddybären-Rucksack – jenem Stück, dass ihre Mitreisende so uncharmant gegen die Rückwand des Ablagefachs gequetscht hatte, als sie ihren kleinen Koffer hineinbugsierte.

Elisa wog kurz ab: Sollte sie riskieren, dass Lilly noch quengeliger wurde? Aus Erfahrung wusste sie, wie laut ihre Tochter werden konnte, wenn sie sich in etwas hineinsteigerte. Hunger, gepaart mit Langeweile und einer Portion Müdigkeit, bot durchaus das Potenzial, Lillys Unmut zu wecken. In einem Flugzeug, in dem großteils Geschäftsreisende saßen, würde dies zwangsläufig unangenehme Reaktionen nach sich ziehen.

Also stand sie auf und öffnete das Handgepäcksfach. Madames Trolley – das Luxusprodukt einer amerikanischen Kofferfirma – lag erwartungsgemäß an vorderster Stelle. Links dahinter lugte der Träger von Lillys Rucksack hervor. Elisa sah sich suchend um in der Hoffnung, dass ihr eine der Stewardessen zur Hilfe käme. Fehlanzeige. Hier war selbst anpacken gefragt, wie auch immer sie das bewältigen sollte. Wieder einmal empfand sie ihre Größe von knapp einem Meter sechzig als hinderlich.

Elisa musste sich auf die Zehenspitzen stellen, um den Griff des Trolleys zu erreichen. Endlich bekam sie ihn zu fassen und zog energisch daran. Der Koffer war klein, aber schwerer als vermutet. Sein Gewicht brachte sie ins Taumeln und anschließend dazu, ihn schwungvoller als vorgesehen auf dem Mittelgang zwischen den Sitzreihen abzustellen. Mit einem unüberhörbaren Knall fiel er prompt zur Seite.

Die Köpfe der in der Nähe sitzenden Passagiere fuhren herum. Alle wandten sich jedoch wieder ab, als sie die Störquelle identifiziert hatten. Fast alle.

Die Frau mit dem osteuropäischen Akzent warf sich fast über ihren Zeitung lesenden Sitznachbarn, um im selben Moment auch schon neben Elisa auf dem engen Gang zu stehen. Hektisch griff sie nach ihrem Trolley, während Elisa auf den Sitz kletterte, um Lillys Rucksack nach vorn zu ziehen.

»Muss das sein!«, schimpfte die Frau jetzt aufgebracht neben ihr. »Können Sie nicht aufpassen!«

Tut mir leid, lag Elisa erneut auf der Zunge, während sie sich langsam umwandte. Dann sah sie den Hochmut im Gesicht der schicken Passagierin und ihr Bedürfnis, sich zu entschuldigen, verflog. Eine abgekämpfte, unfähige Mutter, die ihr Kind nicht unter Kontrolle hatte und tollpatschig einen teuren Koffer auf den Boden beförderte – mit einem Mal war ihr klar, dass sie so in den Augen der anderen wirken musste. Einer Person, die rein gar nichts über sie wusste. Nichts wissen konnte.

Die keine Ahnung davon hatte, dass dieser abgekämpften, unfähigen Mutter vor nicht einmal einem Monat der Boden unter den Füßen weggezogen worden war durch den Selbstmord ihres Mannes. Dass sie ihr Zuhause in einer Nacht-und-Nebel-Aktion hatte verlassen müssen. Dass sie zwar in diesen Flieger nach Wien gestiegen war, weil ihre Wurzeln in Österreich lagen, aber keinerlei Vorstellung hatte, was sie hier eigentlich konkret machen sollte. Wie ihr Leben weitergehen sollte – ohne Simon, ohne ihr wunderschönes Haus in San Lorenzo, ohne finanzielle Sicherheit, aber mit einem fünfjährigen Kind, für das sie jetzt komplett allein die Verantwortung trug.

Ihre Wut, die bisher von Verzweiflung in Zaum gehalten worden war, suchte nach Entladung. Blöde Kuh! Elisas Lippen formten bereits die wenig galanten Worte, als sie in die Augen der Fremden sah. Grüne Augen, wie sie trotz der schummrigen Beleuchtung feststellte. Doch noch markanter als die Farbe war das, was sie darin las: Diese Frau rechnete damit, beschimpft zu werden – und war bestens gewappnet, darauf zu kontern. Zickenterror mitten im Flieger? Nein, danke. Elisa schluckte ihren Ärger hinunter. Zumal sie dieses Wortgefecht ganz sicher verlieren würde. Sie war nicht gut darin, zu streiten.

»Sie sind größer als ich«, sagte sie so ruhig, wie es ihr in diesem Moment möglich war. »Es wäre sehr nett, wenn Sie mir helfen könnten. Der Rucksack meiner Tochter liegt ganz hinten, ich kann ihn nicht erreichen.«

Die Kampfbereitschaft im Blick der Fremden verflog. Statt dessen blinzelte sie ungläubig, schien nicht fassen zu können, dass ihre Gegnerin sie auch noch um einen Gefallen bat. Wortlos drängte sie dann jedoch Elisa zur Seite und stieg trotz der hochhackigen Lederstiefel, die sie trug, auf den äußersten Rand des Sitzes. Elisa roch ihr Parfum, ein herber, schwerer Duft. Hätte sie ihn in der Parfümerie gerochen, wäre ihr nie in den Sinn gekommen, ihn einer Dame unter vierzig zuzuordnen. Doch in Kombination mit dem knielangen dunklen Rock, an dessen Seite ein modischer goldener Reißverschluss prangte, dem schwarz-weiß geblümten, taillierten Blazer sowie der markanten Goldkette passte er zu dieser Frau, die sie auf Mitte dreißig schätzte, wie das sogenannte Tüpfelchen auf dem i. Protzig und präsent. Nichts traf in Elisas Augen besser auf die Unbekannte, in deren perfekt geschminktem Gesicht lediglich ein großer dunkler Leberfleck oberhalb des rechten Mundwinkels die Ordnung störte.

»Danke schön.«

Elisa nahm den Rucksack entgegen, den ihr die Frau entgegenstreckte.

»Das war aber das letzte Mal«, zischte Madame, während sie ihren Koffer bereits wieder nach oben hievte.

Elisa verzichtete auf eine Erwiderung. Sie hatte keineswegs vor, noch einmal mit dieser Person in Dialog zu treten.

Es dauerte, bis sie Lillys Sandwich aus der Plastikfolie befreit hatte.

»Mami?« Lilly begann wieder mit den Beinen zu schaukeln.

Elisa warf ihr einen scharfen Blick zu und hob den linken Zeigefinger, während sie ihr mit der rechten Hand das Sandwich reichte.

»Mami. Warum ist die Frau da vorne so böse?«

Lillys Stimme hallte klar und deutlich durch den Flieger.

Elisa blieb einen Moment lang das Herz stehen.

Instinktiv rechnete sie damit, dass die Dame, die Lillys Frage auf keinen Fall überhört haben konnte, sich über die Stuhllehne nach hinten und auf sie stürzen würde. Doch außer dem unterdrückten Kichern einiger Mitreisenden in der näheren Umgebung blieb es still.

»Mami. Warum ist …«

Lilly setzte erneut an, doch Elisa, die eigentlich nicht hatte antworten wollen, schnitt ihr nun das Wort ab.

»Ich weiß es nicht, Herz. Vermutlich hatte sie einen schlechten Tag.«

Erleichtert sah sie zu, wie Lilly in ihr Sandwich biss. Anscheinend hatte die Antwort sie zufriedengestellt.

»Nummer fünf, habe ich gesagt! Das ist Nummer sieben!«, fuhr Vesna den Taxifahrer an, der zu spät auf die Bremse getreten war. Wenige Meter trennten sie vom Eingang ihres Hauses in der Lagergasse im 3. Bezirk, einer kleinen Straße, in der sich ein herrschaftlicher Altbau an den nächsten reihte.

»Verzeihung ... hab ich zu spät gesehen, dass Nummer schon da ...«

Vesna erkannte an der Aussprache des Fahrers einen ehemaligen Landsmann. Sie straffte die Schultern. Einfacher würde sie es ihm darum nicht machen.

»Nun. Jetzt haben Sie es gesehen.«

Ein paar Sekunden verstrichen, bis der Taxifahrer begriff, dass sie nicht aussteigen würde.

»Ich ... zurückfahren?«, fragte er unsicher. Im Hintergrund blitzten bereits die Scheinwerfer eines sich nähernden Autos auf.

»Ja, was denn sonst?« Vesna runzelte die Stirn. In Wien herrschten in diesem Februar tief winterliche Verhältnisse, was selten war. Wenn er glaubte, dass sie über die am Straßenrand aufgetürmten dreckigweißen Haufen klettern würde, um ihren Trolley anschließend über den vereisten Asphalt zur Haustüre zu ziehen, hatte er sich geirrt.

Seufzend legte der Mann den Rückwärtsgang ein.

Der Fahrer des herannahenden Autos hupte demonstrativ, blieb aber stehen.

Nummer fünf. Vesna drückte dem Mann einen Fünfziger in die Hand und ließ sich das Wechselgeld bis auf den letzten Cent zurückgeben.

Im Haus angekommen, fiel ihr Blick auf den Aushang neben dem Lift. Die neuen Eigentümer von Wohnung Nummer 9 renovierten und baten um Verständnis für eventuelle Lärmbelästigung und Verschmutzung. Datum: 9. Februar. In dem amtlichen Schreiben unmittelbar darunter, datiert auf den Folgetag, erinnerte die Hausverwaltung daran, dass im Aufzug keine Baumaterialien und Farbeimer transportiert werden durften.

Vesna verzog spöttisch das Gesicht. Wie dilettantisch.

Hätte sie dieses Haus verwaltet, wäre sie einen geschickteren Weg gegangen. Gemessen am hohen Standard des Gebäudes, war der Aufzug ohnehin sanierungsbedürftig. Was lag näher, als die Renovierung abzuwarten und den neuen Eigentümern von Nummer 9 am Ende die Rechnung für ihren unachtsamen Umgang mit Allgemeingut zu präsentieren?

Sie hatte diese Methode bereits dreimal angewandt. In zwei Fällen war sie verklagt worden, hatte aber beide Male gewonnen und sah ihre Vorgehensweise damit als rechtmäßig bestätigt. Aber gut, dies hier ging sie nichts an, so hatte sie es bewusst entschieden – nie in ein Haus ziehen, das von ihrem eigenen Unternehmen verwaltet wurde. Allein die Vorstellung, von den anderen Parteien möglicherweise auch nach Feierabend mit diversen Anliegen genervt zu werden, verursachte ihr Kopfschmerzen.

Ihre Wohnung lag im zweiten Stock. Von der Küche und dem Wohnzimmer aus blickte sie in einen begrünten Innenhof, von den anderen Räumen her auf die Straße.

Sie ließ das Licht aufflammen, zog die schweren, bodenlangen Vorhänge zu und schaltete den Fernseher ein. Egal, was lief, sie hatte nicht vor, hinzusehen. Ihr genügten das Flimmern und der Ton, irgendein Ton. Alles war besser als Stille.

Dann öffnete sie den Trolley und leerte den kleinen Sack mit der Schmutzwäsche in den Wäschekorb. Dana würde sich am Montag darum kümmern.

Vesna war gerade dabei, ihr Jackett in dem kleinen Kabinett, das sie als Schrankzimmer nutzte, auf einen Kleiderbügel zu hängen, als ihr Handy klingelte. Sie hielt kurz inne, fuhr dann aber mit dem Verstauen fort. Das Klingeln verstummte – um nach ein paar Sekunden von Neuem einzusetzen.

Das ließ keinen Zweifel mehr, wer sie hier zu erreichen suchte. Das Handy weiterhin ignorierend, ging sie in die Küche. Was sie jetzt brauchte, war etwas Erfrischendes zu trinken. Seit fünf Uhr früh war sie auf den Beinen, inzwischen war es kurz vor Mitternacht. Für Morgen früh, acht Uhr, hatte sie die erste Sitzung anberaumt.

Zumindest hatte sich die Reise nach London gelohnt. Die arabischen Geschäftsleute, die in Kürze einen neuen Büroturm im UNO-City-Viertel errichten würden, hatten nach harten Verhandlungen schließlich unterschrieben. Die Baugrube war kaum ausgehoben, schon stand die künftige Hausverwaltung des Towers fest: VK Immobilien. Noch ehe ihr ein Mitbewerber hätte zuvorkommen können, hatte sie bereits die Investoren ausfindig gemacht, Kontakt aufgenommen und ein Treffen arrangiert.

Das kalte Glas Cola, das sie sich gönnte, tat gut.

Piepsend meldete ihr Mobiltelefon den Eingang einer Sprachmitteilung. »Wir haben uns fünf Tage nicht gehört und zwei Wochen nicht gesehen«, meldete sich eine weinerliche Stimme zu Wort. »Ich will auf dieser Basis nicht mehr weitermachen. Unter einer Beziehung stelle ich mir was anderes vor als gelegentliche Treffen in irgendwelchen Hotelzimmern und ab und zu ein belangloses SMS.« Eine kurze Pause, gefolgt von einem deutlichen Schniefen. »Es tut mir leid, Vesna … ich wollte es dir persönlich sagen, aber du gehst ja nicht ans Telefon …« Nochmals ein Schniefen. »Es … es ist aus. Ich mache Schluss.«

Vesna drückte die rote Taste. Dass diese Weiber immer heulen mussten, hatte sie noch nie verstanden. Wie konnte eine Frau sich nur so gehen lassen?

Nun, die Treffen hatten sie sowieso nicht mehr recht gefreut. Ständig hatte Tatjana ihr damit in den Ohren gelegen, sie öfter sehen zu wollen, und zu viele Fragen gestellt.

Im Grunde war sie froh, dass sich dieses Thema auf so einfache Art löste.

*Warum ist die Frau so böse?*

Dieses nervige Kind im Flieger hatte vielleicht schon ein bisschen recht: Sie war nicht immer nett. Aber dieses Prädikat hatte sie auch nie für sich beansprucht. Besser böse als erfolglos.

Als sie wenig später zu Bett ging, kamen ihr die Worte des Mädchens nochmals in den Sinn. Andererseits verstand sie nicht, weshalb dieses Kind zu so einer Feststellung gekommen war. Schließlich hatte sie sich sogar ausgesprochen hilfsbereit gezeigt und diesen albernen Rucksack heruntergeholt.

Sie war im Nachhinein selbst überrascht, was sie dazu bewogen hatte. Diese abgekämpft wirkende Frau mit den dunklen Schatten unter den Augen war nicht einmal ihr Typ. Sie war eindeutig zu klein, um als attraktiv durchzugehen. Außerdem hatte sie nichts Schillerndes, Auffälliges an sich.

Die haselnussbraunen glatten Haare, die ihr bis zu den Schultern reichten, wirkten zudem ungepflegt – etwas, was Vesna absolut nicht leiden konnte. Und dennoch hatte sie ihr geholfen.

Wie auch immer. Vesna griff nach der Fernbedienung des TV-Geräts, das im Schlafzimmer als Flachbildmonitor von der Wand leuchtete, und senkte die Lautstärke, bis sie leise genug war, um darüber einzuschlafen.

Elisa nahm dankbar das Weinglas entgegen, das ihr Eveline entgegenstreckte. Sie war todmüde, hatte aber das Bedürfnis nach einem Schluck Alkohol. In den vergangenen Nächten hatte sich der Rotwein als Mittel der ersten Wahl bewährt, um trotz aller Verzweiflung und Trauer Schlaf zu finden.

»Ich hoffe, es ist warm genug«, sagte Robert und meinte die Temperatur im Kellerraum, der ihr als Gästezimmer zugewiesen worden war. »Wir hatten seit heute Nachmittag den Heizlüfter laufen. Die Heizkörper haben wir unten ja leider noch nicht eingebaut …«

»Wir hatten ehrlich gesagt nicht damit gerechnet, so rasch Besuch zu bekommen«, meldete sich ihre Schwägerin zu Wort und stellte für Elisa damit auf indirekte Weise klar, was sie schon vermutet hatte: dass Eveline über das Pflichtgefühl von Robert, seiner Schwester in dieser verzweifelten Situation zumindest zu einer vorübergehenden Unterkunft zu verhelfen, keineswegs erfreut war. »Wir sind ja selbst erst im Herbst eingezogen, und wie du vielleicht bemerkt hast, ist das halbe Haus noch eine Baustelle.«

»Ich komme nicht wirklich oft dazu, Hand anzulegen.« Roberts Worte hörten sich in Elisas Ohren wie eine Rechtfertigung an. Offenbar war dies ein sensibles Thema in der Beziehung der beiden. »Die Schichtdienste im Krankenhaus machen mich ganz schön fertig, und wenn ich dann einmal frei habe, will ich mich ja auch um die Kinder kümmern.«

Elisa hatte Roberts Kinder bisher nur ein- bzw. zweimal gesehen: an ihren jeweiligen Taufen. Vor vier Jahren war sie gemeinsam mit Simon und Lilly zu Dominiks Taufe angereist, vor zwei Jahren nur mit Lilly zu der von Kathrin. Simon war zu diesem Zeitpunkt auf einer Geschäftsreise in den USA gewesen, wie leider viel zu oft in den vergangenen Jahren.

Beim letzten Mal hatte Robert ihr verkündet, dass Eveline und er ein Grundstück in Gramatneusiedl gekauft hätten. Mitten am Land, hatte er gesagt, und trotzdem ist man in dreizehn Minuten mit der Schnellbahn am Wiener Südbahnhof. Obwohl Elisa in Wien aufgewachsen war, hatte sie den Ort nur dem Namen nach gekannt.

Aber jetzt saß sie hier, in einem Haus aus Fertigbetonteilen, auf einer schlichten Couch im bunt gefliesten Wohnzimmer, und trank burgenländischen Rotwein, der nichts von der süßen Schwere seines italienischen Pendants in sich hatte.

»Ich nehme an, es war kein Problem, Lilly heute Abend zum Schlafen zu bewegen«, bemühte sich Eveline nun. »Ihr seid ja früh aufgestanden, habe ich gehört.«

»Ja, von Brighton nach London-Heathrow und dann hierher, das war eine ziemliche Reise«, erwiderte Elisa und umging damit, zu Lilly Stellung zu nehmen. Obwohl ihrer Tochter vor Müdigkeit bereits die Augen zugefallen waren, hatte es doch etwas gedauert, sie davon zu überzeugen, allein in dem fremden Zimmer zu bleiben.

»Ich verstehe noch immer nicht ganz, was du eigentlich in Brighton gemacht hast.«

Elisa starrte in ihr Weinglas. Eigentlich hatte sie in diesem Moment keine Lust, über alles zu reden, doch sie wusste, sie war den beiden eine Erklärung schuldig. Außer der knappen Mitteilung, dass Simon mit seinem Motorrad über die Klippen gerast war, besaßen sie schließlich noch kaum Informationen.

»Antonio hat mir dringend geraten, Italien schnellstmöglich zu verlassen. Simon hat … Simon war …« Sie schluckte, atmete tief durch. »Es gibt Hinweise darauf, dass Simon in gewisse Geschäfte verwickelt war … mit Leuten, die vor wenig zurückschrecken.«

Robert stellte mit Schwung sein Weinglas auf die Tischplatte.

»Wie bitte? Von was redest du? Hat Simon Geschäfte mit der Mafia gemacht oder was willst du uns damit sagen?«

Elisa hob hilflos die Schultern.

»Ich weiß nicht, was er gemacht hat. Ich … hatte keinen Einblick in seine Geschäfte. Aber Antonio sagt …«

»Welcher Antonio eigentlich? Wer ist das?« Eveline sah sie stirnrunzelnd an.

»Antonio di Salvia. Ein guter Freund von uns beiden und Simons Rechtsberater, Geschäftspartner … wie auch immer.« Elisa winkte müde ab. »Jedenfalls hat er mir nach Simons Selbstmord davon erzählt, dass Simon … nun, dass es geschäftlich wohl nicht mehr gut lief und sich Simon dadurch Feinde gemacht hätte. Mächtige Feinde. Und dass Lilly und ich in Gefahr seien, wenn wir blieben. Ich … ich war im ersten Anlauf so verwirrt, so fertig … ich wusste gar nicht, was ich tun sollte. Da hat Antonio mich und Lilly zunächst nach Brighton geschickt, zu seiner Schwester. Lucia ist eine gute Freundin von mir, wir haben in San Lorenzo viel Zeit miteinander verbracht, ehe sie zu Peter nach Brighton zog. Ich habe jemanden zum Reden gebraucht, musste nachdenken. Es war für mich wichtig, erst einmal bei ihr zu sein … Es ist alles ein Schock.«

Mit dem Ärmel ihres Sweatshirts wischte sie sich eine Träne aus dem Augenwinkel. Sie hatte schon zu viele Tränen geweint. Vor ihrem Bruder und ihrer Schwägerin wollte sie keine weitere vergießen.

»Dieser Antonio sagte also, du sollst das Land verlassen, weil du in Gefahr bist, und da hast du Haus, Auto, Vermögen und Was-weiß-ich-alles so mir nichts, dir nichts hinter dir gelassen und bist geflüchtet?«

Evelines Stimme war deutlich anzumerken, was sie davon hielt. Elisa konnte das aus ihrer Sicht sogar nachvollziehen. Was wusste ihre Schwägerin schon von Süditalien und seinen ungeschriebenen Gesetzen?

»Rund um Neapel sterben regelmäßig Menschen grausame Tode, weil sie irgend jemandem im Wege sind oder sich mit Leuten einlassen, mit denen nicht zu spaßen ist«, rechtfertigte sie ihr Handeln. »Hierzulande berichtet keine einzige Zeitung darüber, weil das für diese Region einfach zu alltäglich ist. Und weil sich kein ausländischer Journalist die Hände schmutzig machen will in einem Krieg, der Außenstehende auch gar nichts angeht. Also bitte unterstellt mir nicht, hysterisch zu sein!«

»Keiner hält dich für hysterisch.« Robert legte ihr besänftigend die Hand auf die Schulter. »Wir machen uns Sorgen, das ist alles.«

»Aber was ist mit dem Haus? Eurem Vermögen?«, hakte Eveline dennoch nach.

Elisa schüttelte den Kopf. Begriff diese Frau denn gar nichts? »Es ist nichts mehr da«, erklärte sie leise. »Simon hat alles ... verspekuliert. Nichts gehört uns mehr. Und mir sowieso nicht. Du weißt, wir waren nicht verheiratet ...«

»Was ich sowieso nie verstanden habe. Ihr wart immerhin sechzehn Jahre zusammen!«

Robert klang ungehalten.

Wieder hob Elisa die Schultern.

»Das war uns eben nicht so wichtig«, sagte sie leise.

»Aber dass Simon Selbstmord beging, das ist bestätigt? Ich meine: Vielleicht wurde er ja ...«

»Er hat einen Abschiedsbrief geschrieben«, fiel Elisa der Schwägerin ins Wort. »Es gibt keinen Zweifel, dass er selbst in den Tod gerast ist, absichtlich und bei vollem Bewusstsein.«

»Und was steht in diesem Abschiedsbrief? Ich meine, wie hat er dir seinen Entschluss begründet?«

Elisa presste die Lippen aufeinander. Es gab Dinge, die würde sie nicht teilen. Niemals, mit niemanden.

Robert schien ihren stillen Widerstand zu bemerken.

»Noch Wein?«, bot er mit einem Blick auf ihr leeres Glas an.

Sie schüttelte den Kopf.

»Ich werde jetzt zu Bett gehen.«

»Wie hast du es Lilly denn erklärt?«

Eveline ließ nicht locker. Elisa fuhr sich nervös durchs Haar. Eine berechtigte, aber heikle Frage. Sie wusste selbst, auf welch dünnem Seil sie hier pädagogisch balancierte.

»Ich habe es ihr noch gar nicht gesagt.«

»Was?!«

Ihr Bruder und ihre Schwägerin starrten sie mit offenem Mund an.

»Ich habe ihr gesagt, wir machen eine Reise«, erklärte Elisa. »Das ist alles, was sie bisher weiß. Davon, dass Simon ... dass ihr Papi ... Ich weiß einfach nicht, wie ich es ihr beibringen soll, versteht doch! Sie ist ein Kind!«

»Du kannst ihr doch nicht ewig verheimlichen, dass ihr Vater nicht mehr lebt«, stellte Eveline klar. »Das ist jetzt immerhin schon einen Monat her! Wundert sie sich denn nicht, weshalb sie ihn so lange nicht mehr gesehen hat?«

»Simon war oft auf Geschäftsreisen, auch sehr lange. Es ist für sie nicht ungewöhnlich.«

»Ihr Haus und ihr ganzes Umfeld zu verlassen aber sicherlich schon!«, empörte sich Robert nun. »Elisa, du musst es ihr sagen. Du hebst gerade ihre Welt aus den Angeln und merkst es nicht einmal!«

»Meine Welt ist auch aus den Angeln gehoben worden«, erwiderte sie nüchtern und erhob sich. »Gute Nacht. Und ich danke euch für alles.«

Lilly schlief tief und fest auf der Matratze neben dem Einzelbett. Elisa verzichtete darauf, ihr einen Kuss zu geben, aus Angst, sie könnte das Kind wieder aufwecken. Als sie unter die Bettdecke geschlüpft war und das Brummen des Heizlüfters Lillys leise Atemzüge übertönte, wurde sie von blanker Verzweiflung überwältigt. Sie sah Simon vor sich, hörte in Gedanken seine Stimme, sein Lachen und vergoss bittere Tränen.

Warum nur hatte er sie auf so grausame Art verlassen?

## Zu Gast

Während die anderen Familienmitglieder ihren gewohnten Abläufen nachgingen, versuchte Elisa ihr Leben neu zu ordnen.

Wenn sie gegen sieben Uhr aufstand, hatte Robert in der Regel schon das Haus verlassen. Um halb acht begann sein regulärer Dienst im Wiener Franz-Josef-Krankenhaus, wo er seine Facharzt-Ausbildung zum Internisten fortsetzte. Eveline, die den Turnus trotz Kinderpause bereits abgeschlossen hatte, unterstützte an drei Tagen pro Woche einen Hausarzt im rund dreißig Kilometer entfernten Eisenstadt.

Gewöhnlich trafen sie sich noch zum Frühstück, bei dem Eveline schon sichtlich unter Stress stand. Schließlich musste sie Dominik und Kathrin abfüttern und die beiden dann schleunigst anziehen, um sie auf dem Weg zur Arbeit im Kindergarten beziehungsweise bei der Tagesmutter abzuliefern. Anfangs hatte Elisa ihre Unterstützung angeboten, allerdings schnell einsehen müssen, dass Eveline lieber selbst vor Hektik rotierte, als Hilfe in Anspruch zu nehmen.

An den Tagen, an denen Eveline arbeitete, übernahm ab Mittag Regina das Zepter. Elisa war Evelines Mutter bisher nur von den Taufen der Kinder begegnet und hatte schon damals den Eindruck gewonnen, dass sie und die wenig diplomatisch auftretende Mittfünfzigerin nichts gemeinsam hatten. Reginas Wort war Gesetz. Sie war es, die die Kinder von Tagesmutter und Kindergarten abholte, nachmittags mit ihnen spielte, sie förderte und mit Essen – natürlich vitaminreicher Vollkornkost – versorgte. Dass Elisa und Lilly für sie Störfaktoren im Haus ihrer Tochter waren, stand ihr deutlich ins Gesicht geschrieben.

Immerhin spielte Lilly mit Dominik und der kleinen Kathrin, und Elisa war froh darüber, dass sie dadurch zumindest etwas Zeit für sich gewann. Sie nutzte sie, um Stellenanzeigen zu sichten, Bewerbungen zu schreiben und den Wohnungsmarkt zu studieren – alles nur mit mäßigem Erfolg.

Sie begriff schnell, dass es schwerer war als vor sechzehn Jahren, an gut bezahlte und interessante Jobs zu kommen. Die Anforderungen waren mittlerweile gestiegen, was man auf den ersten Blick von der Entlohnung kaum behaupten konnte.

»Warum verdient man hier so wenig?«, fragte sie ihren Bruder völlig verzweifelt, als sie wieder einmal auf ein Stellenprofil stieß, das zu ihrer Ausbildung – HAK Matura, einem Schulabschluss mit kaufmännischer Ausrichtung – und Arbeitserfahrung passte, aber laut Angaben im Inserat nicht besser entlohnt war als ihr damaliges Durchschnittsgehalt. Inflationsbereinigt.

»Es gibt hier in Österreich seit ein paar Jahren ein Gesetz, nach dem Arbeitgeber zu jedem Jobangebot eine Gehaltsangabe veröffentlichen müssen«, klärte Robert sie auf. »Kein Arbeitgeber will sich in die Karten schauen lassen, daher geben die meisten das kollektivvertragliche Mindestgehalt an. Es sagt aber nichts aus. Du kannst davon ausgehen, dass weit besser bezahlt wird.«

Was für ein bürokratischer Unsinn, ging es Elisa durch den Kopf, während sie ihren Lebenslauf schrieb und am neuen Wiener Hauptbahnhof Automatenfotos anfertigen ließ. Sie sah entsetzlich darauf aus, doch es war im Moment die günstigste Methode, an Bilder zu kommen.

Innerhalb der ersten beiden Wochen bewarb sie sich auf dreißig Stellen, allesamt in Wien, ohnehin die einzige Stadt, die für sie von Gramatneusiedl aus ohne Auto erreichbar war. Sie bekam nur Absagen.

Elisas Zukunftsängste wuchsen von Tag zu Tag. Vor ihrer abrupten Abreise aus Italien hatte sie das Girokonto, das Simon für sie eingerichtet hatte, komplett abgeräumt. Antonio hatte ihr dazu geraten. Mit ein paar Tausend Euro Bargeld war sie nach Österreich gekommen; ewig würde das nicht reichen. Ohne Job kein Einkommen, ohne Einkommen keine Wohnung. Und hier biss sich die Katze in den Schwanz, denn ohne festen Wohnsitz an einen regulären Job mit Sozialversicherung zu kommen war wohl ebenso aussichtslos. Sie durfte froh sein, dass sie einstweilen die Adresse ihres Bruders angeben konnte.

Dann war da noch das Problem mit Lilly.

»Als alleinerziehende Mutter findest du nie einen Job«, platzte Regina irgendwann heraus, als sie sie nachmittags über ihren Bewerbungen brüten sah. »Das tut sich doch kein Arbeitgeber an!«

»Lilly kommt in den Kindergarten«, hielt ihr Elisa entgegen – ohne zu diesem Zeitpunkt zu ahnen, mit welchen Herausforderungen es verbunden war, mitten unter dem Jahr an einen freien Platz in einem der Wiener Kindergärten zu kommen.

Doch erst einmal brauchte sie eine Wohnung. Innerhalb ihres engen finanziellen Spielraumes würde es schwierig werden, etwas Passendes zu finden. Kaution, Provision und die erste Monatsrate an Miete würden fast die gesamten Ersparnisse auffressen.

Zu der Trauer um Simon und der Verzweiflung über ihre derzeitige Situation gesellte sich zunehmend das dumpfe Gefühl, dass Robert und Eveline ihr die Geschichte gar nicht glaubten.

»Du weißt, dass du mir anvertrauen könntest, wenn Simon dich verlassen hat«, sagte beispielsweise ihr Bruder. »Es ist keine Schande; das kann jedem passieren.«

Fassungslos sah sie ihn an.

»Robert – Simon ist tot!«

»Ja ... aber du weißt, wenn es anders wäre, dann wäre das auch okay.«

»Du warst ja nicht einmal auf seiner Beerdigung«, warf ihr die Schwägerin vor. »Ich verstehe einfach nicht, wie du das aushältst, wenn du ihn doch angeblich so geliebt hast!«

»Ich habe Simon über alles geliebt«, erwiderte Elisa, um Fassung ringend. »Aber Simon hat verfügt, das sein Leichnam in den USA beigesetzt wird, im Familiengrab, und angesichts der Umstände war es unmöglich, mehr zu tun, als die Überstellung in die Wege zu leiten. Antonio meinte auch, es wäre besser ...«

»Antonio, Antonio!«, rief Eveline aus. »Was ist der Typ? Dein Vormund?« Sie schüttelte den Kopf. »Herrgott, Elisa, ich kann das einfach nicht begreifen: Ihr hattet seit sechzehn Jahren eine Beziehung, ihr habt ein gemeinsames Kind und du kennst noch nicht einmal seine Verwandtschaft.«

»Weil seine Eltern längst tot sind und er sich mit dem Rest des Clans verkracht hat!«, entgegnete Elisa vehement. »Das habe ich euch doch schon erklärt! – Das mit Simon und mir ... war nicht einfach.«

»Mit seinen Onkeln, Tanten und Cousins hat er sich verkracht, aber ins Familiengrab will er schon«, bemerkte Eveline süffisant. »Seltsam, findest du nicht auch?«

Elisa verließ die Kraft, zu argumentieren. Sie brach in Tränen aus und stürzte aus dem Zimmer.

Später entschuldigte sich Eveline für ihre Worte.

»Es fällt mir einfach nur schwer zu verstehen, weshalb dich der Tod dieses Mannes ... deines Mannes ... auch gleichzeitig um deine Existenzgrundlage bringt. Er sollte dich besser abgesichert haben, auch ohne Heirat.«

Elisa konnte ihr darauf nichts erwidern.

»Es ist gut, *Bellissima*, dass du nicht mehr in San Lorenzo bist«, versicherte ihr Antonio am Telefon. Es tat gut, seine Stimme zu hören – einen satten Bariton, der ihr vertraut war und sie an das erinnerte, was ihr so abrupt genommen worden war: ihr Leben in Italien, mit Simon, mit einem Haus, von dem aus sie aufs Meer schauen konnte, mit Nachbarn, die ihr ein freundliches »Buon Giorno« entgegenriefen, kaum dass sie und Lilly ihr Zuhause verließen – und eben auch Antonio, der hin und wieder vorbeischaute, vor allem dann, wenn Simon im Ausland war und sich nicht um sie kümmern konnte. »Die Leute reden nicht gut über Simon. Ich habe von Drohungen gehört; er hatte wirklich große Probleme mit einigen wichtigen Leuten.«

»Aus San Lorenzo?«

Elisa kannte fast das gesamte Dorf. Was Antonio ihr da erzählte, machte ihr Angst.

»Aus der Region. Ich will keine Namen nennen; ich möchte dich da nicht auch noch hineinziehen …«

Elisa schluckte und presste den Hörer automatisch dichter an ihr Ohr. Ihr Bruder und Eveline waren nebenan im Wohnzimmer und konnten kein Italienisch, dennoch senkte sie die Stimme, als sie fragte: »Was sind das für Leute? – Antonio, ich habe ein Recht, das zu erfahren!«

»Bitte, *Cara*, beruhige dich doch … vertrau mir. Es ist nur zu deinem Besten. Das sind keine Leute, mit denen zu spaßen ist.«

»Was passiert mit dem Haus? Wem gehört es jetzt offiziell?«, fragte sie nach, mühsam um Beherrschung bemüht, um sich ihre Gefühle nicht anmerken zu lassen. Antonio hatte sie schon zu oft weinen hören.

Sein Seufzen drang über Hunderte von Kilometern an ihr Ohr.

»Ich weiß es noch nicht, *Cara*. Das muss ich alles noch prüfen. Ich möchte nichts Schlechtes über deinen Mann sagen; er war ja auch mein bester Freund ... aber Simon hat einen Haufen Unrat hinterlassen. Viele dubiose Dokumente, auch Schulden. Es wird mich einen Haufen Arbeit kosten, bis ich hier Klarheit habe. Aber du kannst dir sicher sein, sobald ich weiß, ob noch irgendetwas von seinem Geld verfügbar ist, werde ich dich umgehend informieren.«

Sie schloss die Augen. Simon hatte in finanziellen Dingen immer so geordnet gewirkt, so überlegt. Sie konnte einfach nicht begreifen, weshalb sich die Dinge ganz anders entwickelt hatten.

Antonio am anderen Ende der Leitung schien ihre Gedanken zu erraten.

»Er hat sich verzettelt. Und hielt dabei mit den falschen Leuten Kontakt. Die haben ihn unter Druck gesetzt, da er hat aus Verzweiflung noch mehr falsche Entscheidungen getroffen. Deshalb hat er sich umgebracht. Er konnte mit dieser Schande, versagt zu haben, einfach nicht leben. So sind wir Italiener eben: Wenn die Ehre verloren ist, ist auch das Leben verloren.«

»Simon war aber kein Italiener, sondern US-Amerikaner«, rief sie ihm in Erinnerung. »Und er hätte doch mit mir über seine Probleme reden können!«

»Simon war Amerikaner mit italienischen Wurzeln. Das ist fast dasselbe. Das Ehrgefühl wird uns mit der Muttermilch eingeflößt, das kannst du als *Austriaca* nicht verstehen ... und du hättest seine Probleme nicht lösen können, *Bellissima.*«

Vermutlich nicht. Trotzdem, der Schmerz, dass Simon ihr gegenüber kein Wort über das verloren hatte, was ihn bedrückte, saß tief. Sie hatte seit mehreren Wochen gefühlt, dass er etwas in sich hineinfraß, war aber nicht zu ihm durchgedrungen.

Es ist nichts, Prinzessin, hatte er ihr gesagt. Auch als er auf sein Motorrad gestiegen war, um, wie er es nannte, »noch eine kurze Spritztour« zu machen. Eine Spritztour, die an den Klippen endete.

»Aber sag, *Bellissima*, wie geht es dir inzwischen? Wenn ich irgendetwas für dich tun kann …«

Lautes Geschrei aus dem Wohnzimmer veranlasste Elisa, das Telefonat abrupt zu beenden. Kaum hatte sie aufgelegt, lief ihr Lilly auch schon tränenüberströmt entgegen.

»*Eveline mi ha colpito*«, schniefte die Kleine und versetzte Elisa sofort in Alarmbereitschaft.

»Wie kommst du dazu, meinte Tochter zu schlagen?«, fauchte sie die Schwägerin an, kaum dass sie mit der weinenden Lilly auf dem Arm das Wohnzimmer betreten hatte.

Eveline fuhr herum. In der Hand hielt sie ein rot gefärbtes Taschentuch. Erst jetzt bemerkte Elisa den kleinen Dominik – ebenso verheult wie Lilly, aber mit blutender Nase.

»Hast du ihn vorher auf die Nase geschlagen?«, fragte sie ihre Tochter und wählte automatisch die italienische Sprache, da sie ahnte, nur dann eine wahrheitsgemäße Antwort zu erhalten, wenn Eveline Lilly mit der Antwort nicht zuvorkommen konnte.

»Er hat mir das Auto weggenommen«, schluchzte Lilly, ebenfalls auf Italienisch, und deutete auf ein kleines rotes Spielzeugauto, das zwischen ein paar Bauklötzen auf den Fliesen lag.

Elisa stellte Lilly, die sich sofort an ihr Bein klammerte, auf den Boden.

»Ich will nach Hause!«, jammerte ihre Tochter, diesmal auf Deutsch. »Mami! Ich will nach Hause. Ich will nicht länger bleiben! Ich will zu Papi!«

Eveline schickte einen bitterbösen Blick in ihre Richtung.

»Du bist wirklich fabelhaft, Elisa«, zischte sie wütend. »Nicht nur, dass deine Tochter ihre unterdrückten Aggressionen an einem Kind auslebt, das schwächer ist als sie – nein, du hast ihr noch immer nicht die Wahrheit gesagt!« Ehe Elisa etwas darauf erwidern konnte, sagte sie in Lillys Richtung: »Lilly, dein Vater ist tot. Ihr habt kein Zuhause mehr.«

»Mami …« Lilly sah sie von unten mit Tränen in den Augen ungläubig an. Ihr Blick zerriss Elisa fast das Herz.

»Dazu hattest du kein Recht«, fuhr sie Eveline an. Ihre Stimme zitterte.

»Mami? Papi ist nicht tot, oder? Sie lügt, oder?«

Elisa fühlte einen Stich in der Brust, dann wurde ihr schwarz vor Augen. Sie ließ sich auf das Sofa sinken und verbarg ihr Gesicht in den Händen. Mehrmals setzte sie an, um etwas zu sagen, aber ihre Stimme versagte.

»Doch, Lilly.« Es war ihr Bruder, der bisher nur dabeigestanden hatte und sich nun einschaltete. Sanft hob er die Kleine auf seinen Arm. »Dein Papi ist tot und ihr könnt nicht mehr zurück. Die Mami wollte es dir sagen, aber sie ist selbst so traurig, dass sie nicht darüber sprechen kann.«

Die Dämme, die ihre Tränenflut zumindest in Gegenwart ihrer Familie zurückgehalten hatten, brachen. Elisa schluchzte hemmungslos. Dass Lilly in ihr Schluchzen einstimmte, bemerkte sie nur am Rande.

Gramatneusiedl war keine Lösung, es war nicht einmal mehr eine Notlösung. Doch noch immer hatte sich keines der angeschriebenen Unternehmen auf ihre Bewerbung gemeldet und Elisa war längst klar, dass Regina recht hatte: Niemand wollte eine Alleinerziehende, die noch dazu viele Jahre lang nichts anderes getan hatte, als ein apartes Haus mit Blumen und Möbeln zu schmücken, in der italienischen Sonne zu liegen, vom Geld ihres Mannes einzukaufen und in aller Ruhe ein Kind großzuziehen.

Es ging nicht anders.

Sie änderte ihren Lebenslauf.

Sie verschwieg Lilly.

Schließlich deklarierte sie noch ihre Tätigkeit in Italien um:

Sechzehn Jahre lang für die Simon Casella AG als Immobilienmanagerin, Administratorin und Logistikbeauftragte im weiteren Umfeld von Neapel tätig gewesen zu sein, klang doch schon wesentlich besser, denn als Hausfrau und Mutter das *dolce vita* genossen zu haben.

Drei Tage später lud ein Hausverwaltungsunternehmen mit Sitz im 4. Wiener Bezirk sie zum Vorstellungsgespräch ein.

## Neustart

Elisas Position nannte sich *Teamassistenz* und zu ihren Aufgaben gehörte es in erster Linie, die drei Kolleginnen und Kollegen zu unterstützen, die im Kundenservice tätig waren. Emmy, Max und Jenny kümmerten sich als Sachbearbeiter um diverse Anfragen von Mietern, Eigentümern und Dienstleistern, die für VK Immobilien, ein Hausverwaltungsunternehmen, tätig waren. Elisas Alltag bestand darin, ihnen die entsprechenden Ordner und Verträge zu den verschiedenen Anfragen herauszusuchen, einfachen Schriftverkehr zu erledigen und gelegentlich Kostenvoranschläge von Handwerkern einzuholen.

Ihr neuer Job bei VK Immobilien mit seinen zwei Geschäftsfeldern – der klassischen Hausverwaltung und der Vermietung von Wohnungen und Tiefgaragen – forderte sie nicht sonderlich, doch angesichts ihrer Situation mochte sie keinen Tag länger auf ein besseres Jobangebot warten.

Ihr Bruder hatte sie nachdrücklich vor der Firma gewarnt, deren schlechter Ruf angeblich in diversen Medienberichten kolportiert wurde. In den zwei Wochen, die sie mittlerweile für die Immobilienverwaltung tätig war, hatte sie davon jedoch noch nichts bemerkt.

Marcel, der das Vorstellungsgespräch geführt hatte, kümmerte sich persönlich um ihre Einarbeitung. Mit seinen zweiunddreißig Jahren war er nur vier Jahre jünger als sie, ließ an seiner Kompetenz aber nicht den geringsten Zweifel. Marcel strahlte Selbstsicherheit aus, schien genau zu wissen, was er tat, und meisterte den mit Arbeit überfrachteten Alltag stets mit Humor. Erst als Elisa ihren Arbeitsvertrag in den Händen hielt und ihre Unterschrift neben jene einer ihr bis dato unbekannten Frau Magistra mit einem für das multinationale Wien nicht ungewöhnlichen exjugoslawischen Namen setzte, ging ihr auf, dass es sich bei Marcel nicht um den Chef des Hauses, sondern lediglich um den Leiter des Kundenservices und ihren direkten Vorgesetzten handelte.

Mit der Website und der ohnehin sehr jungen Unternehmensgeschichte hatte sie sich nur oberflächlich befasst, denn unter all den angebotenen Assistenzjobs war das Inserat von VK Immobilien das, was sie am allerwenigsten angesprochen hatte. Das Stellenprofil lag deutlich unter ihrem Können und die Entlohnung orientierte sich exakt am tariflichen Mindestlohn.

Es sei nur das Einstiegsgehalt, hatte Marcel sie beruhigt, ihre Entlohnung würde sich bei guter Arbeit steigern.

Nach dem Gespräch war sehr schnell eine Zusage von ihm gekommen und sie hatte den Job schleunigst angenommen, weil sie zwei Stunden vorher den Mietvertrag für eine Wohnung im 12. Bezirk unterschrieben und innerlich bereits Panik geschoben hatte, dass sie ihre gesamten Ersparnisse würde opfern müssen, um die zwei Zimmer mit Küche und kleinem Bad monatlich zahlen zu können.

Zudem war VK Immobilien von ihrer neuen Wohnung gut erreichbar. Wenn sie eine Viertelstunde Fußweg bis zur Haltestelle der *Badener Bahn*, einer Lokalbahn, die von einem Vorort im Süden Wiens bis ins Stadtzentrum fuhr, in Kauf nahm, musste sie nicht einmal umsteigen – hätte nicht umsteigen müssen, wenn man von dem Problem mit Lillys Kindergarten absah. Denn der einzig freie Ganztagesplatz, der ihr von der Stadt so zügig zugewiesen worden war, lag stadtauswärts im 10. Bezirk. Somit war sie in der Früh fast eineinhalb Stunden unterwegs, bis sie endlich gegen halb neun Uhr an ihrem Schreibtisch saß.

Dieser stand im Hintergebäude eines Prestigepalais nahe des Stadtzentrums. Auch wenn sich ihr Büro in Parterre befand und im Gegensatz zu den ebenfalls zu VK Immobilien gehörigen Räumlichkeiten in der vierten Etage des Haupthauses ziemlich schmucklos war, besserte allein der Blick auf die im Renaissance-Stil gestaltete Außenfassade ihre morgendliche Laune, die sich nach dem Abliefern ihrer kleinen Tochter stets auf dem Tiefpunkt befand.

Lilly, die in Italien keinen Kindergarten besucht hatte, tat sich schwer mit der Trennung von ihr und mit dem neuen Leben, das sie führten. Seit sie vom Tod ihres Vaters wusste, hatte Elisa sie kein einziges Mal mehr lachen gehört. Immer noch fragte sie, wann sie denn endlich zurück nach San Lorenzo gingen. Mit der Tatsache, dass dies wohl nie mehr der Fall sein würde, wollte sie sich nicht abfinden.

Elisa bemühte sich nach Kräften, die Kleine aufzuheitern, doch sie war sich bewusst, wie schlecht sie darin war. Es kostete sie ihre gesamte Kraft und Energie, vor Lilly Haltung zu bewahren und nicht ständig um Simon zu weinen. Erst wenn das Kind abends im Bett neben ihr eingeschlafen war, überließ sie sich der Trauer um den Mann, der für sie die Liebe ihres Lebens gewesen war und gewiss immer bleiben würde.

In der Arbeit funktionierte sie. Niemand wusste von Simons tragischem Tod und niemand wusste von Lilly. Elisa war die Frau, die nach etlichen Jahren ihrer Tätigkeit bei der Simon Casella AG in Italien wieder nach Österreich zurückgekehrt war. Marcel hatte nicht nach persönlichen Details gefragt.

Dennoch – obwohl sie erst zwei Wochen in der Firma war, spürte sie, dass ihre eigene Zurückhaltung ihre kommunikativen, redseligen Kollegen allmählich irritierte. Denn Emmy, Max und Jenny pflegten ihre Mittagspausen in der Regel gemeinsam im großzügigen Aufenthaltsraum neben den Büros zu verbringen und tauschten untereinander nicht nur Wurstsemmeln und Fertiggerichte aus, sondern auch bunte Erlebnisse und Informationen. Auf ihre Einladung hin leistete Elisa ihnen gelegentlich Gesellschaft, doch die Unbekümmertheit der Kollegen wollte nicht so recht auf sie überspringen. Der Schmerz über Simons Tod saß zu tief.

Zumindest erfuhr sie während der Mittagspausen ein paar Brocken Klatsch über die bisher nahezu unbekannten Kollegen, die in der vierten Etage tätig waren und mit denen sie bis dato nichts zu tun gehabt hatte.

»Wir im Kundenservice sind durch diese geographische Trennung ja richtig abgeschnitten vom Rest der Firma«, stellte sie irgendwann fest.

Max biss herzhaft in seine Wurstsemmel und murmelte etwas Unverständliches mit vollem Mund, das Jenny entgegenkommend für sie ausdeutschte: »Sei froh darüber. Da oben willst du nicht wirklich arbeiten! Marcel ist unser Verbindungsmann zur vierten Etage, das genügt völlig. Der Arme.«

»Wieso?«

»Da oben ist es gefährlich.« Max hatte inzwischen heruntergeschluckt. »Man läuft *ihr* ja ständig über den Weg ...«

Elisa runzelte die Stirn.

»Es kann da sehr blutig werden.« Jenny grinste schief und Elisa war sich nicht sicher, ob sie einen Scherz machte oder es ernst meinte.

»Erzählt ihr keine Schauergeschichten«, schaltete sich Emmy ein und klopfte Elisa im Vorbeigehen beruhigend auf die Schulter. »Es wird nicht so heiß gegessen wie gekocht – das ist doch ein Sprichwort in Österreich, oder nicht?«

Bis auf den leichten amerikanischen Akzent verriet inzwischen nichts mehr, dass Emmys Muttersprache ursprünglich eine andere war, lediglich bei Sprichwörtern und Redewendungen tat sie sich schwer. Elisa konnte das gut nachvollziehen; ihr erging es ähnlich im Italienischen und Englischen, jenen beiden Sprachen, die sie aufgrund ihres früheren Wohnortes und durch Simon fließend sprach.

»Das *ist* ein Sprichwort«, bestätigte Max. »In diesem Fall aber ein Unzutreffendes.«

Elisa beschloss, die Mittagspause hier zu beenden. Sie wollte nicht in eine schmutzige Gerüchteküche hineingezogen werden, noch ehe sie Gelegenheit hatte, sich selbst ein Bild von den Leuten im Vorderhaus zu machen.

»Verdammt!«

Die schwere Bohrmaschine rutschte ab und zog eine eindrucksvolle Schramme über die Küchenwand.

»Mami, fünfzig Cent! *Verdammt* sagt man nicht.« Lilly kauerte auf dem neuen Sofa, dass das Möbelhaus erst Stunden zuvor geliefert hatte, und verfolgte mit großen Augen die Bemühungen ihrer Mutter, Halterungen für zwei Regalbretter über der kleinen Küchenzeile anzubringen.

Elisa biss sich auf die Lippen, um nicht laut zu schreien. *Verdammt* war ein verdammt mildes Wort für das, was sie angesichts ihrer Unfähigkeit empfand, mit der im Baumarkt ausgeliehenen Bohrmaschine umzugehen. Das lose Packmaterial, das zwischen weiteren Paketen mit Möbelteilen am Boden lag, ließ ihre innere Verzweiflung von Minute zu Minute wachsen. Wie hatte sie nur eine Sekunde lang glauben können, plötzlich zur Handwerkerin zu mutieren? – In San Lorenzo waren stets zwei kräftige Kerle aus dem Ort dagewesen, wenn es ein neues Bild aufzuhängen galt, das Simon bei einer Auktion ersteigert hatte, oder wenn irgendetwas zu reparieren war.

»Ach, Lilly.« Elisa griff seufzend erneut nach der Bohrmaschine. Sie packte das Gerät mit beiden Händen, bevor sie erneut den Start-Knopf drückte. Der Bohrer fraß sich ein paar Millimeter in die Wand, um Augenblicke später abrupt zu stoppen. Der plötzliche Stromschlag, der Elisas Körper völlig unvorbereitet traf, riss das Gerät erneut aus ihren Händen. Mit Karacho landete es auf dem Boden; Elisa konnte gerade noch zur Seite springen. Lilly schrie vor Entsetzen auf.

Die Kachel, auf die die Maschine gefallen war, besaß nun einen Sprung. Schon jetzt war klar, dass sie beim Auszug nie die volle Kaution zurückbekommen würde. Wütend ballte Elisa die Hände zu Fäusten. Sie wollte nicht vor Lilly weinen, konnte die Tränen aber nicht länger zurückhalten. Heulend ließ sie sich auf die beiden Kartons fallen, die ihr neues Bett beinhalteten.

»Mami ... Mami ...!« Völlig verstört sprang Lilly von der Couch.

Ein Klopfen an der Tür riss Elisa aus ihrem Jammertal. Im ersten Augenblick wollte sie das Geräusch ignorieren. Doch als sie eine Männerstimme »Hallo? Hallo? Alles in Ordnung?« rufen hörte, entschied sie sich anders.

Wissend, dass sie ihre Tränenspuren auf die Schnelle nicht loswerden konnte, fuhr sie sich lediglich mit dem Ärmel ihres Sweatshirts über die Augen, ehe sie die Wohnungstür öffnete.

Ein älterer, südländisch wirkender Mann mit grauem Schnauzbart, bekleidet mit abgewetzten Cordhosen und einem Wollpulli, sah sie aus dunklen Augen an.

»Alles in Ordnung?«, wiederholte er seine Frage.

»Ja ... nein ... Es ist nichts passiert.«

Elisa merkte selbst, wie wenig überzeugend sie wirkte.

Der Mann sah neugierig über ihre Schulter in die Wohnung.

»Du ganz alleine?«, fragte er mit starkem Akzent. Im ersten Moment wurde es Elisa bei seiner Frage mulmig, doch dann besann sie sich. Der Besucher klang ehrlich besorgt. Und hatte sie nicht selbst lange genug als Ausländerin in einem fremden Land gelebt, um die verletzende Sinnlosigkeit von Vorurteilen zu kennen?

Sie nickte kurz.

»Du das alleine machen?«

Inzwischen war sie einen Schritt zur Seite gegangen und hatte dem Mann den Blick ins Innere der Wohnung freigegeben.

»Hmm, tja … ja.«

Sein Blick glitt prüfend über ihre zierliche Statur. Er schüttelte den Kopf.

»Du brauchst Hilfe«, stellte er dann treffsicher fest. »Das nix … für Frau wie dich.«

Elisa war in diesem Moment weit davon entfernt, für Emanzipation und Gleichberechtigung einzutreten. Der Mann hatte eindeutig recht. Diese Möbel bekäme sie nie allein aufgebaut.

So unerwartet, dass sie im ersten Augenblick gar nicht wusste, wie ihr geschah, streckte er ihr die Hand entgegen.

»Ich bin Zlatko. Wir sind Nachbarn. – Wenn du willst, ich kann holen Freund, wohnt gleich in Haus nebenan, und wir können das machen für dich und kleine Lady.« Er wies mit dem Kinn auf Lilly, die sich eng an Elisas Schienbein drängte. »Kostet fast nix«, fügte er hinzu. »Zwanzig Euro für Freund und für mich Kasten Bier. Alles klar?«

Noch nie hatte Elisa so bereitwillig einem Vorschlag zugestimmt.

Das dunkle Holz, mit denen die Wände des Restaurants ausgekleidet waren, verliehen dem Interieur eine edle Note und den Preisen der Speisen zusätzliche Rechtfertigung. Die Lage des Ladens an einer der renommiertesten Adressen Wiens ließ einheimische wie internationale Gäste gerne darüber hinwegsehen, dass die Tische viel zu eng aneinander standen, um Intimität zu gewährleisten.

Vesna war das in diesem Moment herzlich egal. Sie hatte bereits abgecheckt, dass das Pärchen zur Rechten viel zu vertieft in seine Beziehungskrise war, um Augen und Ohren für andere Leute zu haben, während die beiden Herren zur Linken selbst mit dem Kellner nur Russisch sprachen. Ihre eigene Aufmerksamkeit galt der Frau gegenüber, einer hochgewachsenen Blondine mit Kurzhaarschnitt, gekleidet in einen enganliegenden Designer-Hosenanzug, mit auffälligem Lidschatten und einer Perlenkette um den Hals, deren Wert sie spontan im vierstelligen Bereich schätzte.

Seit sie sich vor rund einer halben Stunde zum ersten Mal vor dem Haupteingang zur Staatsoper getroffen hatten, konnte die Blondine ihre Augen nicht mehr von Vesna lassen, wie diese mit leiser Genugtuung feststellte.

»Ich verstehe gar nicht, dass du kein Foto von dir schicken wolltest«, sagte die Blondhaarige nun, die Bianca hieß und, wie sie ihr per Mail mitgeteilt hatte, als Aktienanalystin bei einer der wichtigsten Banken Österreichs arbeitete. »Ich hatte schon Sorge, du schickst mir deshalb keines, weil du ... nun ja ... optisch nicht ganz so punkten kannst.« Bianca schmunzelte verlegen. »Aber da habe ich mich gründlich geirrt. Du siehst wirklich phantastisch aus.«

»Ich verschicke grundsätzlich kein Fotos von mir an Unbekannte«, stellte Vesna klar. »Ich habe dir ja gesagt, ich sehe gut aus. Das sollte doch genügen.«

Bianca machte ein überraschtes Gesicht und Vesna besann sich darauf, dass sie sich wohl etwas zugänglicher geben musste, um an ihr Ziel zu kommen.

»Ich bin sehr überrascht, dass wir uns noch nicht begegnet sind«, sagte sie und lächelte ihr Gegenüber charmant an. »Ich könnte mir vorstellen, dass wir in denselben Kreisen verkehren. Rein beruflich, meine ich.«

Bianca lächelte zurück.

»Höchstwahrscheinlich. Ich gebe zu, ich habe deinen Namen gegoogelt. Wenn das, was du auf *Xing* eingetragen hast, wahr ist, ist dein Lebenslauf sehr beeindruckend. Mit nur neunundzwanzig Jahren sein eigenes Unternehmen zu gründen – das ist sehr mutig.«

»Ich bin ausgesprochen risikobereit«, erwiderte Vesna. »Ich bin der *chancenorientierte* Anleger – so würde man das in deiner Fachsprache wohl sagen.«

»Du scheinst dich mit Anlagen auszukennen …«

»Genug, um zu wissen, dass ich nur in etwas investiere, das ich kontrollieren kann.«

»Damit widersprichst du allerdings deiner Aussage, dass du der *chancenorientierte Anlegertyp* bist.«

Vesna lehnte sich leicht nach vorne, lächelte gewinnend.

»Weißt du, wenn ich über Aktien diskutieren will, gehe ich zu meinem Finanzberater«, flüsterte sie und fuhr sich mit der Zunge über die vollen Lippen. »Mit dir könnte ich mir etwas anderes vorstellen.«

»Tatsächlich?« Bianca lachte kokett. »Das beruht durchaus auf Gegenseitigkeit.«

Der Kellner servierte die Vorspeisen und unterbrach damit ihr Geplänkel.

Es war Bianca, die nach den ersten Bissen *Vitello Tonnato* das Gespräch wieder aufgriff.

»Offen gefragt: Du bist tatsächlich lesbisch?«

Vesna unterbrach ihren stillen Kampf mit den störrischen Blättern, die den Hauptteil des *Rucola, Pomodori e Grana* ausmachten, und bedachte ihr Gegenüber mit einem kurzen, abschätzigen Blick. Sie hasste derartige Diskussionen!

»Ich meine ja nur.« Bianca schob den nächsten Bissen Kalbrücken in den Mund und ließ sich mit weiteren Ausführungen Zeit. »Du siehst einfach nicht aus wie die klassische Lesbe«, setzte sie dann hinzu. »Üblicherweise melden sich auf meine Inserate trotz eindeutiger Präzisierung meiner Wünsche doch immer nur irgendwelche Kampflesben. Wobei die meisten wohl sowieso davon abgeschreckt sind, dass ich mit einem Mann verheiratet bin.«

»Das ist mir völlig egal«, erwiderte Vesna. »Solange du ihn von mir fernhältst. Ich habe definitiv kein Interesse … an einem Dreier oder was auch immer, ist das klar?«

»Selbstverständlich. Mein Mann hat ebenso wenig Interesse daran. Das ist … wäre eine heimliche Affäre.« Einen Moment lang verlor sie ihr Lächeln und wurde ernst. »Ist das etwas, womit du umgehen kannst?«

»Mir ist das völlig egal«, wiederholte Vesna. »Ich habe nicht vor, mit dir am nächsten CSD zu tanzen.«

Bianca lächelte wieder.

»Dann sind wir uns also einig«, sagte sie und weckte mit dieser abschließenden Feststellung Vesnas tiefen Missmut darüber, die Steuerung des Gesprächs aus der Hand gegeben zu haben. Es war an der Zeit, dies zu ändern. Als Bianca nach dem Hauptgang ein weiteres Glas Wein bestellen wollte, lehnte sie sich nochmals über den kleinen Tisch. Nur noch wenige Zentimeter trennten sie vom schmalen Gesicht der blonden Aktienanalystin.

»Wenn du noch ein Glas Wein trinkst, kannst du dir das mit dem Hotel abschminken«, erklärte sie knapp, ließ aber durch ihren intensiven Blick keinerlei Zweifel, um was es ihr ging.

Bianca atmete tief durch, verlor aber ihr Lächeln nicht.

»Bist du immer so direkt?«

»Wenn ich etwas will, dann schon.«

Vesna verlangte die Rechnung, zahlte – unter vagem Protest von Bianca, die sich aber schließlich doch ins Schicksal der Eingeladenen ergab. Bereits auf dem Weg ins *Le Meridian* ließ sie sich in die schützende Dunkelheit eines Hausgangs ziehen und von Vesnas Lippen und Händen eine erste Kostprobe dessen verabreichen, was sie erwarten durfte. Bianca stöhnte verlangend, vergaß anscheinend sogar, dass sie sich mehr oder weniger in der Öffentlichkeit bewegten.

Erst nachdem Vesna den Zimmerschlüssel verlangt hatte, schien sie wieder zur Ernüchterung zu kommen.

»Warum gehen wir eigentlich in ein Hotel und nicht in deine Wohnung?«, fragte sie irritiert.

»Weil ich es so will«, erwiderte Vesna trocken und zog sie zum Aufzug. Sobald sich die Türen hinter ihnen geschlossen hatten, erstickte sie jede weitere Frage mit einem leidenschaftlichen Kuss.

# Drache

Elisa hetzte zwei Stufen auf einmal nehmend die Rolltreppe der U-Bahn-Station hinauf. Lilly hatte bei der Ablieferung im Kindergarten an diesem Morgen geweint und sich an sie geklammert; es war sehr schwierig gewesen, die Kleine davon zu überzeugen, dass es keine Alternative gab, als den Tag trotz ihres Widerwillens dort zu verbringen.

Die rund zweihundert Meter bis zum Palais legte Elisa fast laufend zurück, was in ihren Stiefeln mit den kleinen Absätzen gar nicht so einfach war. Leicht verschwitzt und mit vom Frühlingswind zerzausten Haaren stolperte sie über den Hof und in das Bürogebäude. Sie hatte ein schlechtes Gewissen, weil sie rund zwanzig Minuten zu spät war. Mit dem Vorhaben, sich bei Marcel sogleich zu entschuldigen, stieß sie nach kurzem Anklopfen seine Bürotür auf – und blieb wie angewurzelt an der Türschwelle stehen.

Auf dem Besucherstuhl vor Marcels Arbeitsplatz saß eine junge Frau und weinte bitterlich, während er beruhigend auf sie einsprach.

»Das Leben geht weiter, Nicole«, sagte er. »Fehler können jedem passieren. Das hat nichts konkret mit dir zu tun. Sie ist halt ... nun ja, das wissen wir doch alle ... als Chefin eine spezielle Persönlichkeit.«

»Aber ... sie ... hat ... mir gekündigt!« Die junge Frau weinte noch heftiger.

Betreten trat Elisa den Rückzug an und gab Marcel, der kurz

in ihre Richtung blickte, lediglich durch ein Handzeichen zu verstehen, dass sie jetzt im Hause war.

Im Großraumbüro nebenan, das sie sich mit den Kollegen vom Kundendienst teilte, herrschte gedrückte Stimmung. Sie schienen Elisa kaum wahrzunehmen, als sie eintrat.

»Das hätte doch jedem passieren können«, sagte Jenny dumpf. »Ich meine, was willst du denn machen, wenn der Typ am Telefon sagt, er sei ihr Vater und hätte das arrangiert? Ist doch logisch, dass man denkt, es wäre mit ihr abgesprochen!«

»Es war ja wohl auch ihr Vater«, erwiderte Max, ohne von seiner Computerarbeit aufzusehen. »Nur, es war eben *keineswegs* mit ihr abgesprochen! Scheint so, als wären sie sich nicht gerade grün.«

»Umgekehrt – stell dir vor, Nicole hätte *keinen* Termin für die Wohnungsbesichtigung ausgemacht und es wäre tatsächlich alles so mit ihrem Vater vereinbart gewesen – dann wäre sie ihren Job genauso los«, gab Jenny wiederum zu bedenken.

»Eh klar. Sie konnte nur verlieren«, konterte Max. »Sie hatte einfach das Pech, ins Messer zu laufen.«

»Sie hätte sie vielleicht fragen sollen«, warf Emmy ein.

»Ach komm, du weißt doch genau, wie *sie* auf Fragen reagiert.« Max schüttelte empört den Kopf. »Entweder erklärt sie einen gleich für komplett gehirnamputiert oder sie zerstückelt einen verbal ...«

Für Elisa sprachen die Kollegen in Rätseln. Sie wollte nicht neugierig erscheinen, doch nachdem Nicoles lautes Weinen inzwischen bis ins Nebenzimmer drang, kam ihr die Frage wie von selbst über die Lippen: »Was ist denn passiert?«

»Nicole ist ... war *ihre* Sekretärin«, erläuterte Jenny. »Sie wollte offenbar alles richtig machen und hat unwissentlich diesen unverzeihlichen, riesengroßen Fauxpas begangen, einen Termin zwischen einem unserer Makler und den Verwandten der Chefin auszumachen. Und jetzt: Rübe ab!«

Elisa runzelte die Stirn. »Ich verstehe das nicht.«

»Kannst du auch nicht«, versicherte Max. »Vermutlich versteht *sie* sich nicht einmal selbst. Aber das macht das Arbeiten hier ja auch so richtig spannend, nicht wahr?«

Keiner erwiderte mehr etwas darauf. Elisa, die aus den vagen Anspielungen nicht schlau wurde, hielt es für angebracht, die Sache zu übergehen, und ließ sich an ihrem Schreibtisch nieder. Sie wollte nicht in irgendwelche Querelen verstrickt werden, die sie nichts angingen. Schließlich war sie noch in der Probezeit.

»Nicole war nur drei Monate hier«, griff Jenny das Gespräch wieder auf. »Und ihre Vorgängerin auch nur vier oder fünf Monate. Dieser Posten ist echt wie ein Schleudersitz.«

»Die Fluktuation ist hier allgemein recht hoch«, streute Max ein. »Wer weiß, wie lange ich noch bleibe.«

»Wieso, suchst du schon nach etwas Neuem?«

Was Max entgegnete, entging Elisa, denn sie hörte nicht mehr hin. Sie hatte nach Lillys Aufstand ohnehin Mühe, sich auf ihre Arbeit zu konzentrieren und im Online-Archiv nach den von Marcel angeforderten Vorlagen zu suchen. Der tränenreiche Abschied von ihrer unglücklichen Tochter hatte sie aufgewühlt. Sie fühlte sich wie die schlechteste Mutter der Welt – eine Frau, die herzlos ihr weinendes Kind an einem Ort zurückließ, der ihr selbst nicht einmal besonders zusagte. Der Kindergarten war außen grau, innen beige und lag an einer rege befahrenen Straße. Als Außenbereich diente ein betonierter Innenhof. In San Lorenzo hatte Elisa mit den anderen Kindern des Dorfes auf dem Platz vor der Kirche und in den Gärten gespielt …

Tock-tock-tock-tock. Elisa wusste das sich nähernde, lauter werdende Geräusch erst zu deuten, als es auf der Schwelle zum Büro abrupt zum Stillstand gekommen war: Absatzschuhe auf Parkettboden.

»Wo ist die neue Sekretärin?«

Die raue Stimme mit dem leichten Akzent hatte sie schon einmal gehört, nur wo? – Als sie sich nun langsam umwandte und die elegant gekleidete Frau mit dem hellbraunen, welligen

Haar und dem auffälligen Make-up im Türrahmen entdeckte, war die Erinnerung sofort wieder präsent.

In böser Vorahnung zog sich ihr Magen zusammen.

»Hab ich euch was gefragt oder nicht?«

Emmy, Jenny und Max waren wie zu Salzsäulen erstarrt. Erst als sich der bohrende Blick der Fragenden auf die blass werdende Jenny richtete, kam Leben in die junge Frau. Hastig deutete sie auf Elisa.

Ihre Blicke trafen sich. Die Frau musterte sie genauso abschätzig wie vor einigen Wochen im Flugzeug. Elisa fragte sich, ob sie sie wiedererkannte.

»In zehn Minuten bist du oben. Du arbeitest ab sofort für mich.«

Mit diesen Worten drehte sich die Dame auch schon wieder um und stakste hastig davon.

Elisa sah ihr nach, in den ersten Sekunden unfähig, sich zu bewegen.

»Oh Gott ... *sie* war hier!« Max löste sich als Erster aus der Schockstarre. Er flüsterte, was für ihn ungewöhnlich war.

»Das ist furchtbar«, sagte Jenny leise. »Es tut mir so leid für dich, Elisa. Wir hatten uns gerade an dich gewöhnt.«

Elisa atmete tief durch, sah in die Runde.

»Wer zum Teufel war das?«

Entsetzte Blicke der Kollegen.

»Weißt du das denn nicht?« Max' Augen waren riesengroß. »Das ist ... *sie*.«

»*Sie*«, wiederholte Elisa und spürte, wie sie allmählich die Geduld verlor. »Geht es noch genauer?«

Emmy erhob sich und legte ihr beruhigend die Hand auf die Schulter.

»Das ist die Chefin! Vesna Katiç – VK Immobilien.«

Na wunderbar, dachte Elisa ironisch. So einen Zufall kann es ja nur einmal im Leben geben. Ausgerechnet der Drache aus dem Flieger!

Elisa kannte die vierte Etage bisher nur von den wenigen Gelegenheiten, zu denen sie die Hauspost bei Mai-Lin an der Rezeption abgeholt hatte. Mai-Lin, eine junge Wienerin mit chinesischen Wurzeln, war bei VK Immobilien vorrangig mit dem Abheben des Zentraltelefons und der Vermittlung von Anrufen zuständig.

»Du bist jetzt also bei uns oben«, empfing sie Elisa, kaum dass diese eingetreten war. »Gratuliere.« Sie senkte die Stimme. »Sie ist heute ganz schlimm drauf!«

Entzückend, lag Elisa auf der Zunge, doch behielt sie es für sich. Gerade hatte sie sich eingelebt und in zwei Tagen hätte sie die Probezeit erfolgreich hinter sich gebracht, doch jetzt das! Nun würde sie bald wieder auf der Straße stehen, denn nichts sprach dafür, dass ihre Tätigkeit als Assistenz der Geschäftsführung auch nur den laufenden Arbeitstag überdauern würde.

Vesna Katiç erwartete sie in ihrem Büro am Ende des Ganges, einem geräumigen Zimmer mit hohen Wänden, zwei großen Fenstern und moderner, stilvoller Büroeinrichtung. An der Wand hingen plakativ zwei größere Bilder mit abstrakten Formen, die Elisa spontan Joan Miró zuordnete. Es gab wohl wenig Grund, daran zu zweifeln, dass es sich um Originale handelte.

Auf dem Schreibtisch sah sie ihre Bewerbungsunterlagen liegen – inklusive des schlechten Automatenfotos.

»Dein Schreibtisch ist im Zimmer nebenan«, sagte Vesna und wies auf die Verbindungstür. »Nicole packt gerade ihre Sachen zusammen. Wenn sie weg ist, kannst du gleich mit der Arbeit beginnen.«

»Und was sind künftig meine Aufgaben?«

Elisa beschloss, sich vom herrischen Auftreten der neuen Chefin nicht einschüchtern zu lassen.

Vesna Katiç, die gerade im Begriff gewesen war, sich auf ihrem extravaganten Schreibtischstuhl niederzulassen, fuhr herum. Sie bedachte Elisa mit einem Blick, der deutlich aussagte, für wie dämlich sie diese Frage hielt.

»Was werden deine Aufgaben als persönliche Assistenz schon sein? Du hast nur eine: mich! – Du weißt doch, was von dir erwartet wird, du hast ja den Job schon früher gemacht. Bei der Simon Casella AG.« Sie griff nach dem Dokument mit Elisas Passfoto und wedelte damit vor ihrer Nase herum. »Steht zumindest in deinem Lebenslauf. Ab sofort kannst du dasselbe für mich tun wie für diesen Simon Casella.«

Das definitiv nicht, dachte Elisa. Lieber falle ich auf der Stelle tot um.

Vesna war bereits dreimal im Auto um den Block gekreist und kurz davor gewesen, die Geduld zu verlieren, als sie endlich einen freien Parkplatz ergatterte. Sie parkte ihren neuen Wagen, mit dem sie sich vor wenigen Monaten selbst belohnt hatte, nicht gerne in dieser Gegend. Doch der Besuch, den sie machen würde, war unvermeidbar.

Sie musste nicht anläuten. Ein Zigarette rauchender Teenager, der sich durch den spaltbreit geöffneten Eingang nach draußen zwängte, gab ihr die schwere Haustüre in die Hand. Im Inneren des Altbaus war es duster und roch leicht modrig. Sie kannte den Geruch feuchter Wände nur zu gut.

Energisch klopfte sie an die hölzerne Wohnungstüre. Während sie darauf wartete, dass ihr geöffnet wurde, fiel ihr erstmals die Musik auf, die gedämpft aus der Wohnung nebenan drang. *Come Away With Me.* Norah Jones. Nicht ihr Stil.

Anscheinend hatte ihr Vater neue Nachbarn bekommen. Als sie vor rund zwei Monaten das letzte Mal bei ihm gewesen war, stand die Wohnung noch leer.

»Vesna? Du?«

Ihr Vater hatte die Tür geöffnet. Er wirkte überrascht.

Sie hatte ihren Besuch absichtlich nicht angekündigt.

»Wir müssen reden«, sagte sie auf Kroatisch anstelle einer Begrüßung. Schon hatte sie sich an ihm vorbeigedrängt. In der Ein-Zimmer-Wohnung mit Kochnische, die ihr Vater seit Jahren bewohnte, hatte sich in den vergangenen Wochen nichts geändert. Die schlichten Küchenregale quollen über vor Töpfen, Pfannen, Tellern und sonstigem Geschirr; auf dem alten Kühlschrank türmten sich Keksschachteln, Mehltüten, Konservendosen und Gemüse. Der zurückgezogene Vorhang der in die Küche integrierten Duschkabine gab den Blick auf einen Karton mit Weinflaschen frei. Auf dem Weg in das Hauptzimmer stolperte sie fast über ein paar Schuhe, die achtlos im Weg lagen.

Durch ihren dünnen Mantel hindurch spürte sie, welch eine unangenehme Kälte in der Wohnung herrschte. Es war Ende März und ihr Vater hatte offenbar trotz der kühlen Außentemperatur entschieden, dass für diese Saison genug geheizt worden war. Typisch.

Auf dem kleinen Tisch in der Ecke standen eine geöffnete Sardinenbüchse und ein Korb mit Fladenbrot. Ihr Vater hielt eine geöffnete Flasche Bier in der Hand.

»Ich habe nicht zu essen viel hier«, sagte er und wies auf den Tisch. »Aber wenn du mir trotzdem Gesellschaft leisten willst, dann …«

»Ich bin nicht zum Essen gekommen«, schnitt sie ihm das Wort ab, ließ sich aber dennoch ihm gegenüber am Tisch nieder. Beim Hinsetzen fiel ihr auf, dass der Holzstuhl leicht klebrig war. Sie verzog das Gesicht und hoffte, dass nichts von dem, was den Stuhl so pappig machte, an ihrem Mantel haften blieb.

»Es ist also wegen Goran und Daria.« Ihr Vater seufzte. »Du bist sauer, weil ich sie wegen der Wohnung zu dir geschickt habe.«

Sie lehnte sich mit verschränkten Armen nach vorne.

»Du hast sie nicht zu mir geschickt, *tata*! Du hast meiner Sekretärin vorgegaukelt, ich hätte ihnen eine Wohnung zugesichert, verdammt!«

»Weil sie Hilfe brauchen!« Ihr Vater wurde laut – etwas, was sie von ihm gewohnt war, wenn er wusste, dass er einen Fehler gemacht hatte. »Sie sind doch erst seit zwei Wochen hier, wohnen noch bei Jaro und Milana … sie haben noch keinen Job, kein Geld für Provision und Kaution … und du hast Hunderte Wohnungen zu vergeben …«

Er machte eine ausladende Geste.

»Nun übertreib aber nicht«, wies sie ihn scharf zurecht. »Du weißt außerdem genau, dass ich das nicht mache. Ich vergebe keine Wohnungen an diese Leute, und schon gar nicht zu irgendwelchen Sonderkonditionen, kapiert?!«

»Es sind Verwandte, du musst ihnen helfen!«

Trotz der dürftigen Zimmerbeleuchtung fiel ihr auf, dass sich die Gesichtsfarbe ihres Vaters von hellrot zu dunkelrot änderte. Wenn er sich aufregte, stieg sein Blutdruck. Sie wusste bis jetzt nicht, ob er dafür Tabletten einnahm.

»Ich muss überhaupt nichts«, zischte sie zurück. »Ich kenne diese Leute nicht einmal! Und mir hat auch niemand geholfen, niemand! Wer hierher kommt, muss sich selbst helfen oder zurückgehen, Punkt!«

»Was bist du für eine Tochter?« Seine Stimme wurde lauter. Er stellte die Bierflasche so schwungvoll am Tisch ab, dass sie umfiel. Das Bier ergoss sich über die Tischplatte und tropfte auf den grauen, löchrigen PVC-Boden. »Ich verliere mein Gesicht wegen dir!«

»Ja, das war dir ja schon immer wichtiger als alles andere.« Sie lachte bitter. »Aber jetzt bin ich erwachsen, *tata*. Und ich werde niemandem helfen, kapiert? – Ich warne dich: Tu das nie wieder!«

Sie stand auf. Ihr Drang, schnell wieder aus dieser Wohnung zu kommen, war plötzlich übermächtig.

»Vesna ... komm, lass uns reden!« Er packte sie am Arm, wollte sie aufhalten, doch sie stieß ihn so heftig zurück, dass er gegen einen der Essstühle taumelte. Der Stuhl fiel mit lautem Knall auf den Boden.

»Ich mag nicht!«

Ihre Beherrschung war dahin. Sie schrie ihn an, die Hände in Abwehrhaltung, als er nochmals ein paar Schritte auf sie zumachte.

Er blieb stehen.

»Was magst du denn überhaupt?«, schrie er zurück. »Du magst dich ja nicht einmal selbst!«

Eigentlich hatte Elisa ihrem Nachbarn nur den längst überfälligen Kasten Bier bringen wollen, den er sich als Lohn für seine Möbelmontage gewünscht hatte. Gerade wollte sie an die Tür klopfen, als sie die lauter werdenden Stimmen aus dem Inneren der Wohnung zögern ließen.

Eine fremde Sprache, vermutlich kroatisch. Sie erinnerte sich, dass Zlatko beim Aufbau erwähnt hatte, aus Kroatien zu stammen. Noch immer war sie ihm und seinem Kumpel zutiefst dankbar für die schnelle, unerwartete Hilfe.

Jetzt fiel etwas drinnen zu Boden. Die Stimmen wurden noch lauter. Ein heftiger Streit war entbrannt. Sie erkannte Zlatkos tiefe Stimme. Dann hörte sie eine Frauenstimme – und erstarrte. Rau, scharf, verächtlich.

Ich höre schon Gespenster, dachte sie. Sie kann schließlich nicht überall ein!

Zwar war der Tag einigermaßen gut gelaufen, was wohl vorrangig daran lag, dass ihre neue Chefin diverse Sitzungen hatte und sich nicht ausschließlich ihr widmen konnte. Elisas größte Sorge war gewesen, dass sie nicht Punkt halb fünf Uhr wegkam, um Lilly pünktlich vom Kindergarten abzuholen. Zum Glück hatte Vesna Katiç noch in einer Besprechung gesessen, weshalb sie sich einfach ohne ein Wort davonstahl.

Genau das würde sie jetzt auch mit ihrem Kasten Bier tun. Mit wem auch immer er sich gerade stritt, es lag ihr fern, sich in Zlatkos Angelegenheiten einzumischen. Just als sie den Rückzug antreten wollte, wurde die Tür ruckartig aufgerissen, eine vor Wut schnaubende Gestalt schoss heraus, die mit voller Wucht gegen sie prallte. Elisa stolperte rückwärts, fiel über den Bierkasten und konnte sich reaktionsschnell gerade noch an der Hauswand abstützen.

Die Frau, die aus der Wohnung gestürmt war, starrte sie an. Elisa starrte aufgebracht zurück. Sie brauchte keine Phantasie, um zu wissen, dass die Empörung, die sie in diesem Augenblick empfand, auf Gegenseitigkeit beruhte.

»Was willst du hier?«, fuhr Vesna Katiç sie prompt an.

»Ich wohne hier!«, fauchte Elisa automatisch zurück. In ihrer Freizeit würde sie sich gewiss nicht in die Duckmaus-Position begeben!

»Na, dann viel Spaß noch!«

Sie hastete im Stechschritt davon und Elisa wunderte sich erneut, wie jemand auf solch hohen Absatzschuhen so schnell gehen konnte. Sie selbst beherrschte diese Kunst jedenfalls nicht.

»Meine Tochter. Sie ist nicht immer so.«

Zlatko stand an der Türschwelle. Er wirkte sichtlich mitgenommen. Verlegen fuhr er sich mit der Hand durch sein dichtes graues Haar.

»Das hoffe ich«, entfuhr es Elisa, die noch immer etwas unter Schock stand. »Denn ich bin ihre neue Sekretärin.«

Zlatko machte ein überraschtes Gesicht.

Sie deutete auf den Kasten Bier.

»Eigentlich wollte ich mich nur bedanken …«

»Komm doch rüber«, schlug ihr Nachbar vor. »Bringst du

kleines Mädchen auch mit und wir trinken was.« Er deutete auf den Kasten.

Elisa kämpfte mit sich. Eigentlich mochte sie Bier nicht besonders, doch der Mann tat ihr leid.

»Gerne«, sagte sie daher. »Ich sage Lilly Bescheid.«

# Lilly

Zwei Wochen war alles gut gegangen. Relativ gut. Elisa stand inzwischen eineinhalb Stunden früher auf, um Lilly, die um diese Uhrzeit noch missgelaunter war als üblicherweise am Morgen, noch zeitiger im Kindergarten abzugeben. Vesna Katiç erschien gewöhnlich gegen halb acht Uhr im Büro. Von ihrer Assistentin erwartete sie Anwesenheit ab acht. Elisa musste aber früher anfangen, wenn sie Lilly pünktlich wieder abholen wollte. Marcel hatte in der Zeit zuvor ein Auge zugedrückt, wenn es um ihre Anwesenheitszeiten gegangen war – zumal sie zum Ausgleich am Freitag, wenn die anderen gegen halb drei Uhr schon Feierabend machten, etwas länger blieb, um ihr Stundendefizit auszugleichen. Doch Vesna erwartete mehr als nur die vorgeschriebenen 38,5 Stunden und dies war mit den Öffnungszeiten eines Kindergartens schwer in Einklang zu bringen.

So saß Elisa bereits ab halb vier Uhr nachmittags wie auf glühenden Kohlen in der Hoffnung, dass ihr die Chefin nicht noch irgendeine zeitraubende Aufgabe übertrug, die sie daran hinderte, sich zeitig auf den Weg in den 10. Bezirk zum Kindergarten zu machen.

Es war 16 Uhr, als Vesna unerwartet im Vorzimmer erschien. Sie war in der Früh kurz im Büro gewesen, hatte den Tag dann aber auf Auswärtsterminen verbracht.

»Heute geht es so mit ihr«, war zum Launenpegel der Chefin vermeldet worden. Es hatte sich quasi als Ritual eingebürgert, dass Mai-Lin, die Vesnas Stimmung schon beim ersten Schritt in die Büroräumlichkeiten ausmachen konnte, einen kurzen vorbereitenden Anruf startete, während die Firmeninhaberin noch den Mantel an der Garderobe ablegte.

Vesna schwenkte einen Papierbogen in den Händen. Sie setzte sich auf die Kante von Elisas Schreibtisch.

»Weißt du eh, ich bin nicht blöd oder so«, sagte sie provokant. Elisa hob den Kopf. Ihr Blick fiel unweigerlich auf Vesnas lange Beine, die unter dem leicht nach oben gerutschten Rock zum Vorschein kamen. Aus Höflichkeit wandte sie den Blick ab.

»Schau mich an, wenn ich mit dir rede«, kam es sogleich. »Ich mag das nicht, wenn Leute wegsehen. Das ist unhöflich.«

Elisa biss sich auf die Lippen. Sie war zu lange selbständig gewesen, um sich damit abzufinden, wie eine Untergebene behandelt zu werden. Das war einfach nicht sie selbst. Bis vor kurzem war sie Simon Casellas Frau, eine Signora, für die jeder in San Lorenzo gerne arbeitete, weil sie nett und freundlich war – und vor allem gut und pünktlich zahlte.

Sie wollte sich beherrschen, aber der Drang, ihre Selbstachtung zu schützen, war zu stark.

»Weißt du eh«, sagte sie mit Nachdruck und griff absichtlich Vesnas Jargon auf. »Ich sehe einfach nicht gerne auf das Tanga-Höschen anderer Frauen, wenn sie sich ungefragt auf meinem Arbeitsplatz niederlassen.«

Ein Ruck ging durch Vesnas Körper. Einen Moment lang rechnete Elisa damit, dass sie sich auf sie stürzen und ihr den Hals umdrehen würde. Doch das Gegenteil war der Fall. Vesna rutschte von der Tischplatte und zog sich einen Stuhl zum Schreibtisch.

»Ich habe deinen Lebenslauf noch einmal studiert«, sagte sie mit eisiger Stimme. »Du hast etwas verschwiegen.«

Lilly. Elisas Herzschlag setzte ein paar Takte aus.

Zwar war ihre Probezeit nun schon abgelaufen, doch eine alleinerziehende Mutter genoss in Österreich noch lange keinen

Kündigungsschutz. Innerhalb der fristgerechten vier Wochen konnte Madame Katiç sie problemlos auf die Straße setzen.

»Tatsächlich?«, sagte Elisa, darum bemüht, ihren Tonfall möglichst gleichmütig klingen zu lassen. Sie war sich inzwischen fast sicher, dass Vesna keine Erinnerung an ihre kurze Begegnung im Flieger hatte. Aber eben nur fast.

»Diese Simon Casella AG«, begann Vesna langsam. »Die gibt es gar nicht. Simon Casella war ein Hedgefonds-Manager und Finanzberater für reiche Leute.«

»Tatsächlich?«, wiederholte Elisa, während sie in den Bildschirm starrte. Die Buchstaben verschwammen vor ihren Augen.

»Weißt du, was ich glaube? – Du hast nicht für ihn gearbeitet, sondern mit ihm geschlafen.«

Elisa schloss einen Moment lang die Augen. Sie wollte dieses Gespräch nicht führen. Schon gar nicht mit dieser Frau.

»Gibt es an meiner Arbeit etwas auszusetzen?«, erwiderte sie so ruhig wie möglich, als sie die Augen wieder öffnete. »Wenn ja, dann sagen Sie es mir bitte.«

Vesna zuckte mit den Schultern.

»Nein, alles okay. Bis jetzt. Außer, dass wir uns alle duzen. Das ist hier so Firmenkultur. Halte dich daran.« Die Chefin stand auf. Auf der Schwelle zu ihrem Büro wandte sie sich noch einmal um. »Ich habe um 18.30 Uhr noch ein Meeting«, sagte sie dann beiläufig. »Ich brauche dich dabei zum Protokollieren.«

Lilly. Elisas Herzschlag beschleunigte sich.

»Das geht nicht«, sagte sie, wissend, dass ein Widerspruch gegen alle Gesetze ihres Arbeitsverhältnisses verstieß.

»Doch, geht schon.« Vesna grinste. »Nennt sich Überstunden. Wird sogar bezahlt.«

Die Zwischentüre fiel hinter ihr ins Schloss.

Mai-Lin war gerade dabei, ihren Mantel anzuziehen, als Elisa mit Lilly an der Hand zur Türe hereinstob. Der Empfangskraft stand das Erstaunen ins Gesicht geschrieben, als sie das kleine Mädchen mit dem Pferdeschwanz erblickte.

Sie wollte etwas sagen, doch Elisa legte bereits den Finger auf die Lippen und zog sie zur Seite.

»Hör zu, Mai-Lin«, sagte sie hastig. »Das ist meine Tochter Lilly. Vesna braucht mich noch bei einer Sitzung. Ich bitte dich … geh so lange mit Lilly irgendwo hin, in ein Lokal, in den Park, irgendwo hin … Es wird nicht lange dauern. Ich zahle auch dafür!«

»Du hast noch nie erzählt, dass du eine Tochter hast.«

Was tat das jetzt zur Sache?

Elisa sah sich panisch um. Sie wusste, dass andere Kollegen noch in den Büros saßen und jederzeit herauskommen konnten. Es galt zu vermeiden, dass noch mehr Leute von Lilly Notiz nahmen. Um jeden Preis musste sie sich vor dem Image der alleinerziehenden Mutter bewahren, die völlig überfordert ihren Aufgaben nicht nachkommen konnte und ihr Zeitmanagement nicht im Griff hatte. Sie hatte inzwischen herausgefunden, dass sie die einzige Mutter im Unternehmen war, und sie glaubte nicht an Zufälle.

»Mai-Lin, ich flehe dich an!«

Es war ihr unangenehm, dass sie sich vor einer Frau, die fast ihre Tochter hätte sein können, so erniedrigen musste, doch sie sah keine andere Möglichkeit. »Zwanzig Euro … nein, dreißig. Für maximal zwei Stunden.«

Mai-Lin schüttelte den Kopf.

»Tut mir echt leid, Elisa. Ich habe schon Kino mit Freunden ausgemacht. Ein anderes Mal gerne.« Sie knöpfte ihren Mantel zu. »Pass auf wegen *ihr*«, fügte sie dann mit gesenkter Stimme hinzu. »Ich bin total sicher, dass sie ausflippt, wenn sie das Kind im Büro sieht!«

Daran hatte Elisa keinen Zweifel.

Sie zog Lilly in das kleine Sitzungszimmer schräg hinter der Garderobe und schloss die Türe von innen.

»Mäuschen, du musst jetzt ganz tapfer sein. Die Mami muss noch etwas arbeiten. Du musst ganz still hier warten ... du kannst ein bisschen zeichnen ...« Eilig breitete sie Block und Bleistifte aus, die sie vom Büroartikel-Regal an der Rezeption mitgenommen hatte. »Aber du darfst das Zimmer nicht verlassen. Mami ist gleich wieder da.«

Sie drückte Lilly, die wie erstarrt vor ihr stand, einen Kuss auf die Wange, dann verließ sie hastig das Zimmer. Es zerriss ihr fast das Herz.

Die drei Herren der Gebäudereinigung hatten bereits im Großen Sitzungszimmer Platz genommen. Vesna sah auf die Uhr. 18.02 Uhr – und von Elisa fehlte jede Spur. Zwar hatte sie die Mappe mit den Unterlagen vervielfältigt und wie verlangt Wasser, Saft und Kekse bereitgestellt, doch sie selbst war seit einer Dreiviertelstunde unauffindbar.

Vesna spürte den Ärger in ihrem Bauch wachsen, während sie den Herren die Gläser füllte – etwas, was sie längst nicht mehr als ihre Aufgabe sah. Vor einer halben Stunde hatte sie noch innerlich über den Dialog geschmunzelt, in den sie mit ihr geraten war. Elisas Bemerkung mit dem Tangahöschen hatte sie amüsiert. Sie hatte nicht erwartet, dass diese ernst und gewissenhaft wirkende Frau so viel Witz und Schlagfertigkeit besaß. Noch nie hatte jemand aus dem Kreise ihrer Angestellten etwas Vergleichbares zu äußern gewagt.

Jetzt, da Elisa auf sich warten ließ, bereute sie ihre joviale Reaktion auf die dreisten Worte ihrer Mitarbeiterin bereits. Einen Moment lang war sie nachlässig gewesen und schon wurde sie nicht mehr ernst genommen. Sie würde das korrigieren müssen, gleich nach der Sitzung.

Fünf Minuten zu spät hastete Elisa schließlich in das Besprechungszimmer. Sie wirkte völlig abgekämpft: Ein paar Strähnen hatten sich aus ihren aufgesteckten Haaren gelöst und hingen wirr ins Gesicht; ihr Make-up leicht verschmiert, der Kragen ihres Sakkos eingeschlagen. Ein Blick in den Spiegel war diesem Meeting ganz offensichtlich nicht mehr vorausgegangen.

Zwar protokollierte sie die Verhandlungen mit, doch Vesna wurde den Eindruck nicht los, dass Elisa in Gedanken ganz woanders war. Sie wirkte unkonzentriert, schien das Ende des Meetings kaum abwarten zu können. Das würde ein Nachspiel haben.

Um 19.30 Uhr hatten sie besprochen, was es zu besprechen gab. Vesna verabschiedete ihre Geschäftspartner, die aufbruchsbereit in Richtung Garderobe strebten. Auch Elisa hatte es eilig, wegzukommen – was Vesnas Unmut weiter in die Höhe trieb.

»Bevor du gehst, hole mir bitte noch den Ordner mit den Mietverträgen vom *Sunrise*-Tower«, sagte sie mit zuckersüßem Lächeln, während sie innerlich schon vor Wut bebte. Sie wollte Zeit gewinnen, wollte die Herren erst außer Hör- und Sichtweite wissen, ehe sie zum verbalen Rundumschlag ausholte.

Elisa machte ein Gesicht, als würde sie jeden Augenblick vor Verzweiflung zerbersten. Vesna quittierte das mit Verachtung. Sicherlich hatte es eine da eilig, zu ihrem Mann oder Freund zu kommen. Sollte der doch warten. Sie zahlte diese Frau schließlich dafür, dass sie sich um sie und ihre Belange kümmerte!

»Der Ordner müsste unten im Kundenservice sein.« Elisa trat unruhig von einem Bein auf das andere. »Jetzt ist da sicher niemand mehr; ich nehme an, es ist abgesperrt.«

»Dann werden wir eben wieder aufsperren.« Vesna vertiefte

ihr diabolisches Lächeln, während sich ihre Hände bereits zu Fäusten ballten. Sie streckte Elisa einen Schlüsselbund entgegen. »Wie gut, dass ich hier die Chefin bin und den Generalschlüssel habe, nicht wahr?«

Elisa nickte gequält. Mit triumphierendem Lächeln sah ihr Vesna nach, wie sie sich auf den Weg nach unten begab. Sie wollte gerade zurück ins Büro gehen, als ihr Blick auf das oberhalb der Garderobe gelegene Sichtfenster zum kleinen Sitzungszimmer fiel.

Das nächste Ärgernis. Offenbar hatte die schusselige Mai-Lin vergessen, das Licht auszumachen. Kein Wunder, wenn die Stromrechnung für die Büroräumlichkeiten von Monat zu Monat teurer wurde! Sie würde die kleine Asiatin morgen sofort zur Rechenschaft ziehen.

In dem Vorhaben, lediglich den Lichtschalter zu betätigen, öffnete Vesna die Türe zum Besprechungszimmer – und blieb wie vom Donner gerührt stehen, als sie ein kleines Mädchen entdeckte, das sie von der äußersten Kante des Tisches aus mit großen, erschrockenen Augen anstarrte.

»Bist du verrückt oder was?«

Vesna tobte. Dadurch, dass sie etwas größer als Elisa war und hohe Absätze trug, wirkte sie in diesem Moment auf sie wie eine überlebensgroße, wütende Matrone.

»Glaubst du, mein Büro ist ein Kindergarten? Weißt du eh – es gibt einen großen Unterschied zwischen deiner Wohnung und meiner Firma: In deiner Wohnung kannst du elf oder zwölf Kinder haben, ist mir egal, kannst du machen, wie du willst … aber in meiner Firma kannst du *null* Kinder haben! *Null*, verstehst du!«

Seit fünf Minuten bemühte sich Elisa, ihre Situation im Zusammenhang mit den unerwarteten Überstunden zu erklären. Sie hatte keine Chance. Vesna bügelte sie mit einer neuen Salve nieder, kaum dass sie den Mund öffnete.

»Weißt du eh, ich bin nicht blöd! Ich kann rechnen. Wenn ich deine Arbeitszeiten zusammenzähle in den letzten zwei Wochen, komme ich auf ein tägliches Minus. Und da ich ein Wirtschaftsmensch bin und das meine Firma ist, gefällt mir dieses Minus nicht! Wenn du dein Privatleben nicht im Griff hast, kannst du gehen! Das ist mein Geld und du hast hier zu sein, solange ich das will!«

Lilly zog an ihrem Rock. Sie hatte sich dicht an sie gedrängt und Elisa konnte das gut verstehen. Das Geschrei machte dem Kind Angst. Beruhigend strich sie ihrer Tochter über das Haar, hoffend, dass Vesna Katiç irgendwann die Luft ausgehen würde.

»Weißt du eh, ich habe deinen Lebenslauf. Und da steht nix drinnen von einem Kind, nix!«

»Weil ich sonst den Job nicht bekommen hätte!«

Endlich hatte sie Gelegenheit, zu Wort zu kommen.

»Natürlich nicht! Ich will jemanden, der für mich da ist, wann immer ich es brauche!«

Völlig gestört, diese Person, dachte Elisa spontan.

»Du hast sie mir bewusst verschwiegen und das kann ich nicht akzeptieren!« Vesna schrie noch immer. Elisa fragte sich, ob die Frau jemals in ihrem Leben in der Lage gewesen war, eine Meinungsverschiedenheit auf sachlicher Ebene auszutragen, und gab sich selbst die Antwort: Ganz sicher nicht. Ihren Vater hatte sie ja auch angeschrien.

»Ich habe sie nicht verschwiegen!«, verteidigte sie sich und konnte nicht verhindern, nun auch lauter zu werden. »Du wusstest doch, dass ich ein Kind habe! Du hast uns schließlich im Flugzeug gesehen!«

»Welches Flugzeug?« Einen Moment lang verzichtete Vesna darauf, zu schreien. Sie schien wirklich perplex. Doch der

Augenblick ging schnell vorüber. Elisa konnte in ihren Gesichtszügen verfolgen, wie ihrem Gegenüber ein Licht aufging.

»Bist du also die dumme Frau aus dem Flugzeug, die meinen Koffer auf dem Gang herumgeschmissen hat? – Verstehe ich nicht, wieso Marcel dich eingestellt hat, wenn du nicht einmal einen Koffer ordentlich heben kannst!«

Elisa platzte der Kragen. Ihre mühsam aufrecht erhaltene Beherrschung brach in sich zusammen wie ein Kartenhaus.

»Man kann mir einiges zum Vorwurf machen, aber für dumm erklären lasse ich mich sicher nicht!«, fauchte sie. Dass diese Person ihre Arbeitgeberin war, ließ sie in diesem Moment kalt. Respekt konnte sie dennoch erwarten! »Weißt du eigentlich, wie mein Leben aussieht? – Ich stehe um halb sechs Uhr auf, ich hetze mit Lilly zu einem Kindergarten am Ende der Welt, steige dabei zweimal um … Dann renne ich in die Firma, arbeite – und in diesem Punkt kannst du mir wirklich nichts vorwerfen! – und renne zurück, um Lilly wieder pünktlich abzuholen, weil mir sonst eine Kindergärtnerin, die dich von ihrem Sozialverhalten her noch bei Weitem in den Schatten stellt, die Hölle heiß macht! Dieser ganze Tagesablauf ist minutiös abgestimmt – und wenn du dann mit unangekündigten Überstunden ankommst, gibt es eben ein Problem!«

Vesna bedachte sie mit einem eiskalten Blick. »*Du* hast ein Problem. Weil du nämlich bald keinen Job mehr hast, wenn du weiterhin so dumm daherredest. Was interessiert mich dein Leben?«

Elisa hatte genug. Sie ergriff Lillys Hand.

»Gute Nacht.«

Sie schlüpfte in ihren Mantel, während Vesna weiterhin vor sich hinschimpfte, und verließ eilig das Palais. Innerlich bebte sie vor Wut.

Nach einer schlaflosen Nacht mit vielen stillen Tränen, die sie nicht wegen Vesna Katiç vergoss, sondern wie so oft zuvor wegen Simons Tod, hatte Elisa am frühen Morgen einen Entschluss gefasst. Sie war jetzt gefasster, sah die Angelegenheit vernünftig. Auch wenn es für sie mit dramatischen Einschnitten und Unsicherheiten verbunden war, gab es aus ihrer Sicht nur eine Möglichkeit. Für weitere lautstarke Auseinandersetzungen mit einer Frau ohne Herz, die aufgrund ihrer Position immer in der Rolle der Überlegenen sein würde, war sie definitiv nicht geschaffen.

»Also, sie ist heute ...«, begann Mai-Lin sie ins Bild zu setzen, als sie eine halbe Stunde später als gewöhnlich die vierte Etage betrat. Elisa brachte sie mit einer kurzen Handbewegung zum Schweigen.

»Du musst mir nichts erklären«, sagte sie. »Ich kann mir die Laune von Madame Katiç auch so vorstellen.«

»... merkwürdig«, vollendete die Rezeptionistin den angefangenen Satz. »Ja, merkwürdig. Sie hat mich total freundlich gegrüßt!«

Wie auch immer, dachte Elisa und ging in ihr Büro. Sie hielt sich dort nicht lange auf. Die Zwischentüre zu Vesnas Zimmer stand offen; durch den Türspalt sah sie die Chefin am Computer sitzen. Sie klopfte kurz an und trat ein, ohne abzuwarten.

Vesna hob den Kopf.

»Guten Morgen«, sagte sie. Es klang in Elisas Ohren erstaunlich normal.

Sie blieb vor dem Schreibtisch stehen. »Es tut mir leid wegen gestern«, begann sie mit fester Stimme. »Ich habe nachgedacht, und ...«

Vesna wies mit flüchtiger Geste auf den Besucherstuhl.

Elisa zog sich den Stuhl heran und ließ sich nieder.

»Also. Ich habe nachgedacht und du hast mit einigen Dingen recht. Mein Leben inklusive aller Probleme ist wirklich nicht deine Angelegenheit und natürlich hätte ich dir meine Tochter nicht verschweigen dürfen. Ich bin mit meinen Wochenstunden leicht im Minus und ich hätte in der Theorie auch keinerlei Problem mit Überstunden. In der Praxis ist es allerdings so, dass ich es nicht schaffe. Ich verstehe, dass ich von dir abhängig bin und du mir Geld zahlst, damit ich dir zur Verfügung stehe. Aber meine Tochter steht für mich unangefochten auf Listenplatz eins und nichts und niemand ist mir wichtiger als sie.« Sie schluckte, weil es ihr angesichts ihrer nicht sehr rosigen Zukunftsperspektiven nicht leicht fiel, auszusprechen, was sie sich eine ganze Nacht lang überlegt hatte. »Daher sehe ich nur eine Lösung für unser beider Dilemma.«

Sie streckte Vesna den zusammengefalteten Briefbogen entgegen, den sie vorbereitet hatte.

»Was ist das?«

Elisa wartete, bis ihre Chefin das Papier entgegengenommen und auseinandergefaltet hatte. Vesna las die Zeilen, erhob sich dann und ging zum Fenster. Sie hatte ihr den Rücken zugewandt, schaute gebannt nach draußen. Elisa bezweifelte, dass es im Innenhof irgendetwas zu sehen gab. Je länger Vesna Katiç stumm blieb, desto seltsamer wurde die Situation.

Als die Firmeninhaberin nach einigen Minuten, die Elisa wie eine Ewigkeit vorkamen, noch immer nichts gesagt hatte, ergriff sie nochmals das Wort.

»Also ... fristgerecht werde ich deiner Firma noch bis zum 30. April zur Verfügung stehen, abzüglich meiner erarbeiteten Urlaubstage ... Es sei denn, du willst, dass ich gleich gehe, dann wäre das wohl eine Freistellung.«

Vesna drehte sich um. Sie ging zum Schreibtisch zurück und zerriss den Briefbogen vor Elisas Augen in kleine Stücke.

»Auf deinem Schreibtisch stehen Blumen«, sagte sie unvermittelt.

»Was?« Elisa spürte, wie die Bemerkung sie völlig aus dem Konzept brachte.

Vesna setzte sich zurück an den Schreibtisch. Sie stützte den

Kopf mit den Händen auf der Tischplatte ab und sah Elisa lange an. Ihre Miene blieb dabei undurchdringlich.

»Wir müssen etwas ändern«, sagte sie dann. »Sonst klappt das mit uns nicht. Du kannst Flexibilität haben, wenn du das brauchst. Du kannst später kommen, früher gehen, alles. Was du willst. Aber ich muss jederzeit auf dich Zugriff haben. Flexibilität funktioniert nicht nur in eine Richtung. Ich will, dass du für mich da bist, verstehst du? – Ich will, dass du jederzeit für mich erreichbar bist, das ist es. Und du brauchst ein Back-up für dein Kind. Kann sein, dass sich dein Typ vertschüsst hat, aber damit bist du kein Einzelfall. Du musst das besser arrangieren.«

Elisa nickte zögerlich. Sie wusste, dass Vesna recht hatte: Sie brauchte tatsächlich ein Back-up. Sie musste sich vernetzen, musste andere Mütter mit Kindern kennen lernen, um sich gegenseitig zu unterstützen, wenn eine von ihnen in Bedrängnis war. Bisher war sie jedoch zu sehr mit der Trauer um Simon, der Akzeptanz ihrer neuen Lebensumstände sowie dem Einrichten ihrer neuen Wohnung beschäftigt gewesen, um darauf Energie zu verwenden.

»Gut.« Vesna richtete sich auf. »Dann haben wir das jetzt besprochen, du kannst wieder arbeiten.« Sie verzog ihr Gesicht und Elisa hatte den Eindruck, dass so etwas wie ein flüchtiges Lächeln darüber hinwegflog. Sie war schon fast an der Türe, als sie Vesna nochmals dazu brachte, kurz innezuhalten.

»Wegen der Blumen musst du dir nichts einbilden. Sie waren für mich gedacht, aber ich will sie nicht haben.«

Elisa musste unwillkürlich schmunzeln.

»Schon gut«, sagte sie.

Der Blumenstrauß auf ihrem Schreibtisch war so groß, dass sie im Nachhinein gar nicht mehr verstehen konnte, wie sie ihn beim Betreten ihres Büros hatte übersehen können. Er bestand aus weißen und roten Rosen und etwas Grün.

Die kleine Karte entdeckte sie erst, als sie ihr Gesicht den

Blüten näherte, um daran zu riechen. Interessiert zog sie die Botschaft zwischen den Stängeln hervor.

*Ich war voreilig. Ich vermisse dich. Tatjana.*

Elisa hob die Augenbrauen. Was für eine Erkenntnis! Es schien tatsächlich einen Menschen zu geben, der Vesna Katiç *vermisste*!

Auch wenn sie sich nicht vorstellen konnte, jemals so viel Sympathie für sie aufzubringen, dass sie ihr fehlte, so musste sie sich dennoch eingestehen, dass ihre Chefin sie überrascht hatte. Möglicherweise war sie nicht nur der Unmensch, den sie nach außen gern zu verkörpern schien.

# Rasant

»Hör mal«, begann Bianca und Vesnas sensible Wahrnehmung geriet in Alarmbereitschaft. Sie hatten im *Indochine* zu Abend gegessen und waren nun auf dem Weg ins *Grand Hotel,* einer Prestige-Herberge am Kärntner Ring. »Hör mal, wir müssen nicht immer in ein Hotel gehen.«

Vesna lachte hell auf.

»Was schlägst du vor? Willst du mich zu dir in die Wohnung einladen? – Bin gespannt, was dein Mann dazu sagt!«

Bianca blieb stehen.

»Warum gehen wir nicht zu dir? Ich meine, das mit uns läuft jetzt doch schon einige Wochen und ich habe noch immer nicht deine Wohnung gesehen.«

Vesna verdrehte die Augen.

»Um was geht es dir eigentlich? Geht es um meine Einrichtung oder geht es um mich?«

»Natürlich um dich. – Aber um dich besser kennen zu lernen, würde ich einfach gerne mehr über dich wissen. Dazu gehört eben auch, dein Umfeld kennen zu lernen ... Wie du lebst, was du denkst, was du tagsüber tust ...«

»Du weißt, was ich tue: arbeiten. Und du weißt auch, was und wo. Es gibt in meinem Leben sicher weit weniger Geheimniskrämerei als in deinem.«

Sie hasste solche Debatten. Es war doch immer dasselbe mit diesen Frauen: Bissen sie erst einmal an, wollten sie sie kurze Zeit später mit Haut und Haar verschlingen. Nach den ersten

Malen mit Bianca hatte sie gedacht, mit ihr wäre es anders, immerhin war sie bereits liiert. Anscheinend hatte sie sich geirrt.

»Das mit Harald und mir ist nicht mehr so«, sagte Bianca nun zu allem Überfluss. »Ich genieße unsere Abende. Mit dir ist alles Abenteuer, mit Harald ist es so ... gewöhnlich.«

»Alles wird irgendwann langweilig.« Vesna war es unangenehm, das Gespräch fortzusetzen, besonders an einem lauen Abend Mitte Mai, an dem zahlreiche Menschen die Wiener Ringstraße entlangspazierten. »Komm schon.« Sie zwang sich zu einem verheißungsvollen Lächeln, obwohl ihr im Augenblick eher danach war, Bianca einfach mitten auf der Straße stehen zu lassen. Der Abend hatte gut angefangen, warum musste sie jetzt alles zerstören?

»Ich habe eine Überraschung für dich. Wird dir gefallen.«

Bianca gab auf.

»Du weißt wirklich immer genau, wie du dich aus einer Situation rettest«, stellte sie fest. Ihr Kommentar blieb unerwidert.

Die Handschellen schnappten zu. Vesna bog Biancas aneinandergekettete Hände nach hinten und beugte ihren nackten Oberkörper über die wehrlose Liebhaberin. Ihr langes Haar fiel Bianca ins Gesicht, als sie sich mit ihrem Mund deren schmalen Lippen näherte.

Bianca stöhnte.

»Gott, ich liebe dein Haar«, hauchte sie.

Vesna berührte mit ihrer Zunge Biancas Lippen, drang langsam in ihren Mund ein, während sich ihre nackten Brüste aneinander rieben. Sie spürte Biancas steife Brustwarzen und die Nässe, die sich zwischen ihren eigenen Schenkeln ansammelte. Langsam und gleichmäßig bewegte sie sich auf dem Körper der

Frau unter ihr auf und ab und liebkoste mit dem Mund deren Brustwarzen, während sie drei Finger in Biancas feuchte Mitte gleiten ließ. Bianca wand sich unter ihr.

»Oh Gott, Baby, ja«, stöhnte sie, während sie mit dem geringen Spielraum rang, den ihr die Handschellen ließen. Sie streckte ihre Arme nach vorne, um Vesnas Körper zu berühren. Resigniert gab sie auf und warf die Hände wieder nach hinten.

Vesna lächelte, küsste sie erneut auf den Mund, diesmal gieriger als zuvor, während ihre Finger tiefer in sie eindrangen. Sie stieß sanft zu, einmal, zweimal, während ihr Daumen über die Klitoris fuhr, die sich ihr prall entgegenreckte. Bianca schrie lustvoll auf.

»Ja, Baby ... mehr!«, keuchte sie, während Vesna bereits zum dritten Stoß ansetzte. »Mehr ... nimm die ganze Hand, bitte!«

Ihre Augen waren auf Vesna gerichtet, sehnsuchtsvoll und fordernd.

Vesna hielt kurz inne. Sie spürte Biancas Nässe, fühlte ihre Erregung. Trotzdem befremdete sie deren Bitte. Ihre Finger füllten die Frau aus, erregten sie, warum wollte sie Schmerz?

»Bitte«, wiederholte Bianca. »Dring in mich ein. Mach's mir mit der Hand.«

Vesna drängte ihre Zweifel zurück. Wenn Bianca es so wollte, bitte. Als ihre Hand in Biancas Inneres drang, biss sie selbst die Zähne kurz zusammen, so falsch fühlte sich die Enge an, die ihre Hand umspannte wie ein Mantel aus feuchtem Fleisch.

Es dauerte etwas, bis ihre eigene Erregung wieder im Steigen begriffen war. Bianca wand sich bereits keuchend unter ihr. Auf ihrem Körper glitzerten Schweißperlen. Als sie kam, hob sie sich ihr entgegen, riss an den Handschellen.

»Baby, oh mein Gott!«, schrie sie auf, während auch Vesnas Erregung zum Höhepunkt fand. Mit einem heiseren Keuchen sank sie auf Biancas verschwitzten Körper.

Eine Weile war ihr gemeinsamer schneller Atem das einzige Geräusch im Zimmer.

»Baby, du bist phantastisch«, stieß Bianca schließlich hervor. »Das ist das Unglaublichste, was ich je erlebt habe.«

Vesna sagte nichts. Sie mochte den vielen Schweiß nicht und sie mochte auch nicht *Baby* genannt werden. *Baby* nannte sie allenfalls im Stillen ihr neues Auto …

»Lässt du mich jetzt frei?«

»Wenn du brav bleibst.« Vesna richtete sich auf und angelte den kleinen Schlüssel vom Nachtkästchen.

Bianca kicherte.

»Also, solange du mit deinem Topbody nackt vor mir liegst, kann ich das nun wirklich nicht versprechen. Gehst du eigentlich trainieren oder bist du von Natur aus so?«

Was für eine Frage.

»Beides«, antwortete Vesna knapp, während sich Bianca nun aus dem Bett schälte und zum Schränkchen gegenüber stolzierte. »Was machst du?«

Bianca drehte sich um, zwei Gläser Whiskey in der Hand.

»Ich bringe uns einen Drink«, sagte sie. »Zur Stärkung. – Mal testen, ob er genießbar ist …«

Schon hatte sie die Lippen am Glas.

»Für Whiskey aus der Minibar ganz okay«, meinte sie und reichte Vesna das zweite Glas. »Prost!«

Vesna stellte das Glas auf dem Nachtkästchen ab und stand auf. Unter Biancas verwundertem Blick sammelte sie ihre beim Liebesspiel achtlos von sich geworfene Kleidung vom Boden auf und verschwand mit Unterwäsche und Stretchkleid im Badezimmer. Als sie angezogen herauskam und in ihre Stilettos schlüpfte, saß Bianca ratlos auf der Bettkante.

»Was ist denn?«

»Nichts.« Vesna rang sich zu einem Lächeln durch. »Ich muss morgen früh raus, das ist alles.«

»Aber … ich wollte mich noch revanchieren …«

»Das nächste Mal.« Vesna hob die Hand kurz zum Gruß und schlüpfte durch den schmalen Türspalt nach draußen.

Eine Dreiviertelstunde später wusch sie sich Biancas Schweiß vom Körper, während ihre Stereoanlage die Wohnung mit *P!nk* beschallte.

*Slut like You* hieß der Songtitel und Vesna fühlte sich in diesem Augenblick, als wäre der Titel auf sie gemünzt, wenngleich sie bisher diejenige gewesen war, die alles zahlte: das Hotelzimmer und das Essen vorab.

Später schaltete sie die Musik ab und den Fernseher im Schlafzimmer ein. Sie war froh, hier zu sein, in ihrer Wohnung, und nicht länger im Hotel. Mit aller Macht versuchte sie das Bild von Bianca und dem Whiskey zu verdrängen.

Denk an was Schönes.

Die Stimme in ihrem Kopf, die sich seit ihrer Jugend immer zuverlässig meldete, wenn es ihr schlecht ging, ließ sie auch diesmal nicht im Stich.

Sie versuchte, an ihr *Baby* zu denken, an das Gefühl, wenn sie aufs Gaspedal trat und es genoss, wie Wagen auch bei höherer Geschwindigkeit durch die Kurven zog. Freudig dachte sie daran, dass sie morgen eine längere Strecke fahren konnte, zu einem Außentermin.

Dann fiel ihr ein, dass sie für Begleitung gesorgt hatte. Das Antlitz einer inzwischen vertrauten Person mit braunen, für gewöhnlich streng zurückfrisierten Haaren tauchte vor ihrem inneren Auge auf. Elisa.

*Ich sehe einfach nicht gerne auf das Tanga-Höschen anderer Frauen, wenn sie sich ungefragt auf meinem Arbeitsplatz niederlassen.*

Elisa hatte inzwischen mehrere dieser Sprüche geklopft, die sie zum Schmunzeln brachten, doch dieser war immer noch mit Abstand der Beste.

»Sie hat heute eine Saulaune«, informierte Mai-Lin mit leiser Stimme, kaum dass Elisa die Räumlichkeiten der Firma betreten hatte. »So schlimm war es schon lange nicht mehr. Marcel wurde gerade ihr Opfer.«

Elisa stellte ihre Handtasche kurz an der Rezeption ab und holte die Faxe aus dem Postfach, die über Nacht für Vesna angekommen waren. Großteils wichtige Offerten für Ausstattung und Wartung von Großprojekten wie Bürohäusern und anderen Gewerbeflächen. Diese Kategorie betreute Vesna rein persönlich, während die Hausverwaltung der Miet- und Eigentumswohnungen unter diversen Mitarbeitern aufgeteilt war.

»Hat sie ihm gekündigt?«

»Nein, du kennst ja Marcel ... irgendwie kann er sich aus solchen Situationen immer diplomatisch retten. – Aber hast du heute nicht diesen Putzfirma-Termin in Linz mit ihr?«

Elisa, die die Faxe überflog, sah kurz auf.

»Ja, das ist korrekt. Um zwölf.«

»Oh Gott, du Arme!« Mai-Lin bedachte sie mit einem mitleidigen Blick. »Das wird der Horror, zwei Stunden mit ihr im Auto, wenn sie so schlecht drauf ist ...«

»Das trifft sich ganz ausgezeichnet«, erwiderte Elisa kurz und ließ die junge Asiatin verdutzt zurück, während sie in Gedanken ergänzte: Weil wir damit heute zumindest etwas gemeinsam haben.

Sie fühlte sich deprimiert und erschlagen, seit sie nachts aufgewacht war. Sie hatte wieder einmal von Simon geträumt, der Traum war so realistisch gewesen, dass sie danach lange nicht hatte einschlafen können: Sie hatten sich voller Leidenschaft geliebt und Simon hatte sie seine *Prinzessin* genannt, wie so oft.

Ich liebe dich! Aber heiraten will ich nicht, ich bin nicht der Typ für so etwas Traditionelles, hatte er ihr ins Ohr geflüstert.

Dann war sie aufgewacht, noch beseelt von den lustvollen Empfindungen, die der Traum ausgelöst hatte, aber ernüchtert von seiner Aussage, die tatsächlich irgendwann einmal gefallen war, damals im vierten Jahr ihrer Beziehung, als sie subtil hatte anklingen lassen, dass sie nichts gegen einen Antrag hätte. Dem Satz war eine längere Erklärung über spießige Bürgerlichkeit gefolgt, die er aus tiefstem Herzen ablehnte. Danach war das Thema für immer erledigt gewesen, auch wenn es sich hin und wieder wie ein spitzer Stachel in ihr Herz bohrte.

Die ersten zwei Stunden ihres Arbeitstages verliefen ohne besondere Vorkommnisse. Vesna arbeitete in ihrem Büro, Elisa am Schreibtisch im Vorzimmer, ab und zu klingelte ihr Telefon, und sie stellte die Anrufe, falls erforderlich, durch.

Um kurz nach zehn Uhr arbeitete Vesna immer noch seelenruhig am PC. Elisa begann nervös zu werden. Von Wien bis Linz waren es immerhin fast 200 Kilometer.

Sie tat, was sie als Assistentin für ihre Pflicht hielt, und klingelte bei Vesna an: »Müssen wir nicht aufbrechen?«

»Machst du Stress oder was?« Vesna warf einen Blick auf die Uhr und verzog das Gesicht. »In zwanzig Minuten. Frühestens.«

Elisa fragte sich, wie sich Vesna in eineinhalb Stunden durch den Stadtverkehr zur Autobahn wühlen und die Strecke nach Linz zurücklegen wollte, behielt ihre Zweifel aber für sich. Ob sie zu diesem Termin zu spät kamen oder nicht, war nicht primär ihr Problem.

Das Telefon klingelte.

»Ist Vesna Katiç da?«, erkundigte sich eine etwas kindlich klingende Frauenstimme.

»Mit wem spreche ich denn bitte?«, fragte Elisa professionell.

»Sagen Sie Ihr doch bitte, dass Tatjana am Telefon ist. Ich muss sie dringend sprechen, wirklich.«

*Ich war voreilig. Ich vermisse dich. Tatjana.*

Elisa konnte sich noch sehr gut an die schön geschwungene Schrift auf der Karte im Blumenstrauß erinnern. Sie hatte die dumpfe Vorahnung, dass Vesna über diesen Anruf möglicherweise nicht ganz so erfreut war, wie sich die Frau am anderen Ende der Leitung das erhoffte.

»Einen Moment bitte«, sagte sie daher. »Ich werde sehen, ob sie im Büro ist.« Sie schaltete den Anruf auf stumm und wählte Vesnas Durchwahl.

»Habe ich nicht gesagt: zwanzig Minuten?«, herrschte Vesna sie prompt an. Elisa rollte mit den Augen. Wenn dieser Drache so weitermachte, würde ganz sicher sie diejenige sein, die zuerst explodierte. Und das wiederum gefährdete die Stabilität ihres Arbeitsplatzes erheblich.

»Eine Tatjana will dich sprechen«, sagte sie sachlich. »Sie sagt, es sei dringend.«

»Ich bin nicht zu sprechen«, erwiderte Vesna und legte auf.

Tatjana war wieder in der Leitung.

»Sie ist in einer Sitzung«, sagte Elisa. »Es wird länger dauern. Ich glaube nicht, dass Sie heute noch Glück haben werden.«

Entsetztes Schweigen am Ende der Leitung.

Dann Tatjanas dünne Stimme: »Aber könnten Sie ihr bitte sagen, dass es mir wirklich wichtig ist? Sagen Sie ihr, dass ich damals vorschnell gehandelt habe. Dass ich einfach sauer war, als sie sich nicht gemeldet hat. Aber dass ich sie echt total vermisse.«

Um Himmels Willen, wie alt war diese Frau? *Echt total.* Fehlte noch, dass sie *urgeil* oder *uncool* sagte.

»Ich werde sehen, was ich tun kann.«

Elisa hatte kaum aufgelegt, als Vesna vor ihrem Schreibtisch stand.

»Und?«, fragte sie zu Elisas Erstaunen, die sich kurz sammelte und dann getreulich wiedergab: »Sie vermisst dich und bereut alles, was sie getan hat.«

Vesna nickte kurz.

»Gut«, sagte sie dann. »Du wirst sie auf keinen Fall durchstellen, wenn sie noch einmal anruft, verstanden?«

»Okay.« Für Elisa war das Thema damit erledigt. Was auch immer Vesna Katiç dieser jungen Frau angetan hatte oder auch umgekehrt – es ging sie nichts an. Vermutlich war auch diese Tatjana wieder irgendeine Cousine oder andere Verwandte, der sie nicht helfen wollte.

Für Vesna jedoch war noch nicht alles gesagt.

»Ich muss dich nicht daran erinnern, dass du in einer Vertrauensposition bist«, sagte sie steif. »Das, was du hier mitbekommst, landet nicht da draußen, verstehst du?«

Sie deutete in die Richtung der gegenüberliegenden Büros.

Wüsste nicht, wann ich Zeit hätte, Klatsch zu verbreiten, ging es Elisa durch den Kopf, doch angesichts Vesnas schlechter Laune behielt sie ihren Kommentar für sich und nickte nur.

»Ich erwarte bedingungslose Loyalität«, setzte Vesna hinzu.

Zehn Minuten später trat sie mit einer Handtasche, auf der ein plakatives PRADA-Emblem prangte, aus dem Büro.

»Gehen wir«, sagte sie knapp und setzte sich ihre überdimensionale Sonnenbrille auf.

Elisa hatte den silbergrauen Porsche, der auf einem der sechs Parkplätze im Innenhof des Palais parkte, automatisch einem der drei Rechtsanwälte zugeordnet, die im selben Gebäude ihre Büros hatten. Als Vesna den Wagen öffnete und ihr sogar galant die Türe zum Beifahrersitz aufhielt, wurde sie eines Besseren belehrt.

Natürlich, ging es ihr durch den Kopf, während ihre Chefin auch schon den Motor startete. Eigentlich passt dieses Protz-Auto ja wie das Tüpfelchen aufs i …

Die nächsten zwanzig Minuten dachte sie gar nichts mehr außer: Lass mich diese Fahrt überleben. Denn was Vesna bis zur Auffahrt auf die Autobahn abzog, war für sie nur schwer erträglich: Madame wechselte abrupt die Spur, schnitt andere Autofahrer, um schneller voranzukommen, bremste scharf ab, wenn es brenzlig wurde, und gab Gas, so bald sich nur die kleinste Gelegenheit bot.

Elisa klammerte sich seitlich am Türgriff fest und hoffte, dass dieser Spuk vorüber sein würde, sobald sie endlich auf der Autobahn waren. Sie irrte. Hier fing der Horror erst richtig an: Bereits auf der Auffahrt zur A1 trat Vesna nochmals kräftig aufs Gaspedal. Der Motor fauchte wie ein angriffslustiges Tier. Die Tachonadel schnellte nach oben. 140, 150, 160, 180 ... die 130-Beschränkung schien für diese Fahrerin keine Bedeutung zu haben, ungerührt röhrte sie an den anderen Autos vorbei. Elisa richtete den Blick starr geradeaus und schickte ein Stoßgebet nach dem andern zum Himmel.

Über 150 Kilometer lagen noch vor ihnen.

»Was bist du so still? Passt was nicht?«

Es war das erste Mal seit der Abfahrt, dass Vesna das Wort an sie richtete, während sie einem VW mit der Lichthupe zu verstehen gab, dass er sich von der Überholspur trollen sollte.

Elisa ahnte, dass es keinen Sinn hatte, am Fahrstil Kritik zu üben. Also sagte sie nur: »Ich habe nicht gewusst, dass ein Porsche so laut ist.«

Vesna bedachte sie mit einem Blick, als wäre sie geistig zurückgeblieben.

»Das ist der Sound«, stellte sie klar, drückte aber dann doch einen Knopf an der Konsole in der Mitte und das Geräusch wurde leiser. Die entstandene Ruhe konnte Elisa jedoch nicht lange genießen, denn Sekunden später vibrierte das Wageninnere unter rockigen Rhythmen, die von allen Seiten über ihr zusammenzuschlagen schienen.

Sie konnte Rockmusik ohnehin wenig abgewinnen, doch

gepaart mit Vesnas aggressivem Fahrstil hatte sie den Eindruck, auf einem Höllenritt zu sein. Dabei war sie schon dankbar, dass Vesna trotz des schönen Frühlingswetters nicht das Verdeck geöffnet hatte – bei mittlerweile über 200 km/h auf der A1 stellte sie sich eine Fahrt im offenen Wagen alles andere als vergnüglich vor.

Als sie pünktlich in der Linzer Innenstadt im Parkhaus ankamen, zitterten Elisa die Knie. Während sie ihrer Arbeitgeberin zu dem Restaurant folgte, in dem das Treffen stattfinden sollte, hoffte sie, dass die Schweißflecken unter ihren Achseln an dem pastellgrünen Sommerkleid, das sie trug, nicht allzu sehr auffallen würden.

Die beiden Herren vom Reinigungsunternehmen erwarteten sie im Gastgarten des gehobenen Innenstadt-Restaurants. Thomas Stolz und Dr. Gregor Ländlein. So lauteten die Namen der beiden Geschäftspartner, die seit rund eineinhalb Jahren für VK Immobilien in Linz tätig waren. Vesna waren Unstimmigkeiten bei den jüngsten Rechnungen aufgefallen und so hatte sie Elisa das Treffen vereinbaren lassen. Sag, wir machen einen Termin in Linz, hatte sie Elisa beauftragt, und so saßen sie nun hier. Zunächst aber studierten sie schweigend die Speisekarte. Mittelmeer-Küche, sehr exquisit. Elisa bestellte und kam allmählich zur Ruhe. Der Smalltalk besserte ihre Stimmung und lenkte sie von dem Horror ab, den sie die vergangenen eineinhalb Stunden hatte erleben müssen.

Ländlein bestellte eine Flasche Weißwein, Vesna lehnte prompt ab und Elisa war beruhigt, dass sie zumindest auf Alkohol am Steuer verzichtete. Sie dagegen sah ihre Chance gekommen, die Rückfahrt in leichter Bewusstseinstrübung über sich ergehen zu lassen, und ließ sich gerne einschenken.

Sie hatte das volle Glas noch nicht zum Mund geführt, als sie Vesnas Hand flüchtig an ihrem Oberschenkel spürte.

»Ein Schluck und du bist deinen Job los.«

Es war eine geflüsterte Warnung.

Widerstrebend stellte Elisa ihr Glas am Tisch ab. Wenn ihre Chefin nicht wollte, dass sie Alkohol während der Dienstzeit trank, musste sie das akzeptieren, aber sie ärgerte sich über die Zurechtweisung.

Die Vorspeise kam, das Gespräch plätscherte dahin, es ging um die Immobilienbranche im Allgemeinen. Elisa musste sich eingestehen, dass sie Vesna nicht zugetraut hatte, auf so elegante Weise Smalltalk zu führen.

Ländlein und Stolz offenbar auch nicht. Spätestens bei der Hauptspeise war nicht zu übersehen, dass Stolz, der Jüngere von beiden, regelrecht an Vesnas Lippen hing und vor seinem inneren Auge ein Film ablief, der nicht nur sprichwörtlich Lippen zum Inhalt hatte. Ländlein trat etwas gönnerhaft auf und gab Plattitüden von sich, wobei ihn Vesna stets galant ausbremste. Dennoch schien er sichtlich von ihr angetan.

Elisa konnte die beiden Herren sogar ein bisschen verstehen: Vesna sah an diesem Tag wieder besonders attraktiv aus. Das hellbraune lange Haar fiel ihr in sanften Wellen über die Schultern und ob man ihre aufdringliche Eleganz nun mochte oder nicht, das glänzende Jerseykleid mit dem ausgefallenen, großen Blumenmuster ließ sie äußerst weiblich erscheinen. Die grobgliedrige goldene Halskette passte zu ihrem Stil und den auffälligen Kreolen.

Kurz vor dem Dessert schwenkte Ländlein dann auf den Grund ihres Treffens über, schwadronierte über die Putzbranche, Personalsorgen und gestiegene Kosten und ließ dabei ganz den väterlich jovialen Geschäftsmann heraushängen. Vesna saß ihm mit leichtem Lächeln gegenüber und hörte sich alles an. Gefiel ihr der aufgeblasene Typ etwa?

Der Kellner servierte zweimal *Tiramisu* und eine *Crème brûlée*, die kurzfristig Ländleins Aufmerksamkeit vereinnahmte und ihn verstummen ließ. Während Elisa gerade ihre Gabel in die stilvoll drapierte Schnitte auf ihrem Teller stieß und sich an den Sonnenstrahlen freute, die ihr Gesicht streiften, trank Vesna ihren Espresso auf ex, lehnte sich zurück und sagte laut und deutlich: »Und jetzt haben Sie mich lange genug verarscht.«

Elisa fiel fast die Gabel aus der Hand, während Stolz große Augen machte und sich Ländlein prompt an seiner *Crème brûlée* verschluckte.

»Wie bitte?«

Vesna hatte in ihrer geöffneten Aktentasche die Unterlagen bereits griffbereit. Klar und sachlich, aber mit der für Elisa gewohnten Scharfzüngigkeit, führte sie die Unregelmäßigkeiten an, auf die sie gestoßen war, und widerlegte jeden Einwand, den die Geschäftspartner anfangs noch vorbrachten, anhand von Zahlen. Irgendwann wirkten die beiden Herren nur noch wie stotternde und schwitzende Karikaturen ihrer selbst.

»Und jetzt verbleiben wir so: Die nächsten drei Monate wird nichts verrechnet, danach zu den ursprünglich vereinbarten Konditionen. Und zwar korrekt«, schloss Vesna.

Stolz und Ländlein wechselten einen leicht verzweifelten Blick, unterschrieben aber letztendlich die vorbereitete Vereinbarung.

»Das Essen geht selbstverständlich auf Sie, meine Herren.«

Zwanzig Minuten später rauschte der silbergraue Porsche bereits wieder über die Autobahn, in gewohnter Weise auf der Überholspur, mit Lichthupe und Alanis Morissette in dröhnender Lautstärke.

Elisa starrte aus dem Seitenfenster und glaubte sich jeden Moment erbrechen zu müssen. Der volle Magen, Vesnas Fahrstil, das so unangenehm verlaufene Treffen und der Gedanke an Simons Worte in ihrem nächtlichen Traum drückten sie körperlich und seelisch nieder.

Mit nahezu unverminderter Geschwindigkeit bog Vesna plötzlich auf einen Rastplatz ab, kam hinter einem LKW abrupt zum Stehen und schaltete die Musik aus.

»Okay«, sagte sie und richtete ihren stechenden Blick auf Elisa. »Was ist los?«

Elisa hatte gute Lust, ihr alles um die Ohren zu werfen, beließ es aber bei einem müden Schulterzucken.

Vesna schlug mit der flachen Hand auf das Lenkrad.

»Hör auf damit! Ich hasse das!«

»Was willst du denn hören, Vesna?« Um Elisas Beherrschung war es allmählich schlecht bestellt. »Dass du fährst wie eine Irre? Dass ich mich mit Wein besaufen wollte, um diesen Horror zu überstehen? Dass es mich grundsätzlich anpisst, dass du mich unvorbereitet zu einem Essen schleppst, bei dem du jemanden brachial kastrierst? Dass du den ganzen Tag schon so miese Laune hast und nur darauf wartest, sie endlich an jemandem auslassen zu können, der passenderweise von dir abhängig ist?«

Sie hatte sich in Rage geredet. Erst als sie das letzte Wort gesprochen hatte, war ihr bewusst, in welch ungünstiger Situation sie war: auf einem wenig belebten Rastplatz an der Autobahn verlassen und verloren ohne Madame Vesna Katiç und ihr protziges Gefährt; als Alleinerziehende grundsätzlich angewiesen auf ein sicheres Einkommen und damit auf den Job bei VK Immobilien; unterwegs mit einer Wahnsinnigen, die bekanntermaßen schon bei Kleinigkeiten völlig ausrastete.

Vesna stieg aus und knallte die Tür des Porsche zu. Ein paar Minuten stakste sie auf ihren hochhackigen Pumps draußen auf und ab, dann riss sie die Autotür auf und setzte sich wieder auf den Fahrersitz.

»Du hast den ganzen Tag nichts mit mir geredet«, platzte es nach einer Minute qualvollen Schweigens aus ihr heraus. »Und *du* hast auch eine Saulaune. Du bist schon ins Büro gekommen mit einer Saulaune. Ich habe es dir genau angesehen.«

»*Du* darfst also schlechter Stimmung sein, aber *ich* nicht?«

Vesna verschränkte ihre Arme vor der Brust.

»Von mir ist man gewohnt, dass ich schlecht drauf bin. Aber du bist normalerweise freundlich und lächelst, und ich will das. Ich zahle dafür.«

Das kann sie nicht ernst meinen, ging es Elisa durch den Kopf. Doch nichts an Vesnas Miene verriet, dass ihre Aussage als Scherz gedacht war.

»Ich bin ein Mensch, Vesna, eine Frau mit Gefühlen und kein Roboter, und egal wie viel du mir zahlst, ich werde dennoch immer Gefühle haben!«

»Ich will, dass du dich um mich kümmerst.« Es schien, als wären ihre Worte an Vesna ungehört abgeprallt. »Ich will, dass du mit mir redest und für mich da bist, dass du mich unterstützt. So wie Simon Casella. Das ist dein Job als Assistentin.«

Das war absurd. Elisa biss sich auf die Lippen, konnte aber ihre aufgewühlten Gefühle nicht länger für sich behalten. Dass diese anmaßende Person Simon ins Spiel brachte, um sie über ihre Pflichten zu belehren, brachte das Fass zum Überlaufen.

»Simon Casella war mein Mann, verdammt!«

Vesna, die während ihres Monologs starr geradeaus gestarrt hatte, drehte sich langsam zu ihr um.

»War?«

»Ja. – Er ist tot.«

Elisa wollte es nicht, doch in dem Moment, in dem sie das Wort aussprach, brach ihre Selbstbeherrschung völlig in sich zusammen. Tränen liefen unkontrolliert über ihre Wangen. Zu ihrem Schmerz kam die Scham, Vesna durch den Ausbruch Einblick in den Zustand ihrer Seele zu geben. Es war das Letzte, was sie in diesem Augenblick wollte.

»Hier.«

Vesna streckte ihr ein Taschentuch entgegen, das sie dankbar annahm. Sie schnäuzte, wischte sich das zerlaufene Make-up aus den Augen.

Es war Vesna, die das Schweigen schließlich brach.

»Wollen wir uns noch eine Ausstellung in Krems ansehen? Wir fahren daran vorbei und ich habe jetzt keine Lust auf Büro.« Als Elisa zunächst nichts sagte, fügte sie hastig hinzu: »Wir können aber auch zurückfahren. Ist egal.«

Elisa sah auf die Uhr. Es war halb drei. Wegen des Auswärtstermins war sie auf Nummer Sicher gegangen und hatte eine andere Mutter gebeten, Lilly vom Kindergarten aus mit nach Hause zu nehmen. Sie würde die Kleine bis spätestens 19.00 Uhr dort abholen. Es blieb also noch genug Zeit.

Sie nickte stumm.

Die Ausstellung umfasste ein buntes Potpourri an Werken diverser Künstler aus verschiedenen Epochen vom Barock bis zum 21. Jahrhundert. Auch wenn sich Elisa der rote Faden der Sammlung nicht erschloss, hatte das Flanieren durch die großzügigen Ausstellungshallen doch etwas Entspannendes. Von ein paar Senioren abgesehen, die ganz offensichtlich ein ganzes Wachau-Erlebnis-Package gebucht hatten und sich schon angeregt über den bevorstehenden Besuch beim Heurigen unterhielten, war nicht viel los.

Während sie von Bild zu Bild schlenderte, wurde ihr bewusst, dass es schon ewig zurücklag, dass sie etwas für sich getan hatte. In San Lorenzo waren ihre Tage erfüllt gewesen von angenehmen Gartenarbeiten, von Lilly, um die sie sich entspannt kümmerte, und auch vom Warten auf Simon, wenn er auf Geschäftsreise war. Nur selten war sie nach Neapel gefahren, eine pulsierende Stadt, die ihr selbst aber zu laut und aufgrund der hohen Kriminalität auch zu unsicher war.

Irgendwann verlor sie Vesna in den weitläufigen Hallen. Als sie wieder auf sie stieß, saß sie still vor einem großen Ölgemälde – *The immaculate conception, die unbefleckte Empfängnis.* Eine für die Barockzeit typische Frauengestalt stand in wallenden weißen Gewändern auf einer blauen Kugel, umgeben von kindergleichen Engeln.

Elisa setzte sich neben Vesna auf die Bank. Gemeinsam betrachteten sie das Bild.

»Von allen Epochen beeindruckt mich der Barock am meisten«, sagte Vesna unvermittelt. »Dass Menschen fähig sind, so präzise Abbilder auf Leinwände dieser Ausmaße zu bringen, ist unglaublich.«

»Ich hatte bisher angenommen, dass du eher auf Abstraktes stehst.«

»Wegen der Miró-Bilder im Büro.« Vesna nickte. »Ja, für mich selbst schon, zum Aufhängen. Ich kann mir in meinem Büro nicht gerade ein Barockgemälde vorstellen. Du?«

Elisa lächelte.

»Es stünde jedenfalls im krassen Kontrast zu deinem Büroinventar.«

Vesna nickte wieder. »Ich mag Kontraste«, sagte sie nach einer Weile, ohne ihre Augen von dem Bild abzuwenden.

Eine Zeit lang schwiegen sie.

»Vesna«, begann Elisa dann leise. »Tut mir leid wegen vorhin. Was du mit Stolz und Ländlein abgezogen hast, war letzten Endes goldrichtig. Es hat mich nur ganz und gar umgeworfen, weil ich nicht damit gerechnet hatte, dass du dermaßen durchgreifst. Ich war wohl mehr bei den Jakobsmuscheln, dem Branzino und *Tiramisu*. Aber du hast mich ziemlich beeindruckt. Ich denke nicht, dass ich das an deiner Stelle so knallhart hätte formulieren können.«

Vesna sagte nichts, doch es war an ihren angespannten Gesichtszügen abzulesen, wie es in ihr arbeitete. Der Blick erinnerte Elisa an die Situation im Flugzeug, als Vesna so kampfesbereit gewesen war und sie sie mit ihrer Bitte um Hilfe völlig aus dem Konzept gebracht hatte. Diese Frau ist es nicht gewohnt, dass jemand ihr etwas Nettes sagt, ging es Elisa durch den Kopf und die Erkenntnis machte sie traurig.

»Sagst du das, weil du Angst um deinen Job hast?«, kam es nun auch prompt.

Elisa atmete tief durch.

»Ich sage das, weil ich es dir sagen wollte. Jetzt, wo ich wieder mit dir rede.«

Vesnas Mundwinkel zuckten.

Zweck erfüllt, sie hatte sie zum Schmunzeln gebracht.

Während sie noch darüber nachdachte, wie sie auf ihre Bemerkung noch eins draufsetzen konnte, fühlte sie auf einmal eine Berührung an der Hand. Vesna streichelte mit dem Daumen über ihren Handrücken. Es war elektrisierend – und viel zu schnell vorüber.

Vesna zog ihre Hand wieder zurück, lächelte flüchtig.

»Die wollten mich für blöd verkaufen, verstehst du? Ich hasse das! – Ich weiß genau, wie viel Putzmittel man für wie viele Quadratmeter Fläche verbraucht, wie viele Personen dafür wie lange putzen müssen und mit welchen Kosten das verbunden ist. Ich habe selbst geputzt, lange genug.«

»Du hast geputzt?«

»Ja, was denkst du denn? Dass ich mit einem goldenen Löffel nach Österreich kam? – Ich habe geputzt, von meinem fünfzehnten Lebensjahr an bis nach der Matura. Nach einem Jahr war ich Vorarbeiterin der Frühschicht. Das ist eine Schule fürs Leben, das kann ich dir versichern!«

Elisa glaubte ihr aufs Wort. Gleichzeitig war sie von der neuen Information überwältigt. Dass Vesna überaus ehrgeizig und fleißig war, hatte sie immer gewusst. Dass sie sich ihr täglich Brot offenbar schon als Jugendliche hart erarbeiten musste, nicht.

Kein Wunder, dass sie so ist, wie sie ist, dachte sie.

»Wenn du nächstes Mal Muscheln essen willst, gehen wir abends weg. Alleine«, stellte Vesna dann plötzlich unvermittelt klar. »Ein Business-Lunch ist nicht dafür da, irgendetwas zu genießen. – Aber jetzt lade ich dich noch auf einen Kaffee ein.«

Elisa hatte nichts dagegen.

# Loyalität

Elisa drapierte sorgfältig Milchschaum über den Cappuccino. Aus einer Schublade holte sie Sieb, Schablone und Kakao und stellte gekonnt fertig, was sie begonnen hatte. Vorsichtig hob sie die Tasse auf das kleine Tablett, legte einen der mit Schokolade überzogenen Kekse dazu, die sie extra dafür gekauft hatte, und wollte mit ihrem Gesamtkunstwerk gerade die kleine Küche verlassen, als ihr Ruslana entgegen kam. Die rund dreißigjährige Betriebswirtschaftlerin mit ukrainischen Wurzeln hatte ihr Büro gegenüber dem ihren; gelegentlich tauschten sie Banalitäten aus über das Wetter, den neuesten Film und Allfälliges in der Firma.

»Huch, was ist denn das?« Ruslana, in der Hand eine benutzte Kaffeetasse, starrte den Cappuccino an. »Sieht aus wie aus einem italienischen Hotelcafé!«

»Gut, nicht wahr?« Elisa lächelte. »Meine zweite Berufung ist Barrista, musst du wissen!«

»Ist der für *sie*?«

»Ja, ist er.«

»Mein Gott, du Arme!« Ruslana senkte die Stimme. »Es ist echt ein Wunder, wie du das aushältst. Du bist jetzt schon über vier Monate hier. Unglaublich, fast ein Rekord.«

Ehe Elisa etwas darauf erwidern konnte, drängte auch Kurt in die Küche, ein sportlicher Mittvierziger, der für die Koordination der Makler in Wien zuständig war.

»Ach Elisachen, nett, dass du mir schon einen Kaffee gemacht hast«, scherzte er mit Blick auf das Tablett. »Das ist eben eine *echte* Kollegin«, stichelte er grinsend in Ruslanas Richtung, die soeben ihre eigene Kaffeetasse nachfüllte.

»Das ist die Star-Assistentin«, erwiderte Ruslana ungerührt. »Der Kaffee ist – für *sie*.«

Schlagartig wurde Kurt ernst.

»Mensch, Elisa, bitte, tritt auf die Bremse! Lass dich doch nicht zu allem abstellen. Du bist eine qualifizierte Frau, nicht der Oberkellner! Mal einen Kaffee machen, schön und gut, aber das hier …«

»Stopp, stopp, stopp!« Elisa hob die freie Hand. »Keine bösen Worte! Ich tue das freiwillig.«

»Freiwillig?«, kam es einstimmig und mit tausend Fragezeichen zurück.

»Natürlich«, bestätigte sie. »Warum nicht?«

»Aber … warum schon?« Ruslana runzelte die Stirn.

»Weil mir das Spaß macht und weil es sie freut. Ganz einfach.«

Sie drängte sich an den beiden vorbei, das Tablett vorsichtig vor sich her tragend.

Ganz einfach, hatte sie gesagt, aber so einfach war es nun doch nicht. Der Alltag mit Vesna war nach wie vor ein Drahtseilakt. Dass sie vor ein paar Wochen in Krems eine menschlichere Seite gezeigt hatte, stand außer Frage, doch von einem respektvollen Umgangston, wie er in einem Arbeitsverhältnis zwischen Chefin und Mitarbeiterin üblich sein sollte, waren sie noch immer weit entfernt.

Vesna blieb unberechenbar. Mal war sie besser gelaunt, mal schlechter, aber ihre scharfe Zunge war allgegenwärtig, und wenn sie ausrastete, rastete sie eben aus. Elisa hatte inzwischen begriffen, dass es wenig Sinn machte, zurückzuschreien – was beleidigen und aus der Haut fahren anging, war Vesna Katiç einfach versierter und skrupelloser.

»Zeit für eine Pause«, sagte sie und stellte das Tablett neben die Chefin auf den Schreibtisch.

Vesna sah von ihrer Arbeit auf. Sie lächelte, als sie den Cappuccino entdeckte.

»Danke. Das ist … nett.«

Na bitte, dachte Elisa mit leichtem Amüsement. Immerhin reagierte sie inzwischen auf diese kleinen Zuwendungen nicht mehr mit einem argwöhnischen »Warum machst du das?«. Ein klarer Fortschritt in ihrer Zusammenarbeit.

»Kannst du dir noch etwas anschauen? Bitte.«

Der Aufforderung Folge leistend, trat sie zu Vesna hinter den Schreibtisch. Es ging um eine Präsentation; ein Kurvendiagramm machte beim Einfügen in PowerPoint Probleme. Vesna gehörte zu jenen Chefs, die das MS Office Paket aus dem Effeff beherrschten; diesmal war ihr Vorhaben jedoch technisch herausfordernd, da sie die Graphik in eine Animation einbinden wollte.

Elisa, die vor rund einer Woche an einer ähnlichen Sache gebastelt hatte, erinnerte sich noch ziemlich genau an den Weg. Bereitwillig zog sie sich den zweiten Stuhl heran. Als sie nach der Mouse griff, berührten sich ihre Hände.

Es war dasselbe Gefühl wie damals in der Kunsthalle: elektrisierend, kribbelnd, sonderbar intensiv. Ihre Blicke trafen sich kurz. Elisa ertappte sich bei der Frage, ob Vesna dasselbe empfand wie sie, wenn sie sich zufällig berührten. Der Augenblick war schnell vorüber, Vesna zog ihre Hand zurück und überließ ihr die Mouse.

»Danke«, sagte sie, als die Grafik bald darauf am vorgesehenen Platz stand, und Elisa lächelte zufrieden.

Als sie Lilly an diesem Tag vom Kindergarten abholte, spürte Elisa plötzlich, dass der Gedanke an Simon nicht mehr ganz so schmerzhaft war wie in den Wochen und Monaten zuvor. Das Leben ging weiter. Sie hatte einen erträglichen Job, der mittlerweile auch recht gut bezahlt wurde, eine hübsche Wohnung, nette Nachbarn, die im Innenhof an einem seit Sommerbeginn aufgestellten Biertisch mit Spezialitäten aller im Haus vertretenen Kulturen aufwarteten … Sie war nicht mehr allein.

Und sie hatte eine Chefin, mit der es anscheinend allen Unkenrufen zum Trotz möglich war, sich dauerhaft zu arrangieren.

»Bitte komm sofort zur Rezeption!« Mai-Lin flüsterte in den Hörer. »Ich weiß nicht, was ich mit dieser Irren machen soll!«

Im ersten Augenblick dachte Elisa, Mai-Lin spräche wieder einmal herablassend von Vesna, doch da ihre Chefin den ganzen Tag auf externen Terminen war, konnte sie dies wohl ausschließen. Zudem war selbst der manchmal etwas großspurigen Mai-Lin nicht zuzutrauen, dass sie Vesna als »Irre« bezeichnete, wenn diese vor ihr an der Rezeption stand.

Im Empfangsbereich bot sich ein ungewöhnliches Bild: Fast alle Mitarbeiterinnen und Mitarbeiter hatten sich hier versammelt und bildeten einen Halbkreis um ein hochgewachsenes junges Mädchen mit braunem Pagenkopf, das mit Tränen in den Augen flehte: »Ich *muss* wirklich zu ihr! Es geht um Leben und Tod!«

»Aber sie ist heute gar nicht hier, das sagte ich schon!« Mai-Lin wirkte mittlerweile fast so verzweifelt wie das Mädchen. Elisa schätzte die Besucherin auf maximal zwanzig; ihrer Kleidung nach – einem schlichten, bis zum Knie reichenden Baumwollrock mit Blumenmuster, kombiniert mit einem Trägerhemd – war sie sicherlich noch an der Uni.

»Das sagen Leute wie Sie doch immer!« Das Mädchen schluchzte theatralisch. »Es ist ja Ihr Job, dass Sie das sagen.«

Dass sie Mai-Lin, die nur unwesentlich älter war als sie, siezte, nur weil diese notgedrungen in einem Jackett steckte, bestätigte Elisa in ihrer Vermutung, dass es sich um eine blutjunge Studentin handeln musste.

»Bitte! Ich will doch nur zu ihr, ihr sagen …«

Die Neugierde stand den versammelten Kolleginnen und Kollegen ins Gesicht geschrieben. Schlagartig begriff Elisa, um wen es sich bei der Unbekannten handelte – und dass sie eingreifen musste, wenn dieser Auftritt nicht zur Unterhaltungsshow für die gesamte Belegschaft von VK Immobilien ausarten sollte.

»Tatjana?« Sie trat nach vorne. »Kommen Sie doch bitte mit.«

»Bringen Sie mich jetzt zu ihr?« Der aufflammende Hoffnungsschimmer in Tatjanas Gesichtszügen war nicht zu übersehen.

»Sie ist tatsächlich nicht da, aber ich denke, ich kann Ihnen weiterhelfen.«

Gemeinsam mit der jungen Frau ging sie in Richtung Büro, während sich die Kollegen wieder zerstreuten. Die Show war vorüber.

Für Elisa fing sie gerade erst an.

Vesnas Füße schmerzten. Neue Pumps, ein heißer Sommertag und drei Außentermine in Folge, wobei sie bei zweien keinen Parkplatz in unmittelbarer Nähe bekommen hatte und ein Stückchen laufen musste – das vertrug sich nicht. Sie ahnte, dass sie sich Blasen gelaufen hatte, war sich aber auch bewusst, dass sie so einfach nicht wieder in diese Schuhe schlüpfen würde, hatte sie sich erst einmal von ihnen befreit.

Mit gewohnter Souveränität schritt Vesna an der Rezeptionistin vorbei und den Gang entlang zu ihrem Büro, doch dort war es mit ihrer Selbstbeherrschung vorbei. Mühsam humpelte sie zu ihrem Schreibtisch, ließ sich in den Sessel fallen und streifte sich die eng anliegenden Pumps ab. Verdammt. Sie hatte nicht einmal mehr Blasen, sondern einfach nur wunde, abgeriebene Stellen an den Fersen, die noch dazu brannten wie Feuer.

Pflaster, sie brauchte Pflaster. Ihr fiel der Apothekerkasten ein, der in der Teeküche für Notfälle bereitstand. Barfuß mit wunden Füßen in die Küche zu tappen kam allerdings keine Sekunde lang in Frage.

Durch die halboffene Zwischentür fiel ihr Blick auf Elisa, die konzentriert in den Bildschirm starrte und ihr Kommen offensichtlich gar nicht bemerkt hatte. Vesna betrachtete sie still. Es war ein vertrautes Gefühl, sie hier zu wissen, in Reichweite. Elisas gewöhnlich so ruhige, ausgeglichene Art tat ihr gut – auch wenn sie sich mehr als bewusst war, dass diese Assistentin auch anders konnte. Es erstaunte sie immer wieder, wie Elisa ihr ohne Scheu und Zurückhaltung Dinge ins Gesicht sagte, die sonst keiner zu sagen wagte. Noch mehr überrascht war sie allerdings von sich selbst, ihr trotz allem noch nicht gekündigt zu haben.

Sie war sich inzwischen sicher, dass Elisas mangelnde Ehrfurcht vor Chefitäten mit ihrem Verhältnis zu Simon Casella zu tun hatte. Längst hatte sie via Google ein paar Informationen über ihn eingeholt. Es gab im Internet so einiges an Material über ihn, auch Fotos. Ein athletisch gebauter Mittfünfziger mit bereits ergrautem Haar, sonnengebräunt, begeisterter Segler und leidenschaftlicher Marathonläufer. Ein ehemaliger Hedgefonds-Manager bei einer international tätigen Anlagegesellschaft, der sich irgendwann selbstständig gemacht hatte, mit Erfolg. Anfang des Jahres dann sein Selbstmord wegen angeblicher geschäftlicher Probleme. Der New York Times war dies sogar einen winzigen Artikel wert gewesen; Zeilen, auf die sie ebenfalls im Internet gestoßen war.

Was sie nicht verstand, war, weshalb Elisa, die doch ein Leben im Jetset gewohnt sein musste, nun bei ihr im Vorzimmer saß und simple Büroarbeiten verrichtete, anstatt in der Karibik Simon Casellas Privatmillionen zu verprassen. Nichts, was sie über Casella gelesen hatte, deutete daraufhin, dass er zu dumm gewesen wäre, um Privat- und Firmenvermögen zu trennen.

Elisa schien eine feine Antenne dafür zu haben, dass sie beobachtet wurde. Als sie den Kopf hob und zum Schreibtisch herübersah, lächelte sie. Vesna spürte wieder dieses seltsame Gefühl im Magen, eine Mischung aus Wärme und leichtem Ziehen, das sie schon öfter empfunden hatte, wenn ein unverhoffter Blick von Elisa sie traf. Sie verstand selbst nicht, was mit ihrem Körper in diesen Momenten geschah.

»Brauchst du etwas?«

Elisa stand auf und kam zu ihr ins Büro. Noch ehe Vesna zu einer Erklärung ansetzen konnte, hatte sie die abgestreiften Pumps und die aufgeschürften Fersen entdeckt.

»Du lieber Himmel«, entfuhr es ihr prompt. »Wie kannst du nur so verrückt sein und bei solchen Temperaturen in diesem abartigen Schuhwerk herumlaufen!«

Vesna verzichtete auf eine Erwiderung, brachte aber ein schiefes Grinsen zu Stande. Im Grunde hatte Elisa recht. Die Wahl dieser Schuhe war nicht die beste aller Ideen gewesen.

Ohne ein weiteres Wort verschwand Elisa und kam kurze Zeit später auch schon mit einer Packung Pflaster, Desinfektionsspray und einem Glas Mineralwasser zurück.

»Ich dachte, du hast sicher Durst.« Elisa reichte ihr das kalte Wasser. »Fuß Nummer eins bitte ausstrecken ...«

Vesna war versucht, den Kopf zu schütteln. Dass Elisa sich mit ihren zerschundenen Fersen befassen wollte, machte ihr unweigerlich Angst. Sich von einer Mitarbeiterin wundgelaufene Füße verarzten zu lassen, ging zu weit. Schon gar nicht von einer, die regelmäßig so vehement Respekt einforderte.

Doch Elisa hatte ihren Fuß bereits gepackt und auf dem zweiten Stuhl hochgelagert. Das Desinfektionsmittel brannte höllisch, als sie die Wunde mit einem Wattepad betupfte. Vesna entfuhr ein leiser Schmerzenslaut, eilig wollte sie das Bein zurückziehen. Doch Elisa ließ es nicht zu.

»Sei nicht so wehleidig. Und vertrau mir. Ich bin eine gute Krankenschwester und erfahren in der Erstversorgung, ich mache das bei Lilly auch immer!«

Ich bin aber nicht deine Tochter, lag Vesna auf den Lippen, doch Elisas freundliche Fürsorge tat in diesem Moment einfach zu gut. Sie versuchte sich zu entspannen. Gleichzeitig beschämte sie der Anblick von Elisa, die gerade das Pflaster auf ihre Ferse klebte. Es musste demütigend für sie sein, so etwas zu tun.

Aber du zahlst sie schließlich, sagte die leise Stimme in Vesnas Kopf. Eine Einsicht, bei der sie sich gleich besser fühlte.

»Wie war dein Tag?«, fragte sie, um ihre Verlegenheit zu überspielen, als sich Elisa nun den zweiten Fuß vornahm.

Elisa sah kurz auf.

»Höchst interessant«, erwiderte sie in sachlichem Tonfall. »Ich weiß jetzt, dass du eine absolute Kanone im Bett bist und jeder Frau zu multiplen Orgasmen verhilfst.« Sie war sich dessen bewusst, was sie sich da herausnahm, aber nach allem, was hinter ihr lag, empfand sie es als durchaus angemessen.

»Bitte?«

Ruckartig stellte Vesna ihr Bein auf den Boden. Sie ahnte Böses.

»Ich fürchte, ich kenne nun die ganze Palette deiner sexuellen Praktiken«, fuhr Elisa ungerührt fort. »Aber ich kann dir das jetzt im Detail nicht wiedergeben, weil ich dazu leider zu verklemmt bin.«

»Leider?«, pickte sich Vesna dasjenige Wort heraus, das für sie unweigerlich aus dem Gesagten herausstach. Gleichzeitig arbeitete ihr Verstand auf Hochtouren. Sie fühlte, dass ihr das Blut aus dem Gesicht gewichen war. Ihr wurde schwindlig.

»Tatjana ist hier gewesen, oder?«

»Yep.« Elisa nahm auf dem frei gewordenen Stuhl Platz. »Sie hat mir drei Stunden lang vorgejammert, was zwischen euch schief gelaufen ist. Und was anscheinend gut gelaufen ist, nämlich der S…«

»Es reicht!«, fuhr Vesna ihr ins Wort. Sie senkte den Kopf, bis ihr die Haare tief ins Gesicht fielen. Dass sie ihre Mimik im Moment nicht unter Kontrolle hatte, war ihr mehr als bewusst. »Wer hat das mitbekommen? Alle?«

»Alle haben sie kommen sehen, aber ich hatte die Ehre, dieses aufschlussreiche Einzelgespräch zu führen. Nach drei Stunden hatte ich sie endlich soweit, dass sie selbst davon überzeugt war, da draußen noch etwas Passenderes zu finden als dich.« Sie seufzte. »Das war wirklich der schwierigste Punkt an diesem ganzen Theater.«

»Das hätte nicht passieren dürfen.« Vesnas Stimme klang noch kratziger als sonst.

»Wäre es auch nicht, wenn du noch einmal mit ihr gesprochen hättest«, erwiderte Elisa sachlich. »Das, was sie wirklich wollte, war ein Abschied. Sie wollte aus deinem Mund hören, dass es definitiv aus ist. *That's it.*«

»Ich bin nicht gut in so etwas«, rutschte es Vesna heraus. Sie biss sich sogleich auf die Zunge. Dieses Gespräch sollte, durfte, konnte es einfach nicht zwischen ihr und einer Mitarbeiterin geben!

»Ja, habe ich gemerkt«, sagte Elisa gleichmütig. »Aber jetzt ist es vorbei. Sie hat's gecheckt.«

Stumm ertrug Vesna ihren Blick.

»Mensch, Vesna! Du darfst jetzt durchaus darüber lachen. Es ist vorbei, wirklich.«

Doch die Angesprochene konnte noch immer nichts erwidern. Sie starrte auf die Tischplatte. Das, was ihr Elisa da offenbarte, überstieg den Zenit des Erträglichen. Wie hatte es Tatjana nur wagen können, die Grenze zu ihrem beruflichen Leben zu überschreiten!

»Was ist denn?« Elisas Stimme hatte den neckenden Klang verloren. »Wenn du dir Sorgen machst wegen der anderen ... ich habe gesagt, sie sei deine Cousine, hätte Liebeskummer und bräuchte dich daher dringend zum Reden.«

Trotz der Scham, die sie empfand, musste Vesna nun doch lachen. Die Vorstellung, dass irgendjemand ausgerechnet mit ihr über seinen Kummer sprechen wollte, war amüsant.

»Oder ist es dir peinlich … wegen mir?«

Das traf den Kern der Sache schon eher. Vesna strich sich die Haare aus dem Gesicht. Sie musste den Tatsachen ins Auge sehen.

»Natürlich ist es mir peinlich«, gab sie zu. »Das wäre es dir wohl umgekehrt auch, angesichts der Umstände.«

»Es spielt für mich keine Rolle, ob du lesbisch bist oder nicht, wenn du das meinst.«

»Das meine ich … nicht nur. Die Situation an sich. Was sie dir alles erzählt hat, geht eindeutig unter die Gürtellinie.«

»In der Tat«, bestätigte Elisa. »Aber ich werde das durchaus verkraften und tapfer versuchen, sämtliche Bilder aus meinen Vorstellungen zu verdrängen.«

Sie hatte wieder diesen neckenden Tonfall. Vesna verstand plötzlich, dass sie ihr die Situation dadurch erleichtern wollte, und stieg darauf ein.

»Ich bitte darum«, sagte sie. »Und vergiss alles, was sie gesagt hat. Nichts davon ist wahr.«

»Oh – du bist also keine Kanone im Bett?«, fragte Elisa mit unschuldigem Blick.

Vesna schloss für einen Moment die Augen.

»Das habe ich nicht gesagt«, erwiderte sie dann langsam.

»Wie alt ist dieses Wesen eigentlich? Schon volljährig? Ich war mir nicht sicher, ob ich das Jugendamt verständigen muss.«

»Musst du nicht. Sie ist einundzwanzig.«

»Sieht jünger aus. Einundzwanzig ist aber auch ganz schön jung, angesichts dessen, dass du schon …«

»Und wie groß war der Altersunterschied zwischen dir und Simon Casella?«

Elisas Lächeln erstarb jäh und Vesna biss sich auf die Lippen. Sie besaß wirklich kein Talent im Umgang mit Menschen.

»Das war etwas anderes.«

»Vielleicht. Vielleicht auch nicht.« Vesna sah Elisas Betroffenheit, und schon wieder wusste sie, sie hatte das Falsche gesagt. »Wir sollten solche Gespräche nicht führen«, verkündete sie schließlich. »Es ist unprofessionell und hat nichts mit dem Job zu tun.«

Elisa nickte.

»Du hast recht. Vergessen wir das alles. Wir haben nie darüber gesprochen.«

# Lilly II

Der Ferienmonat August und seine verkürzten Kindergartenzeiten stellten Elisa vor neue Herausforderungen. Über Elternabende und Freundschaften, die Lilly mit anderen Kindern geschlossen hatte, war es ihr inzwischen gelungen, ein zufriedenstellendes Netzwerk an Unterstützung aufzubauen. Das dachte sie jedenfalls.

Nun, da viele Familien bereits auf Urlaub gefahren waren, musste sie feststellen, wie dünn das Eis gewesen war, auf dem sie sich sicher glaubte. Auch Leila, die slowakische Studentin, die im ersten Stock wohnte und gelegentlich auf Lilly aufpasste, hatte nicht jeden Nachmittag Zeit zum Babysitten. Blieben noch die Okoles, eine westafrikanische Familie aus der dritten Etage, die sie von den Sommerabenden im Innenhof kannte, und Zlatko. Doch die Okoles hatten ein reges Sozialleben und waren ständig zu Besuch bei irgendwelchen anderen Leuten. Sie hatten freundlich angeboten, Lilly überallhin mitzunehmen, aber Elisa behagte der Gedanke nicht, dass ihre Tochter bei wildfremden Leuten zu Gast war, über die sie nichts wusste.

Blieb Zlatko, der ab und zu gerne mit Lilly zum Spielplatz ging und damit zufrieden war, wenn Elisa ihm als eine Art Gegenleistung gelegentlich einen Kasten Bier vor die Wohnungstür stellte.

Doch bereits in der ersten Woche riss ihr Rettungsanker in der Not. Zlatko hatte unerwartet die Möglichkeit bekommen, sich an irgendeiner einer Baustelle etwas dazu zu verdienen. Da

Elisa wusste, dass er nicht viel Pension bekam, konnte sie seine Entscheidung nachvollziehen.

Trotzdem, jetzt hatte sie ein Problem. Da sich trotz ihres panischen Herumtelefonierens im mühsam erarbeiteten Bekanntenkreis keine Hilfe auftat, blieb nur eine Möglichkeit. Vesna war laut Kalender den ganzen Tag in Sitzungen, was ihr nur entgegenkam.

»Du setzt dich hier an den Schreibtisch und malst ein paar Bilder, während die Mami arbeitet«, erklärte sie ihrer wenig begeisterten Tochter, während sie Buntstifte und Papierbogen vor ihr ausbreitete.

Fünf Minuten lang kritzelte Lilly etwas missmutig Figuren auf das Papier. Lilly arbeitete an der Präsentation für ein neues Immobilienprojekt weiter, mit der Vesna sie beauftragt hatte. Die Arbeit erforderte volle Konzentration.

»Mami. Wie lange muss ich da noch sitzen? Ich will nicht malen.«

Elisa unterdrückte ein Seufzen. Das konnte ja heiter werden. Es war gerade einmal halb zwei Uhr nachmittags.

»Herz, es geht jetzt nicht anders.«

»Aber mir ist langweilig. Ich will jetzt nichts malen.«

»Dann schau dir dein Buch noch mal an. *Joschi und der Bär*. Du hast es in deiner Tasche.«

»Ich kenne das aber schon.«

Elisa zog einen Katalog mit Büromaterial aus der Schublade, den einzigen bebilderten Katalog, den sie finden konnte.

»Dann schau dir das neue große Bilderbuch an.«

Kaum hatte sie sich wieder in ihre Arbeit vertieft, als Lillys Stimme erneut ertönte.

»Mami. Das ist fad.«

Elisa merkte, dass ihr im nächsten Moment der Geduldsfaden reißen würde – etwas, was ihr im Umgang mit ihrer Tochter selten passierte.

»Lilly, Mami muss hier arbeiten! Sonst verliere ich meinen

Job, und dann können wir die Wohnung nicht zahlen, und dann haben wir kein Zuhause mehr.«

Eine Weile schwieg Lilly eingeschüchtert.

»So wie damals, als wir von San Lorenzo weg mussten?«, sagte sie dann mit kläglicher Stimme.

Elisas Herz zog sich schmerzhaft zusammen. Ein wunder Punkt. Lilly hatte lange unter Schock gestanden – nicht nur, weil sie unter dem Verlust ihres Vaters litt. Erst seit wenigen Wochen lachte sie wieder etwas mehr. So fröhlich wie früher war sie jedoch nicht.

»Lass die Mami einfach arbeiten, Herz.« Sie küsste Lilly zur Beruhigung auf den Haaransatz.

Im selben Moment betrat Vesna das Büro. Schwungvoll legte sie eine Mappe auf den Schreibtisch, bedachte Lilly mit einem kurzen, prüfenden Blick – und sagte dann knapp: »Suchst du mir bitte das Schreiben von Laszlo heraus? Und hol vom Kundenservice die Akten zur Tiefenbachstraße 4.«

Dann verschwand sie in ihrem Büro und warf die Zwischentür kraftvoll hinter sich zu. Ein paar Sekunden verstrichen, ehe sich Elisa von ihrem unerwarteten Auftritt erholt hatte.

Vesna checkte gerade ihre Mails, als Elisa bei ihr eintrat.

»Hör zu«, begann sie und fühlte einen dicken Kloß in ihrer Kehle. Vesna hatte oft genug klargestellt, dass ihre privaten Probleme – allen voran Lilly – nichts in der Arbeit zu suchen hatten. »Es tut mir wirklich unendlich leid. Das war so nicht geplant. Ich hatte Betreuung organisiert, aber es kam kurzfristig etwas dazwischen.«

Sie verschwieg an dieser Stelle lieber, dass es sich bei der Betreuung um Zlatko handelte. Ihr Vater war für Vesna ein rotes Tuch, das hatte sie inzwischen begriffen. Vesnas Besuche bei Zlatko endeten immer mit Geschrei, das Elisa sogar durch die Wand hörte.

Vesna hob den Kopf.

»Ich habe gar nichts gesagt«, erwiderte sie ruhig.

»Der Kindergarten schließt in den nächsten vier Wochen schon mittags – eine Art Sommerpause ...«

»Kannst du eh froh sein, dass er überhaupt bis Mittag offen hat«, kam es von Vesna. »Habe ich von anderen Fällen gehört.«

Als Elisa nichts darauf sagte, fügte sie hinzu: »Und du willst sie jetzt vier Wochen hier sitzen lassen? Willst du sie zu meiner zweiten Sekretärin ausbilden oder was?«

Elisa fiel unwillkürlich ein Stein vom Herzen. Vesna war zu Scherzen aufgelegt. Noch, zumindest ...

»Ich habe die letzte Augustwoche sowieso Urlaub genommen«, sagte sie. »Und die nächsten drei Wochen ... werde ich es schon irgendwie schaffen.«

Vesna nickte.

»Hol mir diese Akte«, sagte sie dann, und Elisa verbuchte mit Erleichterung, dass Lilly vorerst zumindest kein Thema mehr war.

Vesna legte auf. Sie hatte gerade eine komplexe englische Diskussion mit dem in London sitzenden Bauleiter des arabischen Immobilieninvestments für Wien geführt, etwas, das für sie auch nach all den Jahren noch eine Herausforderung darstellte.

Von der Türschwelle her erklang Kinderlachen. Elisas Tochter lehnte am Türpfosten, die dunklen Haare zu einem Pferdeschwanz gebunden. Vesna hatte keine Ahnung, wie lange sie schon dort gestanden hatte, aber angesichts des grinsenden Gesichts der Kleinen war unübersehbar, dass dieses Lachen ihr gegolten hatte.

»Was lachst du?«

»Weil du so komisch sprichst.«

Kinder waren so unglaublich dumm und anstrengend.

»Das war Englisch«, belehrte sie das Mädchen. »Wirst du vielleicht auch einmal lernen, wenn du klug genug bist.«

Lilly kam zu ihr an den Schreibtisch.

»Ich kann das schon. Mein Papi hat mit mir Englisch gesprochen.«

Simon Casella. Ein weiteres Puzzlestück, das sich zu dem fügte, was sie über Elisas Leben wusste. Lilly stammte also tatsächlich aus der Beziehung mit ihm. Noch ein Punkt, der in ihren Augen die Unverständlichkeit unterstrich, weshalb Elisa bei ihr im Vorzimmer saß, um sich ihren Unterhalt zu verdienen. Gerade ein gemeinsames Kind hätte ihre Position in finanzieller Hinsicht doch absichern müssen!

»Und du hast das vorhin falsch gesagt.«

Lilly wiederholte fast wortgetreu einen Satz aus ihrem Gespräch, um ihn anschließend zu korrigieren. »So sagt man das.«

Toll, jetzt bekomme ich schon von einem Vorschulkind Englischlektionen, dachte Vesna resigniert.

»Wo ist deine Mutter?«

»Mami ist kurz weggegangen, weil sie was holen muss.«

Ah ja, die Akte. Sie hatte sie ja selbst geschickt.

»Ich kann Deutsch, Englisch und Italienisch«, sagte das kleine Mädchen und griff nach dem Locher auf der Tischplatte, einem auffälligen Designerstück. Vesna nahm in ihr aus der Hand.

»Lass das, das ist nix zum Spielen.«

Verdammt, wo blieb Elisa?

»Und was kannst du?«

»Was?« Vesna starrte das Kind an, das jetzt tatsächlich ungefragt auf dem Stuhl neben ihr Platz nahm, auf dem sonst Elisa zu sitzen pflegte, wenn sie gemeinsam arbeiteten.

»Was für Sprachen du kannst«, präzisierte Lilly ungeduldig.

»Kroatisch, Serbisch, Bosnisch, Deutsch, Englisch …«

Warum antwortete sie überhaupt?

»Das sind ganz schön viele Sprachen.«

Na, wenigstens hatte sie die Kleine beeindruckt.

»Möchtest du nicht wieder drüben ein Bild malen?«

Die Kleine schüttelte energisch den Kopf.

»Mir ist fad«, sagte sie. »Ich will was spielen.«

Als Elisa mit dem dicken Ordner ins Zimmer zurückkehrte, bekam sie angesichts des leeren Platzes fast einen Herzstillstand. Kaum eine Viertelstunde war sie draußen gewesen und schon war der Super-Gau eingetreten: Lilly hatte sich trotz gegenteiliger Anweisungen selbständig gemacht. Wo um alles in der Welt steckte das Kind?

Die Zwischentüre zu Vesnas Büro war geschlossen. Sie würde ihr den Ordner gleich bringen – aber erst musste sie Lilly finden!

Mai-Lin an der Rezeption wusste von nichts. Auch in den anderen Büros war sie nicht. Niemand hatte das Kind gesehen. Blieb noch die Toilette. Fehlanzeige.

Elisa bekam Panik. Was, wenn Lilly sich an Mai Lin vorbei nach draußen geschlichen hatte? Würde sie das tun, allein auf die Straße gehen? Sie konnte es nicht ganz ausschließen, musste sie suchen. Doch zuerst würde sie nun aber Vesna den Ordner bringen, sonst hatte sie noch ein weiteres Problem.

Erfüllt von Sorge um Lilly und in der Hoffnung, dass Vesna sie bloß nicht aufhalten würde, betrat sie ihr Büro.

»Hier ist die Akte …«

»Mami, Vesna hat mir ein voll cooles Spiel gegeben!«

Elisa flog herum. Sie traute ihren Augen kaum: Lilly lag in dem Korbstuhl, der Teil von Vesnas Besprechungsensemble war, und hielt ein i-Phone in den Händen. Ihre Sandalen hatte sie abgestreift, der Pferdeschwanz hatte sich gelöst.

»Das heißt *Angry Birds* und man muss Schweine abschießen, um Vögel zu befreien! Ich bin schon bei Level 4!«

Elisas Blick traf Vesnas.

»Wir werden einfach weiterarbeiten«, sagte Vesna. »Ganz normal, okay?«

Am nächsten Tag sagte Leila kurzfristig ab. Ihr Freund sei spontan nach Wien gekommen, sie hätte keine Zeit zum Babysitten. Und wieder saß Lilly im Büro.

»Level 15«, verkündete sie am Ende des Tages voller Stolz.

Am übernächsten Tag war Leilas Freund noch immer da.

»Level 28, ich bin so super«, freute sich Lilly auf dem Heimweg. »Ich habe bei Level 28 schon mehr Punkte als Vesna.«

Elisa tat sich schwer, sich die Geschäftsführerin als von *Angry-Birds* besessene Handyspielerin vorzustellen, behielt ihre Gedanken aber für sich. Dass Vesna bereits Punkte in Level 28 oder was auch immer gesammelt hatte, saugte sich Lilly schließlich nicht aus den Fingern.

Als es am dritten Tage in Folge noch immer nicht klappte mit der Nachmittagsbetreuung, gab Elisa auf. Es musste auch so gehen. Blieb zu hoffen, dass *Angry Birds* noch weitere hundert Herausforderungen bereithielt!

Von da ab war der Name *Vesna* von der Früh bis zum späten Abend gegenwärtig. »Vesna kann …«, »Vesna sagt …« – es vergingen kaum zehn Minuten, da Lilly nicht mit einem Vesna-Satz aufwartete. Elisa verfolgte die Entwicklung mit stiller Verwunderung. Was auch immer Vesna mit Lilly anstellte, offenbar besaß sie die Fähigkeit, das Kind durch simple Ablenkungsmanöver und Spiele zu begeistern.

Auch die anderen Mitarbeiter hatten inzwischen Gefallen an

Lillys Anwesenheit gefunden. *Unser Bürokind* wurde sie genannt, und Elisa sagte sich wieder einmal, wie dankbar sie sein konnte, so unglaublich nette Kollegen bekommen zu haben. Auf ihre Familie konnte sie ja anscheinend nicht zählen: Ihr Bruder und Eveline hatten grundsätzlich nie Zeit, wenn sie sie um Unterstützung bat.

Es war in der zweiten Augustwoche. Sie hatte Lilly gerade vom Kindergarten abgeholt und fütterte sie mit einem Sandwich an ihrem Schreibtisch ab, als Lilly plötzlich im Kauen inne hielt.

»Mami, bist du eine Hure?«

Elisa fiel fast der Stift aus der Hand. Vesna, die im Vorübergehen ein Schriftstück auf Elisas Schreibtisch gelegt hatte und bereits wieder unterwegs in ihr Büro war, hielt abrupt inne.

»Wie kommst du denn darauf?«, fragte Elisa, als sie sich von ihrem ersten Schock erholt hatte. Sie bezweifelte, dass Lilly irgendeine Vorstellung davon besaß, was sie da fragte.

»Hassan aus dem Kindergarten hat gesagt: Deine Mutter ist eine Hure – nur, weil ich das kleine Auto wieder zurückgeholt habe, dass er mir vorher weggenommen hat.«

»Hau ihm aufs Maul, wenn er das wieder sagt«, kam es von Vesna prompt. »Aber so richtig. Das muss bluten.«

Elisa, die noch nach einer vernünftigen Erklärung gesucht hatte, schaute die Geschäftsführerin entsetzt an.

»Sag mal – geht's noch? Gib ihr doch nicht solche Tipps!«

»Welche sonst?« Vesna schaute sie verständnislos an. »Was würdest du ihr denn raten? Dass sie sich mit ihm über verbale Gewalt und Sexismus unterhalten soll? Ist das deine Empfehlung?« Als Elisa nichts sagte, fügte sie hinzu: »Das ist ein kleiner Chauvi und der braucht eine aufs Maul, ehe es zu spät ist.«

»Aber er ist so alt wie Lilly! Ich glaube nicht einmal, dass der kleine Hassan überhaupt weiß, was er sagt.«

»Oh, der weiß das ganz genau! Jedenfalls hat er verstanden, dass es eine Beleidigung ist, ein schlimmes Wort, mit dem man Frauen herabsetzen kann.«

»Da sollte man doch eher mit den Eltern reden«, warf Elisa ein.

Vesna stützte ihre Hände auf Elisas Schreibtisch ab und sah ihr direkt in die Augen.

»Die Eltern, ja? Willst du das machen, mit diesen Eltern reden? Ein pädagogisches Gespräch bei Kaffee und Kuchen, ja? – Träumst du oder was? Von wem, glaubst du, hat der kleine Hassan den Spruch? Wenn du zum großen Hassan gehst, wird er dir bestenfalls ins Gesicht schleimen, aber in seinen Augen wirst du ganz genau das sein, was sein Sohn zu deiner Tochter gesagt hat! Wenn du dich demütigen lassen willst – dann viel Spaß dabei!«

Elisa schüttelte den Kopf.

»Das sind doch Vorurteile«, warf sie ein, fühlte aber eine gewisse Unsicherheit in sich aufkeimen.

»Nein, Schätzchen, das ist die Realität!« Vesna richtete sich wieder auf. »Deine Tochter geht nicht in den Privatkindergarten der Diplomatischen Akademie! Im 10. Bezirk herrschen Gesetze, die ich wohl besser kennen dürfte als du.«

Elisa widersprach nicht. Tatsächlich war es nicht das erste Mal, dass Lillys Umfeld ihr Sorgen machte. Lediglich die Aussicht, dass ihre Tochter in diesem Herbst in die Schule kam, hatte sie davon abgebracht, sich weiter mit der Lage im Kindergarten zu beschäftigen und nach anderen Lösungen zu suchen.

»Möglicherweise hast du recht«, räumte sie ein. Vesna nickte zufrieden.

»Mami, Vesna kann übrigens fünf Sprachen«, meldete sich Lilly, die das Interesse an dem Wort *Hure* wieder völlig verloren hatte. »Und sie kann einen *Flick-Flack* schlagen. Wie ich.«

»Ah, tatsächlich?« Die Vorstellung, dass diese elegante Frau im Business-Kostüm akrobatische Bodenübungen vollführte, zauberte Elisa ein breites Grinsen ins Gesicht.

»Konnte«, verbesserte Vesna. »Ich konnte das, als ich so alt war wie du. Jetzt nicht mehr.«

»Schade. Ich hätte das so gerne gesehen.«

Vesna lachte und Elisa stimmte darin ein.

Aus den Augenwinkeln sah sie Kurt an der offenen Bürotür vorbeigehen. Die Überraschung stand ihm ins Gesicht geschrieben.

Elisa hatte den Besuch beim Zahnarzt lange aufgeschoben. Nach einer schlaflosen, schmerzvollen Nacht musste sie einsehen, dass es nicht länger auszuhalten war. Sie gab Vesna Bescheid, dass sie später käme, ließ den Zahnarzt seine Arbeit tun und betrat um kurz nach zehn Uhr entnervt und mit geschwollener Backe die vierte Etage.

»Der Kindergarten hat angerufen«, empfing Mai Lin sie anstatt des üblichen Stimmungsberichts.

Elisa wurde blass.

»Um Gottes Willen ... Lilly! Ist ihr etwas passiert?«

Mai Lin grinste breit.

»Also, äh ... Lilly nicht, aber ich bin nicht sicher, ob die Kindergärtnerin noch lebt.«

»Bitte?«

»Ich habe den Anruf zu *ihr* durchgestellt ...«

»Du hast *was*?«

Elisa glaubte sich verhört zu haben.

»Ich hatte versucht, dich auf dem Handy zu erreichen, aber du bist nicht drangegangen. Da blieb mir doch nichts anderes übrig. Die vom Kindergarten haben schließlich gesagt, du sollst Lilly sofort abholen.«

»Ja, dann werde ich das jetzt auch tun!«

Elisa wandte sich abrupt wieder in Richtung Ausgang, doch Mai Lin war schneller.

»Beruhig dich. Alles erledigt. Sie ist schon hier. Vesna hat sie abgeholt.«

Elisa hörte Lillys Lachen bereits, als sie noch einige Schritte vom Büro entfernt war. Ohne anzuklopfen, stürmte sie ins Zimmer der Geschäftsführerin. Lilly saß im Korbstuhl, ihrem neuen Lieblingsplatz, und schleckte ein Eis. Vesna kauerte neben ihr und tippte auf dem Smartphone herum.

»Lilly!« Elisa schloss ihre Tochter erleichtert in die Arme. »Was um Himmels Willen ist denn nur passiert?«, wandte sie sich dann an Vesna.

»Ich hab Hassan eine aufs Maul gegeben«, antwortete an deren Stelle Lilly. »Da hat er einen Zahn verloren und geheult und dann hat die Kindergärtnerin geschimpft und mich in ein Zimmer gesperrt. Und dann ist Vesna gekommen und hat mich abgeholt und mir ein Eis gekauft.«

Es dauerte ein paar Sekunden, ehe Elisa die Geschichte verarbeitet hatte.

»Du hast ihm einen Zahn ausgeschlagen? Und zur Belohnung kauft dir Vesna ein Eis?«

»Jetzt reg dich wieder ab.« Vesna richtete sich auf. »Es war ein Milchzahn. Unnötiges Theater. Ich habe ihr das Eis gekauft, um sie zu trösten. Diese Kindergärtnerin hat Lilly in ein Zimmer eingeschlossen, zur Strafe! Sie hat geweint, als ich kam!«

Vesnas Stimme war so voller Empörung, dass Elisa fast schmunzeln musste. Aber nur fast. Die Geschichte war aus ihrer Sicht zu ernst, um sie abzutun.

»Ich finde das total falsch, was du Lilly damit vermittelst.«

Vesna ging nicht darauf ein, sondern bedachte sie mit einem dieser unergründlichen Blicke, die nichts über ihre Gefühle verrieten.

Elisa atmete tief durch. Es hatte wohl keinen Sinn, mit einer Frau, die in einem gut besuchten gehobenen Restaurant ungeniert das Wort *verarschen* durch den Raum trompetete, über Fragen des Umgangs zu diskutieren.

»Trotzdem. Danke, dass du Lilly abgeholt hast. Ich bin allerdings überrascht, dass sie sie dir mitgegeben haben. Normalerweise geht das nicht so einfach.«

»Vesna hat die Kindergärtnerin voll angeschrien! Die hat fast geweint«, kam es von Lilly mit Stolz geschwellter Stimme.

»Hat sie das? – So eine Überraschung!« Elisa flüchtete sich in Sarkasmus. Sie konnte sich lebhaft vorstellen, wie die Begegnung zwischen ihrer Chefin und der leitenden Kindergärtnerin abgelaufen war. »Und was hat sie so geschrien? Dass es wunderbar ist, wenn du dich prügelst?«

»Weiß ich nicht.« Lilly schleckte genussvoll ihr Eis. »War doch auf Kroatisch.«

Natürlich, das hätte sie sich ja denken können. Der Vorname der Kindergärtnerin deutete immerhin auf einen nichtösterreichischen Ursprung hin.

»Also, ich kann in meiner Muttersprache einfach besser schimpfen als auf Deutsch«, sagte Vesna. Es klang fast entschuldigend. »So ist das.«

»Mach dir da keine Sorgen, ich finde, du bist auch auf Deutsch sehr überzeugend.« Elisa ging an ihren Schreibtisch. Im Grunde gab es zu dieser Geschichte nichts weiter zu sagen. Diskussionen mit Vesna über Recht und Unrecht waren sowieso sinnlos. Sie startete ihren PC.

»Du siehst übrigens schrecklich aus.« Vesna war ihr gefolgt. »Wenn du Schmerzen hast … also, du kannst auch nach Hause gehen.«

Überrascht hob Elisa den Kopf.

»Danke. Das ist sehr nett, aber ich bleibe lieber hier.« Als sie Vesnas Irritation bemerkte, setzte sie hinzu: »Ich kann es auch in deiner Sprache sagen, damit du es besser verstehst: Bin ich blöd oder was? – Ich gehe sicher nicht nach Hause, um mich mit einer quirligen Sechsjährigen beschäftigen zu müssen. Meine Schmerzen sind eindeutig besser im Büro zu ertragen, da kann ich mich wenigstens erholen.«

Vesna grinste.

»Vesnaaaaa ...« Lillys Stimme erklang aus dem Büro der Geschäftsführerin. »Das Spiel will nicht! Kommst du?«

Der Spuk geht vorüber, dachte Elisa, während sie ihre Mails checkte. So bequem Vesnas Bemühungen um Lilly auch für sie waren, so skeptisch stand sie ihnen gegenüber. Was Vesna Katiç ihrer Tochter vermittelte, war einfach nicht richtig, aber im Moment war sie Lillys persönliche Heldin.

Bald begann der Urlaub, und danach kam Lilly in die Schule. Dann würde Vesnas Einfluss auf ihre Tochter ganz automatisch schwinden.

# Urlaub

Es duftete nach Pinien und Kräutern, die Grillen zirpten und der Fisch zum Hauptgang war die reinste Gaumenfreude. Rund fünfzig Meter unterhalb der Felsenterrasse des romantischen Dörfchens an der Ligurischen Küste rauschte das Meer.

»Es ist wunderbar, dass du dich entschieden hast, deine Ferien hier zu verbringen, *Bellissima*. Schade, dass es nur eine Woche ist, und wie traurig, dass ich keine besseren Nachrichten für dich hatte.«

Antonio war am Vorabend angereist und hatte sich in einem Hotel in der Nähe einquartiert. Sie hatten den Tag miteinander verbracht und dabei über die aktuelle Lage und seine Versuche gesprochen, Simons Hinterlassenschaften zu ordnen. Antonios Nachrichten klangen nicht gut: Es gab nichts, worauf Elisa hätte zurückgreifen können. Von Simons Vermögen war tatsächlich nichts mehr übrig.

»Ich hatte auch nicht ernsthaft damit gerechnet, an Geld zu kommen«, sagte Elisa mit leichter Resignation, während Antonio ihr Glas nachfüllte. Der schwere Rotwein machte sie leicht benommen. »Was mir aber am meisten weh tut, ist die Sache mit dem Haus in San Lorenzo. Ich hasse den Gedanken, dass dort jetzt womöglich Menschen wohnen, die Simon indirekt in den Tod getrieben haben, weil er ihnen Geld geschuldet hat.«

»Das ist nicht so, *Bellissima*. Das Haus steht zum Verkauf; es ist Teil der Konkursmasse.«

»Loretta hat mir erzählt, es seien Leute um das Haus geschlichen.«

»Du hast Kontakt mit Loretta?« Antonio wirkte alarmiert. Seine Sorge um ihr Wohlergehen tat einerseits gut, war in ihren Augen andererseits manchmal auch übertrieben.

»Sie war all die Jahre lang meine Nachbarin. Natürlich habe ich noch Kontakt zu ihr«, erwiderte Elisa. »Wir telefonieren ab und zu. Sie hat mir von diesen Leuten erzählt ... eine ältere Frau und zwei junge Männer. Sie sind rund einen Monat nach Simons Tod mit einem Leihwagen gekommen, wie ihn Touristen haben, und haben sich auffällig lange auf dem Grundstück umgesehen.«

Antonio legte die Stirn in Falten.

»Das werden die ersten Interessenten gewesen sein ... Ja, jetzt erinnere ich mich. Engländer. Wollten ein Feriendomizil haben, ich bin ein paar Tage später noch einmal persönlich mit ihnen zum Haus gefahren und habe ihnen auch die Innenräume gezeigt. Letztendlich haben sie aber abgesagt. Das Haus war ihnen als Ferienhaus zu groß.«

»Du hast mir gar nichts davon erzählt.«

»*Belissima* ... du warst so durcheinander, so traurig, hast noch bei deinem Bruder gewohnt, hattest so viele Probleme mit der Arbeitssuche. Es schien mir kein guter Zeitpunkt, dir davon zu erzählen, denn ich wusste, es regt dich nur zusätzlich auf.«

Elisa trank einen Schluck Wein. Antonio hatte recht: Alles, was San Lorenzo betraf, wühlte sie tatsächlich auf. Sie hatte sich dort so sehr zu Hause gefühlt.

»Mami, darf ich mit Marco und Laura auf die Straße gehen?« Lilly, die mit zwei Kindern, die sie an diesem Tag am Strand kennen gelernt hatten, durch das Restaurant getobt war, kam zum Tisch.

Elisa tauschte mit den Eltern, die an einem der Nebentische saßen, einen verständigenden Blick, dann nickte sie.

»Aber geht nicht weiter als bis zur Kirche!«

»*Si, si.*« Schon lief Lilly mit den beiden neuen Freunden nach draußen.

»Sie ist glücklich hier«, stellte Antonio fest. »Ein glückliches italienisches Kind.«

Und in Wien ist sie mittlerweile ein glückliches österreichisches Kind, lag es Elisa auf der Zunge, da sie wusste, worauf Antonios Aussage abzielte. Seit seiner Ankunft am Vorabend ließ er nichts unversucht, um sie zu einer Rückkehr nach Italien zu bewegen – allerdings nach seinen Vorstellungen.

»Überleg es dir noch mal«, griff er das Thema prompt wieder auf. »Mein Angebot steht. Du bekommst einen sicheren Job in meiner neuen Kanzlei in Florenz. Du wohnst wieder in einem wunderschönen Haus und ich werde mich selbstverständlich persönlich um dich kümmern. Ich bin in nächster Zeit mindestens viermal die Woche in Florenz, schließlich muss ich sehen, dass das Geschäft gut anläuft.«

Elisa sah auf das Meer. Unter dem sternenklaren Himmel leuchteten die ersten Fischerboote auf dem Wasser. Sie dachte daran, wie sie mit Lilly in San Lorenzo am Fenster gestanden und mit ihr die Boote gezählt hatte, bis das Kind in ihren Armen eingeschlafen war.

Sie mochte Antonio. Und trotz seines Bauchansatzes und der kleinen Glatze, die sich bereits andeutete, war er mit seinen fünfzig Jahren ein attraktiver Mann. Gebildet, charmant, humorvoll ... sie hatte immer gerne mit ihm Zeit verbracht. Aber er war eben nicht Simon.

»Ich bin in Wien nicht unzufrieden«, sagte sie. »Inzwischen verdiene ich gutes Geld, fühle mich in meiner Wohnung wohl, ich habe Freunde ...«

»Aber *Cara*, jemand wie du findet überall Freunde!«

»Ja ... und ich mag meine Arbeit, weißt du. Es ist zum ersten Mal seit sechzehn Jahren, dass ich wieder selbst für das arbeite, was ich ausgebe. Nach der Sache mit Simon fühle ich mich damit ... einfach beruhigter. Verstehst du?«

»Du könntest auch in Florenz dein eigenes Geld verdienen, wenn du das willst.« Antonio lächelte gewinnend. »Aber natürlich in einer besseren Position als in deiner jetzigen. Sekretärin, das ist doch nichts für dich, du kannst doch mehr!«

»Das war der Beruf, in dem ich gearbeitet habe, ehe ich mit Simon zusammenkam. Es ist das, was ich gelernt habe. Und ich bin damit zufrieden. Auch mit meinem jetzigen Arbeitsplatz. Ich habe nette Kollegen und eine wunderbare Chefin.«

Gut, das war übertrieben. Vesna war grundsätzlich zwar umgänglicher als zum Beginn ihrer Zusammenarbeit – und in der Betreuung mit Lilly hatte sie sich unerwartet großartig verhalten. Von *wunderbar* war das jedoch weit entfernt. Gerade in den letzten Tagen vor dem Urlaub hatte sie wieder zunehmend die Psychopathin nach außen gekehrt. Am Freitag vor Elisas Abreise hatte sie noch Überstunden angeordnet und Aufträge erteilt, deren Dringlichkeit auch mit viel Phantasie verschlossen blieb, und war von Stunde zu Stunde immer unwirscher geworden. Am Ende hatte Vesna sich nicht einmal richtig von ihr verabschiedet.

Nach den heiteren Stunden und spritzigen Wortwechseln, die sie im Laufe des Sommer bereits ausgetauscht hatten, war dieses Verhalten für Elisa wie eine kalte Dusche gewesen.

Antonios Hand berührte jetzt die ihre. Sie zog sie zurück.

»Ich brauche Zeit«, sagte sie leise. »Bitte versteh mich. Das mit Simon ist noch nicht lange her.«

Antonio nickte verständnisvoll, doch in seinen Augen las sie Enttäuschung.

Vesnas Turnschuhe federten über den von der Sonne warmen Asphalt. Klatsch-klatsch-klatsch. Ein gleichmäßiger Klang von schnellen Schritten, so gleichmäßig wie ihr Trainingstempo, in dem sie seit eineinhalb Stunden wie viele andere Jogger die Praterallee entlang lief.

Das atmungsaktive Shirt, das sie trug, war bereits durchgeschwitzt, der Ansatz ihrer Haare, die sie mit einem schlichten Gummiband zurückgebunden hatte, feucht. Zum wiederholten Male trank sie während des Laufens aus ihrer Wasserflasche. Schließlich verlangsamte sie ihre Schritte und lehnte sich schwer atmend gegen einen Baum.

Für gewöhnlich legte sie die Strecke in kürzerer Zeit zurück, und das, ohne sich so erschöpft zu fühlen. An diesem Tag war das anders. Sie hatte in den letzten Nächten schlecht geschlafen, fühlte sich nicht gut und wusste nicht einmal, woran es lag. Die innere Unruhe mit Sport zu vertreiben, war ihr als guter Plan erschienen, der aber leider wenig Effekt zeigte.

Missmutig absolvierte sie ein paar Dehnungsübungen. Vielleicht lag es am Wetter. Es war einfach zu heiß zum Laufen, selbst abends kühlte es kaum ab.

»Hi Vesna, schon fertig für heute?«

Dario, der bei einer Bank in der Chefetage saß, trainierte um diese Zeit stets mit Ernst, einem Arbeitskollegen. Die beiden verlangsamten ihre Schritte, blieben kurz stehen. Ernst nutzte die Gelegenheit dankbar, um ein paar Schlucke Wasser zu trinken.

Es ist also die Hitze, sagte sich Vesna. Keiner ist heute in Topform.

»Ich habe noch zu tun, die Arbeit wartet«, erwiderte sie. »Ein wichtiges Projekt.«

»Ja – schön, dass die Geschäfte laufen, nicht wahr?« Dario trat auf der Stelle, um seine Muskeln warm zu halten. »Mich erwischt es am Wochenende. Dienstreise nach Singapur, für drei Wochen. Muss auch noch ganz schön viel vorbereiten … ich sitze jeden Abend bis zehn Uhr Minimum vor dem Laptop, meine Frau ist schon ganz stinkig.«

»Der ärgert sich wegen Singapur und ich muss nach Serbien – als Controller«, meldete sich Ernst zu Wort. »Scheißland, Scheißjob.« Dann schien er sich zu besinnen, wen er vor sich hatte.

»Sorry, nichts für ungut, war nicht so gemeint. Gibt sicher auch schöne Ecken da. Ist halt viel Arbeit.«

»Dafür hast du es näher nach Hause. Kannst am Wochenende heimfliegen.« Vesna rang sich ein Lächeln ab, das er dankbar erwiderte.

»Ja, stimmt. – Also, wir werden dann mal wieder ... noch ein Stündchen, dann geht's wieder vor den Bildschirm. Man sieht sich!«

Die beiden joggten davon.

Vesna schlenderte zu ihrem am Ende der Allee geparkten Wagen. Die Restaurants, die sich dort in der Nähe der lokalen Galopprennbahn befanden, waren voller Menschen, die gemeinsam aßen, sich rege unterhielten, lachten.

Ihr wurde bewusst, dass das Gespräch mit den beiden Männern, die sie nur oberflächlich von ihren Trainingsrunden her kannte, die einzige private Unterhaltung gewesen war, die sie seit sechs Tagen geführt hatte.

Wir versichern uns alle gegenseitig, wie viel wir arbeiten, weil wir glauben, sonst nicht salonfähig zu sein, ging es ihr durch den Kopf. In Wahrheit geht jeder nach Hause in sein beschissenes kleines Leben, spielt *Angry Birds* bis zum Abwinken oder lässt sich von dummen Fernsehserien betäuben.

Irgendetwas mussten die Leute, die sich in diesen Restaurants trafen, anders machen.

Aber natürlich, sie hätte hier auch sitzen können, mit Bianca. Aber ein Essen mit Bianca zog Sex nach sich, und sie hatte ihre Periode. Sex und Blut, das schloss sich für sie entschieden aus.

Außerdem fehlte ihr momentan die Lust, sich mit Bianca zu treffen. Sie wusste einfach nicht mehr, was sie mit ihr reden sollte, irgendwie schienen sie sich alles gesagt zu haben. Zumindest von ihrer Seite war es so: Sie hatte über Kunst und Kultur gesprochen, um festzustellen, dass Bianca von beidem keine Ahnung besaß und sie auch nicht denselben Musikgeschmack teilten.

Bianca wollte über Golfurlaube und Fernreisen sprechen, über ihre Migräne und ihre Allergien. Golf interessierte Vesna nicht, da es in ihren Augen kein Sport war, und für Fernreisen hatte sie früher nie Geld übrig gehabt. Mittlerweile gab sie ihr Einkommen für Dinge aus, die ihr wichtiger waren, und ihr Immunsystem war zum Glück zu gut, um darüber Worte zu verlieren.

Eigentlich brauchte sie doch überhaupt keine bestimmten Themen, um Spaß zu haben. Mit Elisa zum Beispiel, da konnte sie sich den ganzen Tag über Belanglosigkeiten austauschen. Elisa machte Scherze und hatte auch nicht ständig diesen *Oh-du-bist-so-wunderschön*-Blick, den sie an Bianca mittlerweile regelrecht verabscheute. Elisa machte einen Cappuccino mit Milchschaum immer dann, wenn etwas geschäftlich nicht so gut gelaufen war. Es war, als hätte sie den 7. Sinn dafür. Mit Elisa konnte sie sogar lachen.

Aber Elisa war in Italien und wer wusste schon, was sie da tat. Immerhin, sie hatte Lilly dabei, das schränkte ihre Möglichkeiten ein. Es hatte Vesna geärgert, dass sie tatsächlich in Urlaub ging. Auch wenn er ihr natürlich laut Arbeitsgesetz zustand. Aber sie war weg. Und diese Jenny aus dem Kundencenter, die sie zur Vertretung abgestellt hatte, war für den Job definitiv nicht geeignet. Eigentlich heulte sie den ganzen Tag.

Diese Frau war wirklich empfindlich. Sie brauchte sie nur anschauen und sämtliche Farbe wich aus ihrem Gesicht.

Noch ein paar Tage und die hätte die Kündigung, war sich Vesna sicher, als sie ihr Auto startete. Aber zum Glück war in der kommenden Woche Elisas Urlaub zu Ende.

Elisa schleppte ihren Koffer die paar Treppenstufen hoch, die den Eingangsbereich vom Parterre trennten, half dann Lilly mit ihrer Kinderreisetasche und sperrte die Türe zur Wohnung auf. Abgestandene Luft schlug ihr entgegen. Dennoch nach sieben Nächten im Hotel ein vertrauter Geruch.

Sie riss die Fenster auf und ließ die Wohnungstüre offen, um die Zugluft zu nutzen. Ein leichter Wind wehte durch die Räume. Aus dem Innenhof drangen Stimmen an ihr Ohr. Es war kurz nach sieben Uhr abends, anscheinend hatte die Hausgemeinschaft sich wieder einmal draußen versammelt.

Kurz hallo zu sagen schien ihr eine gute Idee. Lange dazusetzen wollte sie sich aber nicht. Sie waren den ganzen Tag unterwegs gewesen; Lilly war schon etwas weinerlich und auch sie spürte Müdigkeit aufkommen.

An einem der beiden Tische saßen John und Mary Okole mit ihren Kindern, an dem anderen Zlatko mit zwei Nachbarn, die Elisa auch schon kennen gelernt hatte – und, zu ihrer größten Überraschung, Vesna! Anders als im Büro, trug sie heute Jeans und ein relativ saloppes Oberteil; ihr ansonsten in sorgfältige Wellen frisiertes Haar hatte sie zu einem schlichten Pferdeschwanz zusammengebunden.

Sie war in Unterlagen vertieft, die ausgebreitet vor ihr lagen, und nahm von Elisa und Lilly erst Notiz, als Zlatko kurz aufstand, um die beiden Neuankömmlinge zu begrüßen. Doch auch dann blieb sie sitzen, nickte Elisa nur kurz zu.

Da sie offenbar gerade beschäftigt oder auch nicht bereit war für persönliche Worte, folgte Elisa der Einladung der Okoles, sich zu ihnen zu setzen.

Lilly wollte auf Vesna zustürmen, doch Elisa gab ihr mit einem kurzen Wink zu verstehen, dass sie sie jetzt besser in Ruhe ließ. Es schien eindeutig, dass sie etwas mit den Männern zu bereden hatte; ihr Gesicht wirkte angespannt, ihre Stimme klang ernst.

Kurz darauf ließ sich Lilly von James, dem zwölfjährigen Sohn der Okoles, kichernd durch die Luft schleudern, während John und Mary einen kurzen Urlaubsbericht gab. Es tat gut, hier zu sitzen – ein Gefühl von Heimat und Zugehörigkeit, das sie seit ihrem überstürzten Aufbruch aus San Lorenzo nicht mehr als selbstverständlich nahm.

Lauter werdende Stimmen vom Nachbartisch unterbrachen ihr Gespräch. Zlatko polterte etwas auf Kroatisch, die beiden Nachbarn schienen nicht minder aufgebracht. Mit einem Mal sprang Vesna so heftig auf, dass die Bank bedrohlich wankte. Ihre Augen sprühten Funken. Sie lief zur Hochform auf, zischte erst etwas zurück, schrie ihren Vater an. Dann rannte sie ins Treppenhaus.

»Zlatkos verrückte Tochter«, sagte Mary leise. »Er hat es echt nicht leicht mit ihr.«

Elisa hatte den Okoles gegenüber nie erwähnt, dass sie für Vesna arbeitete, und ließ es auch jetzt sein. Kein guter Zeitpunkt. Obwohl sie nicht wusste, um was es bei dem Streit überhaupt ging, spürte sie ein seltsames Gefühl im Magen. Vesnas Gesichtsausdruck, als sie aus dem Innenhof stürmte, war erschreckend gewesen. Er hatte Verletzung verraten, nicht Wut.

Zlatko kam auf sie zu, legte ihr unvermittelt die Hand auf die Schulter.

»Sie heute nicht wegen mir gekommen«, raunte er ihr leise ins Ohr, dann setzte er sich wieder zurück zu den aufgeregt diskutierenden Nachbarn.

Es dauerte ein paar Sekunden, bis Elisa den Inhalt seiner Worte begriff.

Dann sprang sie auf und lief ins Treppenhaus.

Dieser verdammte Krieg! Vesna hasste die ewigen Diskussionen darüber, vor allem, wenn sie von Männern geführt wurden, die wie ihr Vater und seine serbischen Nachbarn Mitte der achtziger Jahre das damalige Jugoslawien verlassen hatten, um in Österreich Arbeit zu finden. Den Krieg hatten sie gar nicht miterlebt. Anders als sie. Sie wusste, wie sich Schüsse anhörten, was es bedeutete, wenn das Heizgut kostbar und die Lebensmittel knapp wurden.

Und trotzdem maßte sie sich nicht an, jetzt hier in Österreich, das auch ihr zur Heimat geworden war, Position zu beziehen. Im Gegenteil, sie verlor gewöhnlich kein Wort darüber, nahm sogar schweigend hin, dass jemand sie als Serbin bezeichnete. Wie dieser joggende Banker Ernst beispielsweise in der Praterallee. Serbe, Bosnier, Kroate – für die Wiener fiel alles unter den wenig schmeichelhaften Begriff »Tschusch«. Sie hatte hart genug dafür gearbeitet, nicht mit Leuten wie ihrem Vater, der nach fast einem Vierteljahrhundert in Österreich immer noch nicht richtig Deutsch sprach, in einen Topf geworfen zu werden. Dennoch war Vesna sich bewusst darüber, dass sie von den gebürtigen Österreichern wohl immer als zugewanderte Fremde wahrgenommen werden würde. Der leichte Akzent, den sie trotz aller Bemühungen nicht loswurde, und ihr Nachname verrieten sie.

Ihr Vater und seine Freunde konnten das Politisieren über den Krieg einfach nicht lassen. Und mit ihren absurden Theorien und Behauptungen, was eine Propaganda-Lüge gewesen war und was die Wahrheit, brachten sie sie jedes Mal in Rage – ein Grund, weshalb sie diese Begegnungen mied.

An diesem Abend hatte sie sich zu einem Besuch durchgerungen, weil sie in Wahrheit hoffte, Elisa zu sehen. Sie verstand selbst nicht, was mit ihr los war, aber die Tatsache, dass sie seit rund einer Woche nicht mehr miteinander gesprochen hatten, raubte ihr jegliche Energie.

Jetzt bereute sie zutiefst, dass sie diesem seltsamen Bedürfnis überhaupt nachgegeben hatte. Wie dumm war sie gewesen! Elisa hatte keinerlei Interesse an ihrer Anwesenheit gezeigt und sich stattdessen gleich an einen anderen Tisch gesetzt. Hatte sogar Lilly davon abgehalten, sie zu begrüßen.

Vesna lehnte im Treppenhaus an der Wand und versuchte sich zu beruhigen. Sie wollte nicht vor Wut bebend in ihr Auto einsteigen. Was ging Elisa das alles schon an? Sie war ihre Angestellte, weiter nichts. Morgen würden sie sich ohnehin im Büro begegnen, und dann musste sich Elisa wieder um sie kümmern. Schließlich zahlte sie dafür.

Und ihren Vater würde sie nun längere Zeit meiden.

»Vesna … da bist du ja!«

Elisa stand vor ihr im Treppenhaus, mit besorgtem Gesichtsausdruck.

»Alles in Ordnung?«, fragte sie.

Vesna richtete sich auf. »Alles okay«, sagte sie steif.

»Ich habe nicht den Eindruck.«

Und ehe sie wusste, wie ihr geschah, trat Elisa auf sie zu und schlang ihre Arme um sie.

Vesna erstarrte ob der unerwarteten Berührung. Diese Frau war ihre Mitarbeiterin. Was sie da tat, sollte nicht sein! Einem ersten Impuls gehorchend, wollte sie sich der Umarmung entziehen, doch irgendetwas hielt sie ab. Ihre Glieder fühlten sich an wie Gummi. Selbst wenn sie gewollt hätte – sie konnte sich nicht von der Stelle bewegen. Stattdessen entwickelten ihre Arme einen eigenen Willen und schlangen sich um Elisas Oberkörper. Sie waren sich jetzt so nahe, dass sie ihr Herz schlagen hörte.

Elisa fühlte sich warm an und roch nach Sonne und Meer. Ihre Wärme überflutete sie wie eine Welle, vom Kopf bis zu den Zehenspitzen. Vesna spürte, wie sie zur Ruhe kam.

»Ohne dein übliches Schuhwerk bist du gar nicht so groß.«

Mit dieser nüchternen Feststellung löste Elisa die Umarmung. Lächelnd fuhr sie sich mit den Händen durchs Haar. Trotz des schlechten Lichts fiel Vesna zum ersten Mal auf, wie schön und dunkel ihre Augen waren.

»Zum Streiten mit alten Männern, die Unsinn reden, reichen auch flache Leinenschuhe.« Vesna trat von einem Fuß auf den anderen. Sie wusste, sie sollte jetzt gehen, hatte hier nichts mehr verloren. Elisa war schließlich gerade aus dem Urlaub gekommen. Der drängende Wunsch, sie gleich zu sehen, war immerhin erfüllt.

Das war doch, was du wolltest, sagte sie zu sich, aber Zufriedenheit wollte sich nicht einstellen. Sie hatte sie gesehen, aber das war nicht genug. Sie gab sich einen Ruck.

»Möchtest du essen gehen? Ich lade dich ein. Garnelen und Jakobsmuscheln – was du möchtest.«

»Das ist nett, aber …«

Vesna hob beschwichtigend die Hände. Natürlich, sie hätte es wissen können. Privat war privat. Und sie gehörte zum beruflichen Teil von Elisas Leben. Dafür zahlte sie. Sie wollte ihr sagen, dass es schon okay wäre, abzulehnen, obwohl ihr Herz in diesem Moment etwas ganz anderes soufflierte, doch Elisa ließ sie nicht zu Wort kommen.

»… aber wir haben ein Kind, das baldmöglichst ins Bett muss.«

Wir? – Vesna blinzelte ungläubig.

»Aber wenn du möchtest, kannst du mit mir und Lilly hier zu Abend essen, bei mir in der Wohnung«, fuhr Elisa nun unbefangen fort. »Ich muss dich allerdings warnen: Ich habe nichts zu Hause außer Spaghetti und Tomaten aus der Dose.«

Vesna zögerte. Sie war noch nie bei einer ihrer Mitarbeiterinnen in der Wohnung gewesen. Genau genommen, war sie schon lange nicht mehr bei irgendeinem anderen Menschen außer ihrem Vater privat zu Besuch.

Elisa deutete ihr Zögern auf ihre Weise.

»Ich würde mich freuen«, schob sie nach.

Vesna nickte.

Mit Inbrunst hackte Elisa die Knoblauchzehen klein. Sie war froh, sich mit einer so simplen Tätigkeit davon ablenken zu können, was vor rund einer Viertelstunde passiert war: Sie hatte Vesna umarmt, und was als simpler Trost gedacht war, hatte sie in eine Art Ausnahmezustand versetzt, aus dem sie sich erst langsam wieder löste. Ihr ganzer Körper hatte innerlich gekribbelt, als Vesna schließlich ebenfalls die Arme um sie legte. Darauf war sie nicht vorbereitet gewesen.

Sie hatte ihre Verlegenheit mit einer flapsigen Bemerkung über das Schuhwerk zu überspielen versucht und hoffte inständig, dass Vesna nichts bemerkt hatte. Es war ihr peinlich, dass sie so auf den Körper einer anderen Frau reagierte, die noch dazu ihre Chefin war.

Ich bin schließlich nicht lesbisch, sagte sich Elisa, während sie die Spaghetti in das kochende Wasser gab. Ich bin nur ausgehungert.

Das musste es sein. Sechs Monate ohne Sex. Ohne die Berührungen eines Mannes. Für eine Frau Mitte dreißig vielleicht zu lange. Sie dachte an Antonio und daran, wie leicht sie diese Art Zuwendung hätte haben können. Doch in seiner Nähe hatte sie dieses Verlangen nicht empfunden.

Im Hintergrund vermischte sich Lillys Kichern mit Vesnas Lachen. Als sie sich umdrehte, bot sich ihr ein spektakuläres Bild: Vesna lag mit dem Rücken auf der Couch und hatte die Beine in die Luft gehoben – auf ihren Sohlen lag Lilly, die sich an Vesnas ausgestreckte Hände klammerte und vor Begeisterung quietschte.

Elisa lächelte unwillkürlich. Die angeblich so böse Frau aus dem Flugzeug. Ob Lilly sich noch an die Begegnung erinnern konnte?

»Darf ich dir einen Wein anbieten?«

Vesna wandte ihr den Kopf zu und ließ Lilly langsam nach unten gleiten.

»Nein, danke. Wasser wäre gut.«

Elisa brachte ihr das Glas und deckte den Tisch. Als sie später zu dritt an dem kleinen Esstisch saßen, kam ihr die Situation auf merkwürdige Weise vertraut vor.

»Ich will, dass Vesna da bleibt.« Lilly klammerte sich an die Besucherin. »Ich will nicht ins Bett. Ich will noch mit Vesna spielen.«

»Ein anderes Mal wieder«, erwiderte Elisa entschieden. »Dir fallen doch schon die Augen zu! – Komm, du hast die Zähne geputzt und den Schlafanzug an, jetzt ab ins Bett!«

»Aber ich will ...«, begann Lilly erneut. Elisa hob mahnend den Zeigefinger und brachte sie damit zum Schweigen. Widerwillig löste sie sich von ihrer großen Freundin.

»Kann Vesna mir noch eine Gute-Nacht-Geschichte vorlesen?«

»Kann Vesna das?«, griff Elisa die Frage auf, leicht amüsiert über Vesnas überraschtes Gesicht. Es war eindeutig, dass sie mit Kindern keine Erfahrung hatte.

»Natürlich kann Vesna das.« Ihre Besucherin stand auf. »Vesna kann nämlich sehr viel.«

»Flick-Flack, ich weiß«, scherzte Elisa. »Und noch so einiges mehr.«

Erst als Vesna sie warnend ansah, wurde ihr klar, dass ihre

Aussage als Anspielung auf Tatjanas Besuch zu verstehen war. Auch wenn sie nicht mehr darüber sprachen – vergessen konnten sie es beide nicht.

Elisa wurde rot. Es fiel ihr schwerer als erwartet, gewisse Bilder aus dem Kopf zu bekommen.

Gemeinsam gingen sie mit Lilly hinüber ins Nebenzimmer. Vesna setzte sich an die Bettkante. Sie kam mit der Geschichte über den Pinguin, der Angst vor dem Schwimmen hatte, nicht einmal bis zur Hälfte, da war Lilly schon eingeschlafen.

»Das ging schnell.« Vesna erhob sich. Sie sah sich im Zimmer um.

Eine seltsame Situation, dachte Elisa, während sie Vesnas Blicke verfolgte. Meine Chefin ist in meinem Schlafzimmer, sitzt auf meinem Bett ... sieht meinen offenen Kleiderschrank, das Fach mit meiner Unterwäsche ...

»Ist das also Simon Casella?«

Vesna hatte das Foto von Simon auf dem Nachtkästchen entdeckt, aufgenommen vor einem Jahr auf ihrer Terrasse in San Lorenzo. Im Hintergrund schimmerte das Meer.

Elisa nickte. Es war ihr nicht ganz recht, dass Vesna das Bild jetzt in die Hand nahm und eingehend betrachtete, doch sie sagte nichts. Als Vesna es auf seinen Platz zurückgestellt hatte, verließen sie das Schlafzimmer. Elisa zog leise die Türe zu und wies nebenan aufs Sofa.

»Ein gutaussehender Mann«, stellte Vesna fest, während sie sich setzte. »Wie hast du ihn kennen gelernt?«

»Er war ein Geschäftspartner meines damaligen Arbeitgebers.« Elisa fühlte sich merkwürdig befangen, mit Vesna über Simon zu reden, doch da sie keinen Grund fand, auf ihre Frage nicht zu antworten, fuhr sie fort: »Wir sind uns das erste Mal bei einem Geschäftsessen begegnet, und ich habe mich sofort in ihn verliebt. Er sich auch in mich. Nach zwei Monaten sind wir zusammengezogen.«

»Er kam nach Wien?«

Elisa schüttelte den Kopf.

»Nein, nach San Lorenzo. Simon fragte, wo ich gerne mit ihm wohnen würde, und ich sagte spontan: Italien. Da hat er dieses Haus in San Lorenzo gekauft.« Als Vesna nichts darauf erwiderte, setzte sie hinzu: »Du musst mich für komplett verrückt halten. Und da bist du nicht die Erste. Meine Eltern, mein Bruder, meine damaligen Freundinnen – alle haben gedacht: Jetzt dreht sie völlig durch. Schmeißt alles hin, ihr Leben, ihren Job, und geht mit einem Mann, der fast ihr Vater sein könnte und den sie erst seit ein paar Wochen kennt, nach Süditalien. Aber ich habe das nie bereut. Es war die richtige Entscheidung.«

»Was hast du gemacht, all die Zeit in Italien? Du warst noch sehr jung. War es nicht langweilig in diesem Dorf?«

Dass Vesna nicht über sie richtete, tat gut und war gleichzeitig überraschend. Gerade von dieser toughen Self-Made-Frau hätte sie Kritik an ihrem damaligen Handeln erwartet.

»Nein, gar nicht. Ich lernte mit Begeisterung Italienisch, kümmerte mich um meinen Garten, das Haus ... ich war rundherum zufrieden. Und vor allem sind Simon und ich anfangs viel gereist. Wir waren das halbe Jahr unterwegs. Sidney, New York, Hawaii, Thailand, Mexiko – ich war schon so ziemlich überall. Simon hatte an vielen Orten geschäftlich zu tun und ich nutzte die Zeit, mir vieles anzuschauen. Es war spannend, ein endloses Abenteuer. – Meine Eltern waren nicht wohlhabend ... wir sind allerhöchstens einmal nach Kärnten auf Urlaub gefahren. Dass Simon mir die Welt zeigte, war für mich das Höchste.« Elisa nahm einen Schluck Wasser, bevor sie weitersprach. Es war, als hätte sich ein Knoten in ihr gelöst. Endlich konnte sie jemandem von Simon erzählen – jemandem, der anders als ihr Bruder vorurteilsfrei zuzuhören schien. »Dann wurde ich schwanger und alles war anders. Zwangsläufig. Mit einem Kind war das Verreisen schwierig, also hat Simon seine geschäftlichen Termine von da ab alleine wahrgenommen, während ich in San Lorenzo blieb. Wir haben uns viel weniger gesehen, aber ich hatte ja Lilly ... Ich war beschäftigt. Simon hatte eigentlich kein Kind gewollt. Wahrscheinlich weil er wusste, wir würden uns dann weniger sehen. Aber als Lilly dann auf die Welt kam, war er vollkommen vernarrt in sie. Wenn er von seinen Reisen nach San Lorenzo zurückkam, waren wir glücklich.« Sie schluckte trocken. »Zumindest ich. Was in ihm die letzten Monate vor sich ging ... wage ich nicht mehr zu beurteilen.«

Sie fühlte Vesnas Hand flüchtig an ihrem Arm. Sofort regten sich ihre Sinne.

»Er hätte ja mit mir reden können«, fuhr sie fort, ohne Vesna anzusehen. »Aber er hat nie etwas gesagt von Problemen. Nur manchmal wirkte er so in sich gekehrt, als würde er über etwas grübeln. Und dann sein Abschiedsbrief ... ich weiß noch immer nicht, was ich davon halten soll.« Sie schluckte. »Das, was er mir geschrieben hat, klingt so nichtssagend! Als wäre ich irgendwer, aber nicht die Frau, mit der er viele Jahre lang zusammen war.«

Vesna wusste nicht recht, was sie zu all dem sagen sollte, was ihr Elisa erzählte. Andere Menschen zu trösten und auf sie einzugehen war, wie sie selbst sehr genau wusste, nicht gerade ihre Stärke.

Zusammenhänge zu erkennen und Schlussfolgerungen zu ziehen dagegen schon. Und je mehr Elisa redete, desto klarer wurde ihre Vorstellung von Simon Casella.

Dass Elisa ihr an diesem Abend unaufgefordert seinen Abschiedsbrief zeigte, kam unerwartet. Ihn zu lesen rundete das Bild, das sie von ihm gewonnen hatte, jedoch ab.

Der Brief war kurz, eine schwungvolle Handschrift auf simplem weißem Papier, wie es in jedem Bürodrucker steckte.

*Liebe Elisa,*

*bitte vergib mir. Du wirst Vieles über mich erfahren, was dir nicht gefallen wird. Ich weiß, ich habe unverantwortlich gehandelt und dadurch Menschen betrogen und verletzt. Wenn ich es jetzt noch ändern könnte, ich würde es tun. Ich habe Fehler gemacht. Ich hoffe, du kannst mir irgendwann verzeihen und unserer kleinen Prinzessin trotzdem weiterhin glauben machen, dass ihr Papi sie immer geliebt hat. Dein Simon.*

Elisa erzählte ihr nochmals im Detail alles, was sie von Simons Geschäften wusste. Viel war es nicht.

Es überraschte Vesna, dass Elisa sich so gar nicht darum gekümmert hatte, woher das Geld kam, das ihr ein Leben ohne eigenständige Arbeit ermöglichte. Gegenwärtig konnte sie sich nicht einmal vorstellen, jemandem nur annähernd so sehr zu vertrauen, wie Elisa diesem Simon Casella vertraut hatte. Das musste wohl Liebe sein. Ein Glück, dass sie dazu nicht fähig war – somit bewahrte sie sich vor bösen Überraschungen.

Sie hatten nicht geheiratet, weil Simon das *nicht wichtig* war. Vesna nahm zur Kenntnis, was Elisa ihr – inzwischen mit Tränen in den Augen – da erzählte, empfand aber Unverständnis. Sie dachte an die Fotos von Casella, die sie im Internet gesehen hatte. Etwas machte sie stutzig, doch ihr fiel nicht ein, was es war.

Als sie sich spät am Abend verabschiedete, tobte in ihr ein Sturm an widersprüchlichen Gefühlen: Sie war froh, dass Elisa wieder da war. Sie hatte mit Lilly Spaß gehabt – so viel Spaß, wie sie sich vor wenigen Wochen nicht im Traum hätte vorstellen können, jemals mit irgendeinem Kind zu haben. Lilly nahm sie so, wie sie war. Sie bewunderte sie und vertraute ihr, egal, was sie sagte oder tat, ohne dass sie sich beweisen musste.

Der Abend war schön gewesen, aber Elisas Vertrauen verwirrte sie. In größter Offenheit hatte sie ihr über Simon Casellas Tod berichtet. Noch nie hatte ihr jemand so viel Privates erzählt.

Je länger Vesna über den Abend nachdachte, desto überzeugter war sie, dass Elisa jemanden zum Reden gebraucht hatte und sie eben gerade zur Stelle gewesen war. Immerhin einer Einladung zum Abendessen gefolgt war, hielt sie sich zugute. Okay, aber die Einladung resultierte aus einem Pflichtgefühl gegenüber ihr als Arbeitgeberin. Allenfalls auch aus einem gewissen Mitgefühl, als Elisa sie so aufgelöst im Treppenhaus fand.

Es war völlig in Ordnung, diese Einladung anzunehmen. Schließlich hatte sie sie nicht vor den Kopf stoßen wollen.

# Am Steuer

»Wir haben einen Termin im 22. Bezirk.« Vesna stand in dunklem Mantel und mit gelber Handtasche vor ihrem Schreibtisch. »Bist du noch nicht fertig oder was?«

»Ähm, bitte?« Elisa runzelte die Stirn. Als Verwalterin von Vesnas Kalender wusste sie selbstverständlich, dass in einem Büroturm in Kagran ein Vor-Ort-Termin mit einer Aufzugswartungsfirma anstand. Dass ihre Anwesenheit dabei erforderlich war, hörte sie jedoch zum ersten Mal.

»Bist du jetzt schwerhörig oder was?«

Okay. Madame war also wieder äußerst schlechter Laune.

»Durchaus nicht, wie du auch sehr genau weißt. Es wäre aber nett gewesen, wenn du mir eine Stunde vorher Bescheid gegeben hättest. Dann hätte ich gar nicht erst mit dieser Excel-Auswertung begonnen.« Missmutig sperrte Elisa ihren Computer. Dann erhob sie sich, folgte Vesna zu deren Wagen, der wie gewohnt im Innenhof parkte, und ging zur Beifahrerseite.

Vesna blieb stehen.

»Du fährst.«

Elisa fuhr herum.

»Das ist ein Scherz, oder?«

Theatralisch verdrehte Vesna die Augen.

»Hast du keinen Führerschein oder was ist?«

Sie reichte Elisa den Schlüssel.

Das kann sie nicht ernst meinen, ratterte es in Elisas Kopf, als sie am Fahrersitz des Sportwagens Platz nahm. Sie fühlte sich spontan wie in einem Cockpit. Die Anzeigen am Armaturenbrett, die vielen Knöpfe – nichts war ihr vertraut. Schon das Einstellen der richtigen Fahrposition und der automatisch verstellbare Außenspiegel bereiteten Probleme. An dem genervten Blick, den Vesna ihr vom Beifahrersitz aus zuwarf, war null Verständnis dafür abzulesen, wie fremd sie sich in diesem Gefährt fühlte.

Sie wollte den Wagen starten, als ihr die größte Herausforderung bewusst wurde: Der Porsche besaß ein Automatikgetriebe.

»R für rückwärts, oder?«, erkundigte sie sich vorsichtshalber und versuchte den Hebel zu bewegen. Er rührte sich keinen Millimeter.

»Du musst den kleinen Knopf am Hebel drücken, um ihn zu verstellen.« Vesna klang schon jetzt genervt. Das konnte ja heiter werden. Elisa tat, wie ihr geheißen, fragte sich im selben Moment jedoch, was das alles sollte. Sicher, sie hatte Vesna oft wegen ihrer aggressiven Fahrweise kritisiert – aber damit hatte sie nicht erreichen wollen, selbst hinter dem Steuer zu landen. Dass Madame sie überhaupt ihren geliebten Wagen fahren ließ, war mehr als nur irritierend.

Elisa ließ den Motor an – wollte ihn anlassen, doch stattdessen erklang ein Piepston. Am Display des Armaturenbretts erschien ein rotes Warnsignal.

»Du musst auf die Bremse treten, während du startest.«

Vesna schüttelte missmutig den Kopf.

Endlich gelang es Elisa, langsam aus der Parklücke auf die gut befahrene Straße zu rollen. Sie musste sich enorm konzentrieren, um nicht versehentlich auf Gas oder Bremse zu treten in dem Glauben, die nicht vorhandene Kupplung zu betätigen.

Vorsichtig lenkte sie den Wagen durch den Torbogen, während Vesna am Navigationsgerät herumspielte.

»Links abbiegen«, sagte die Stimme. Auch das noch. Es dauerte lange, bis sich im dichten Gegenverkehr eine passende Lücke auftat. Vom Beifahrersitz her kam kein Kommentar, doch sie wusste sehr gut, dass Vesna inzwischen schon mindestens fünf Gelegenheiten zum Abbiegen gefunden hätte – ungeachtet dessen, ob sie jemanden dazu zwang, scharf abzubremsen.

Gemächlich kroch der Porsche die Straße entlang. Elisas Herz klopfte. Das Gaspedal reagierte sensibel auf jeden noch so leichten Druck ihres Fußes und die niedrige Sitzposition irritierte sie zusätzlich. Wie konnte man sich freiwillig ein derartigen Wagen anschaffen? – Schon als Beifahrerin hatte sie sich nicht dafür begeistern können.

»Wenn du weiterhin in diesem Tempo fährst, sind wir morgen noch nicht da«, kam es nach einigen Minuten von Vesna.

»Warum fährst *du* nicht? Ich reiß mich nicht darum!«

»Ich werde sechs Wochen lang nicht fahren.«

Es dauerte ein paar Sekunden, bis Elisa begriff.

»Oh! Dir wurde also der Führerschein entzogen? Zu schnell gefahren? Jemanden geschnitten?«

Vesna verzog das Gesicht und blieb ihr eine Antwort schuldig.

Der Termin lag hinter ihnen, es drohte die Rückfahrt. Elisas Herzschlag stieg, sobald sie wieder in den Porsche gestiegen war. Sie hasste dieses Auto! Und noch mehr hasste sie es, Vesna, deren schlechte Laune gewiss auch mit dem Führerscheinentzug zu tun hatte, durch die Gegend kutschieren zu müssen.

Sie hatten in einem Parkhaus geparkt. Kaum hatte Elisa den Motor angeworfen, rollte der Wagen auch schon nach hinten – auf ein gegenüber geparktes Auto zu. Im letzten Moment trat sie abrupt auf die Bremse.

Vesna starrte sie an wie eine Schlange, die sich gleich auf das vor ihr sitzende Kaninchen stürzen wollte.

»Bist du verrückt oder was? Weißt du eh, was dieser Wagen wert ist?«

Elisa schwieg eisern und fuhr wieder an. Unten bei der Ausfahrtsschranke schätzte sie die Maße des Autos falsch ein, so dass sie aussteigen musste, um das Parkticket in den Schlitz zu stecken. Vesna stöhnte demonstrativ, als sie wieder hinter dem Steuer Platz nahm.

Auf der Straße herrschte reger Verkehr. Die bevorstehende Rushhour kündigte sich an. Auf dem Beifahrersitz brach Ungeduld aus.

»Kannst du überholen, bitte? Der vor uns kriecht wie eine Schnecke, mich regt das auf!« – »Weißt du schon, wo das Gas ist, oder was?« – »Wann willst du abbiegen? Morgen?«

Sie waren am großen Verteilerkreis am Prater, als Vesna im dicksten Verkehr darauf drängte, einen Kleinwagen zu überholen, der mit knapp 50 km/h vor ihnen dahinrollte. Elisa, vollauf darauf konzentriert, nicht versehentlich die Bremse zu betätigen in der Annahme, es sei die Kupplung, unterließ das Manöver.

Vesna lief zur Hochform auf.

»Bist du blöd oder was? Hab ich nicht gesagt, wir überholen. Musst du ein bisschen aufs Gaspedal treten, verstehst du? Oder kannst du nicht lenken? Was ist das Problem?«

Elisa hatte genug. Sie bog in die nächste Seitengasse ab, fuhr in eine freie Parklücke, stellte den Motor ab und drückte der verdutzten Vesna den Schlüssel in die Hand.

»Das war's«, sagte sie, die Wut in ihrem Bauch mühsam unterdrückend. »Mach, was du willst. Ich lass mich von dir sicher nicht anschreien und behandeln wie einen Fußabstreifer!«

Sie stieg aus und warf geräuschvoll die Autotür zu. Vesna stieg ebenfalls aus.

»Was soll das?«, schrie sie quer über das Autodach. Ein paar Leute, die mit Einkaufstaschen die Straße entlanggingen, blieben stehen und schauten neugierig in ihre Richtung. »Willst du hier stehen bleiben oder was? – Das ist eine Kurzparkzone!«

»Weißt du, wie egal mir das ist?« Elisa war selbst überrascht, wie gut sie plötzlich zurückbrüllen konnte. »Von mir aus wird diese Kiste abgeschleppt! Ich komme sehr gut ohne Auto nach Hause. Im Gegensatz zu dir weiß ich nämlich, wie man öffentliche Verkehrsmittel benutzt!«

Schon ging sie los in die Richtung, in der sie die Straßenbahnhaltestelle vermutete. Am Geklapper von Absatzschuhen hinter sich hörte sie, dass Vesna ihr folgte. Sie drehte sich nicht nach ihr um.

»Wenn du das jetzt machst, kannst du dir einen neuen Job suchen!«, donnerte es von hinten. »Du bist nicht die Erste, die ich rausschmeiße! Das geht ganz schnell!«

Elisa blieb stehen, holte Luft und fuhr herum.

»Ah ja? – Weißt du was, dann mach das doch! Mich kotzt dein Überlegenheitsgetue nämlich wirklich an! Es ist ja auch verdammt einfach, sich zu verhalten wie ein A…, wenn man am längeren Hebel sitzt!«

Da Vesna lediglich einen giftigen Blick auf sie abschoss, aber stumm blieb, setzte Elisa ihren Weg fort. Sie hatte wirklich genug. Zusätzlich zu ihrer Wut war sie zutiefst getroffen. Vor nur vier Wochen hatte Vesna bei ihr in der Wohnung gesessen und Spaghetti gegessen. Sie hatte dieser Frau ihr Herz geöffnet und ihr von Simon erzählt – Dinge, die sie nicht einmal ihrem Bruder anvertraut hätte. Sie hatte gedacht, dass Vesna trotz aller Vorbehalte vielleicht zu einem freundschaftlichen, respektvollen Umgang mit ihr fähig war. Doch mehrere Erfahrungen in den Wochen danach hatten sie eines Besseren belehrt. Vesna blieb einfach unberechenbar. Einem harmonischen Tag mit Heiterkeit und Geplänkel folgten zwei, die sie bereuen ließen, jemals einen Schritt in das Büro von VK Immobilien gesetzt zu haben.

Inzwischen hatte sie die Haltestelle erreicht. Die Gruppe der Wartenden deutete darauf hin, dass die Straßenbahn bald um die Ecke biegen würde. Elisa lehnte sich mit verschränkten Händen an die Seitenwand des Wartehäuschens.

»Ich habe ein Recht, dir zu sagen, was du zu tun hast!« Vesna baute sich heftig gestikulierend vor ihr auf. »Weil ich die Chefin bin und du die Assistentin, so ist das! Ich zahle dich jeden Monat! Wenn ich dich nicht zahle, sitzt du bald auf der Straße, verstehst du!«

»Wenn du mich nicht bezahlst, dann bezahlt mich jemand anderes!«, schrie Elisa in derselben Lautstärke zurück. »Und mit Sicherheit ist das jemand, der mich mehr zu schätzen weiß und nicht mit mir redet wie eine machtbesessene Edelproletin, die ihren Status mit einem Porsche und protzigen Modelabels zur Schau stellen muss!«

Im selben Atemzug, als sie das sagte, wusste sie: Es war falsch. Alles, was sie Vesna bisher ins Gesicht geworfen hatte, war vertretbar. Das aber war ein persönlicher Angriff.

Sie sah Vesnas Blick und erkannte darin dasselbe, was sie schon damals im Flugzeug gesehen hatte: Diese Frau war stets darauf gefasst, angegriffen zu werden. Sie rechnete mit nichts Gutem. Nicht mit Freundlichkeit, nicht mit Respekt, nicht mit Zuneigung. Und das war der Grund, weshalb sie ohne Rücksicht und Skrupel über andere herfiel: Sie wollte sich in Sicherheit wissen. Sie wollte jedem Angriff zuvorkommen, indem sie ihr Gegenüber schon vorab in Stücke zerlegte.

Soeben öffnete Vesna den Mund und Elisa wusste: Was auch immer sie jetzt sagen würde, es konnte nur so vernichtend und persönlich sein, dass es sie zutiefst verletzte und zum Weinen brachte.

Sie hatten den sichtlich amüsierten Schaulustigen um sie herum Spektakel genug geliefert. Zwei Frauen mittleren Alters in eleganten Mänteln, die sich anschrien wie Furien. Es sollte nicht noch schlimmer kommen.

Ohne zu zögern trat Elisa auf Vesna zu, schlang die Arme um sie und zog sie dicht an sich heran. Ein paar Sekunden lang schien Vesna unter Schock zu stehen, dann versuchte sie sich energisch aus ihren Armen zu lösen. Elisa ließ nicht locker. Sie wusste nicht, woher sie die Kraft nahm, doch ihre Arme schlossen sich noch dichter um den Körper der anderen, bis sie deren Widerstand schwinden fühlte. So standen sie Wange an Wange. Wie lange – Elisa wusste es nicht. Sie verlor sich in dieser Umarmung, die Vesna nun erwiderte, sah aus dem Augenwinkel, dass die Straßenbahn kam und wieder fuhr. Die gaffenden Leute waren verschwunden. Sie waren allein.

»Vesna. Ich ...«, begann sie. Ihre Stimme versagte. Sie räusperte sich, während sie einen sanften Händedruck an ihren Hüften spürte. »Ich ... es tut mir so leid.«

Sie lösten sich voneinander.

»Fahren wir nach Hause«, sagte Vesna. Ihre Stimme klang müde.

Nebeneinander gingen sie zum Wagen zurück.

Wortlos nahm Elisa den Schlüssel und startete den Wagen. Auf dem gesamten Weg zurück zum Büro herrschte Schweigen. Selbst als das Einparken im Innenhof sich hinzog, sagte Vesna kein Wort.

Als der Porsche endlich stand, atmete Elisa tief durch. Zumindest die Fahrt in diesem elenden Wagen hatte sie überlebt.

»Du bist gut gefahren«, kam es plötzlich von Vesna. »Ich meine, die letzten zwei Kilometer.«

Elisa war innerlich noch zu mitgenommen, um ihren Zusatz als Scherz aufzufassen.

»Ich bin noch nie zuvor in meinem Leben mit einer Automatik gefahren«, sagte sie ernst. »Und auch noch nicht mit einem Auto, das größer ist als ein Fiat Punto.«

»Simon Casella hatte einen Fiat?« Vesna klang ehrlich überrascht.

Nun lächelte Elisa doch.

»Nein. Er hatte zuletzt einen Lancia Thema. Aber den ist nur er gefahren.«

Vesna sah sie an. Ihre Augen blitzten. Diesmal jedoch war ihr Blick frei von Wut.

»Siehst du«, sagte sie triumphierend. »Da sind wir in unserer Beziehung schon einen entscheidenden Schritt weiter. Ich lasse dich sogar mit meinem Porsche fahren.«

»Ich hätte nie gedacht, dass ich das einmal sage, aber ich beneide dich von ganzem Herzen, liebe Kollegin!« Kurt machte eine theatralische Geste. »Ich beneide dich, weil du dieses Wahnsinnsauto fahren darfst! Ich würde mich sogar foltern lassen, um ...«

Sie unterbrach ihn.

»Ich kann dir versichern, es ist kein Vergnügen.«

»Ja, die Beifahrerin, klar.« Kurt nickte. »Kann mir vorstellen, dass sie die ganze Zeit über Anweisungen erteilt, und das in ihrem üblichen Ton. Mann oh Mann, Elisa ... trotzdem, ein echter Porsche ...!«

»Sie sagt gar nichts«, stellte sie klar. Das war die Wahrheit: Seit ihrem verbalen Gemetzel vor rund einem Monat am Praterstern war Vesna die ruhigste und zugleich hilfreichste Beifahrerin, die sie sich vorstellen konnte. »Es ist das Auto. Ich habe einfach Angst, irgendwann einmal irgendwo dagegenzufahren.«

Kurt runzelte die Stirn. Es war offensichtlich, dass er ihre Ängste nicht nachvollziehen konnte. Sie wollte sich gerade mit einem Cappuccino für Vesna aus der Küche stehlen, als Kurt sie nochmals aufhielt.

»Wusstest du eigentlich, dass sie was mit einer Frau hat? Ich habe die beiden neulich zusammen gesehen, abends, in der Kärntner Straße.«

»Nein«, log Elisa, der das Gespräch immer unangenehmer wurde. »Ist das wichtig?«

»Nein.« Er zuckte mit den Schultern. »Ich dachte nur, es interessiert dich. Schließlich bist du ihr täglich ausgesetzt.«

Idiot, dachte Elisa. Ich möchte gar nicht wissen, was du dir jetzt wieder zusammenreimst ...

»Und? Wieso sollte in unserem Arbeitsverhältnis ihre sexuelle Orientierung von irgendeiner Bedeutung sein?«

»Das meinst du jetzt nicht ernst, oder?« Kurt senkte die Stimme. »Weil sie die ganze Zeit an dir herumgrabscht, falls du es noch nicht bemerkt hast.«

»Was für ein Unsinn!«, entfuhr es ihr verärgert.

»Na, doch! Ruslana ist das aufgefallen und Marcel hat auch schon darüber geschmunzelt. In den Sitzungen steht sie manchmal auf und legt ihre Hände hinten auf deinen Stuhl ...«

»Oho, auf meinen Stuhl gleich!« Elisa wurde es zu dumm. »Verzeih, Kurt, aber ich habe zu tun. Und bitte tu mir den Gefallen und zähme deine Phantasien.«

# Antonio

Das Restaurant hieß »*Oliver's Time*« und lag an der die Innenstadt umschließenden Ringstraße. Elisa hatte noch nie von dem Laden gehört, aber wunschgemäß reserviert. Antonio hatte sich angekündigt. Er sei geschäftlich in Wien, würde sie gerne treffen und ausführen. In genau dieses Restaurant, das er von einem seiner früheren Aufenthalte kannte.

Als sie es betrat und ein dienstbeflissener Kellner ihr gleich den Mantel abnahm, wusste sie, weshalb sie zuvor noch nie hier gewesen war: Es handelte sich um einen dieser teuren Schuppen mit Portionen in Erbsengröße.

Antonio erwartete sie bereits am Tisch. Sofort stand er auf und begrüßte sie mit einer engen Umarmung und Küssen links und rechts.

»Wunderschön siehst du aus! Wie eine Prinzessin!«

Prinzessin, so hatte Simon sie immer genannt.

Dennoch, sie freute sich wirklich über die Verabredung. Seit Simons Tod hatte kein Mann sie mehr abends zum Essen ausgeführt. Außer Antonio, im Urlaub. Mittlerweile war es Mitte November.

Als sie an diesem Tag nach der Arbeit beim Friseur gewesen war, hatte sie sich noch eingeredet, dass dies nichts mit Antonio zu tun hatte. Jetzt, da sie ihm im engen Kleid und mit Absatzschuhen gegenübertrat, gestand sie sich selbst ein, dass sie sich doch auch für ihn schön gemacht hatte. Sie wollte ihm gefallen, weil ihr seine Komplimente gut taten. Nach langer Zeit fühlte sie sich erstmals wieder als Frau wahrgenommen, nicht als Kollegin oder Mutter.

Antonio bestellte einen Aperitif. Das Restaurant, insbesondere aber der Tisch, an den sie platziert worden waren, gefiel Elisa zunehmend weniger. Die Tische für zwei Personen standen in der Mitte des Raumes, lediglich von einer niedrigen Holzwand vom Nebentisch getrennt. Noch saß niemand neben ihnen, doch das Restaurant füllte sich zunehmend.

»Du hast also für Lilly einen Babysitter gefunden?«

»Ja, eine Nachbarin passt auf sie auf. Leila.«

Antonio legte die Stirn in Falten.

»Eine Türkin?«

»Nein, eine slowakische Studentin. Weiß der Himmel, ob Leila ihr richtiger Name ist, jedenfalls nennt sie sich so.«

»Du lässt Lilly von einer Frau betreuen, von der du nicht einmal ihren richtigen Namen weißt?«

Antonio klang leicht irritiert.

»Leila macht das nicht zum ersten Mal.«

»Trotzdem, Elisa ... diese Leute ... dein Leben ... Was du von dem Haus erzählt hast, in dem du wohnst, das ist doch nichts für dich und Lilly. Ihr verdient ein besseres Umfeld. Du musst auch an Lillys Zukunft denken. Sie sollte auf eine renommierte Privatschule gehen, nicht auf eine öffentliche.«

Aber dort ist die Realität, nicht in einer Welt unter der Glaskugel, schoss es Elisa durch den Kopf, während sie unwillkürlich an Vesna und ihre Ausführungen zum Thema *Hassan aus dem Kindergarten* denken musste.

Sie hob ihr Glas. Diese Diskussion konnte nur noch mühsamer werden.

»Salute, Antonio. – Erzähl mir, welche Geschäfte haben dich nach Wien geführt?«

Bianca hatte das Restaurant ausgesucht und den Tisch reserviert. Mit leichtem Widerwillen hatte Vesna zur Kenntnis genommen, dass es sich um »*Oliver's Time*« handelte, ein Lokal, dass sie von diversen Geschäftsessen kannte und vom Ambiente her nicht sonderlich mochte.

Bianca und sie kamen gleichzeitig an, tauschten züchtige Wangenküsse zur Begrüßung. Gemeinsam betraten sie das Restaurant. Sie legten die Garderobe ab, dann begleitete sie der Ober zu einem der Zweiertische in der Mitte des Gastraumes.

Vesna erkannte die Frau, die da direkt am Tisch neben dem vom Kellner für sie bestimmten saß, schon von Weitem. Elisa. Was machte sie ausgerechnet hier, in diesem Lokal? Und wer war dieser südländisch aussehende Kerl ihr gegenüber, mit dem sie Prosecco trank?

Vesna hielt den Ober zurück.

»Könnten Sie uns bitte einen anderen Tisch geben. Dieser passt nicht.«

Der Restaurantmitarbeiter zog ein entschuldigendes Gesicht.

»Tut mir leid, das ist nicht möglich – Sie sehen ja, die Zweiertische sind schon besetzt ... aber wenn Sie möchten: Im Raucherbereich wäre noch etwas frei.«

»Also, zu den Rauchern setze ich mich sicher nicht!« Bianca ließ sich bereits auf die Sitzbank gleiten. »Was hast du gegen diesen Tisch, der ist doch ausgezeichnet!«

Zähneknirschend nahm Vesna ihr gegenüber Platz. Im selben Moment sah Elisa in ihre Richtung – und riss ungläubig die Augen auf, als sie sie entdeckte. Sie schien über das Zusammentreffen genauso wenig erfreut zu sein wie sie selbst.

Natürlich, ich bin ja auch eine Edelproletin; eine, die sie ihrem feinen Freund niemals vorstellen würde, dachte Vesna und fühlte eine tiefe Bitterkeit in sich aufkommen, wie immer, wenn sie an ihre Auseinandersetzung am Praterstern dachte. Es ärgerte sie selbst, dass sie noch immer an Elisas Worten kaute. Doch sie kam einfach nicht darüber hinweg.

Na gut, sie würde sie nicht in Verlegenheit bringen.

Sie verzichtete auf ein *Hallo* und nickte nur leicht in Elisas Richtung.

»Also, du siehst heute wieder phantastisch aus! Einfach makellos.« Bianca musterte sie eingehend. »Von wem ist dieser Hosenanzug? *Kaviar gauche*? Oder *Strenesse*?«

*H&M*, lag Vesna auf der Zunge, obwohl das natürlich nicht stimmte. Doch Biancas Getue ging ihr allmählich auf die Nerven. Sie legte Wert darauf, gut gekleidet zu sein, gehörte aber nicht zu denen, die die ganze Zeit über Mode reden.

»Wie läuft es in deiner Abteilung? Ist es noch immer so stressig wie vergangene Woche?«, schnitt sie ein anderes Thema an.

»Puh, ja …« Bianca seufzte. »Wirklich mühsam – die Sekretärin hat gekündigt, eine Mitarbeiterin ist schwanger und unser Ober-Boss hat das Prämiensystem angehoben. Du wirst nicht glauben, was künftig alles gefordert wird, damit wir auf unser halbes Jahresgehalt Prämie kommen.«

Bianca führte umfassend die neuen Konditionen aus. Vesna war froh, als der Ober nach ein paar Minuten die Bestellung aufnahm. Als er wieder weg war, legte Bianca von Neuem los.

Vesna ließ sie reden und versuchte sich stattdessen darauf zu konzentrieren, was Elisa mit diesem Mann besprach. Ärgerlich stellte sie fest, dass sie kaum etwas verstand. Ihre Italienischkenntnisse reichten gerade aus, um zu begreifen, dass er sie mit Komplimenten überschüttete. Widerlich.

Elisa schien dies allerdings zu gefallen. Sie lächelte ihren Begleiter an, hing regelrecht an seinen Lippen.

Und aufgebrezelt hat sie sich für ihn auch noch, stellte Vesna missmutig fest. Mit dunklem Kajalstift unter den Augen und in einem Kleid, das ihre weiblichen Formen zur Geltung brachte, hatte sie Elisa jedenfalls noch nicht gesehen. Im Büro trug sie immer nur diese schlichten Blazer zu knielangen Röcken.

»Sag mal, hörst du mir überhaupt zu?« Biancas verärgerte Stimme erreichte sie wie durch eine Nebelwand. »Ich habe dich etwas gefragt.«

»Entschuldige.« Vesna wandte sich widerstrebend ihrem Gegenüber zu. »Ich ... war einen Moment abgelenkt.«

Elisa lachte über Antonios Scherze und beteiligte sich angeregt am Gespräch, doch ihre Blicke glitten immer wieder verstohlen zu Vesna und der unbekannten Frau am Nebentisch.

Das war also ihre Freundin. Geliebte. Was auch immer.

Unweigerlich kamen ihr Tatjanas indiskrete Erzählungen in den Sinn. Ihr wurde heiß. Peinlich berührt von ihrer Phantasie, nahm sie einen kräftigen Schluck aus dem Weinglas. Es gab Situationen, die sollte man sich besser nicht einmal annähernd vorstellen. Trotzdem, sie verstand an diesem Abend, was diese Frau an Vesna fand.

Vesna sah in ihrem tailliert geschnittenen Hosenanzug einfach fabelhaft aus. Das dunkle, am Dekolletee mit Netzstoff und Pailletten versetzte Oberteil ließ keine Fragen offen, was sich darunter verbarg. Elisa musste sich beherrschen, um nicht dauernd fasziniert auf den kunstvollen schwarzen Spitzen-BH zu starren. Dass diese Frau Sex-Appeal besaß, war ihr noch nie deutlicher bewusst gewesen als an diesem Abend.

Je länger sie der Unterhaltung der beiden zuhörte, desto unklarer wurde ihr allerdings, was Vesna an dieser hochgewachsenen künstlichen Blondine fand. Der asymmetrische Kurzhaarschnitt, die extravagante grüne Brille und die Krawatte um ihren Hals waren Punkte, die Elisa rein äußerlich abschreckten;

Schlimmer noch war das, was die Unbekannte von sich gab. Wann immer sie ihre Ohren am Nebentisch hatte, führte die Blondine die Rede und plapperte die ganze Zeit von Aktien, Wertverlusten und Bonuszahlungen. Geld war gewiss etwas, von dem auch Vesna nicht genug bekommen konnte, dennoch hatte Elisa den Eindruck, dass sie sich hier zu Tode langweilte.

Elisa saß bereits beim Dessert. Sie hatte gerötete Wangen, ihre Augen glänzten. Zum wiederholten Male entlockte ihr etwas, was der Mann im Anzug gesagt hatte, ein perlendes Gelächter.

Schleimer, ging es Vesna durch den Kopf, während sie den letzten Bissen Saiblingsfilet in ihrem Mund verschwinden ließ.

»Kannst du ausnahmsweise auch einmal mich anschauen oder gilt dein Interesse heute ausnahmslos dieser Italienerin am Nachbartisch?«

Bianca nahm kein Blatt vor den Mund. Auf die Idee, dass Elisa eventuell der deutschen Sprache ebenfalls mächtig war, schien sie gar nicht zu kommen.

Elisa sah kurz zu ihnen herüber. Vesna spürte, dass ihr die Röte in den Kopf stieg. Sie wandte eilig den Blick ab.

»Du bist heute mies gelaunt, Bianca.« Es war eine bewährte Taktik, anderen die Schuld an schlechter Stimmung zu geben. »Seit wir hier sitzen, machst du Stress. Du sprichst über nichts anderes als deinen Frust. Das freut mich nicht, weißt du eh.«

»Aber … du hast mich doch danach gefragt!« Bianca wirkte im ersten Moment verdutzt, dann leicht verärgert. »Sollte es in einer Beziehung nicht normal sein, über Dinge zu reden, die einen bedrücken?«

Vesnas linkes Augenlid zuckte. Beziehung? Hatte sie da irgendetwas nicht mitbekommen?

Am Nebentisch verlangte Elisas unbekannter Begleiter soeben die Rechnung.

Na bitte. Erst zahlte er, dann schleppte er sie ab in sein Hotelzimmer. Es war einfach widerlich.

»Also, ich weiß wirklich nicht, ob ich heute Lust habe, mit dir zu schlafen«, maulte Bianca. »Du bist alles andere als eine charmante Abendbegleitung.«

»Ich bin immer so.« Vesna sah Elisa finster hinterher, wie sie mit dem Südländer in Richtung Ausgang ging ... zum Ausgang stöckelte. Sie trug heute sogar hohe Schuhe! Die beiden sahen vertraut miteinander aus. Es war zum Erbrechen. »Und wenn du keinen Sex mit mir haben willst, dann lass es einfach.«

Bianca schnappte nach Luft.

Vesna wartete das bestellte Dessert nicht ab, sondern verlangte die Rechnung.

»Wer war dieser Typ? Hast du mit ihm geschlafen?«

Elisa hatte am nächsten Morgen kaum an ihrem Schreibtisch Platz genommen, als Vesna in den Raum fegte. Sie wirkte wie ein erzürnter Racheengel.

Was geht dich das an, hätte ihr Elisa beinahe an den Kopf geworfen, doch sie besann sich. Seit ihrem Auftritt am Praterstern hielt sie strikt an dem Entschluss fest, sich nie, nie wieder Entgleisungen über die Lippen kommen zu lassen. Vesna mochte künftig sagen, was immer sie wollte – sie würde sich nicht mehr auf dasselbe Niveau begeben und Schrecklichkeiten sagen, die niemals ausgesprochen gehörten. Zumal es sich in diesem speziellen Fall um Gemeinheiten gehandelt hatte, hinter denen sie nicht einmal stand. Ja, Vesna mochte protzig auftreten und ihr Auto war eine Peinlichkeit auf Rädern. Dennoch bewunderte Elisa sie für ihren Fleiß, Mut und Geschäftssinn. Und sie wollte eine Frau, die fest damit rechnete, dass ihr nichts Gutes widerfuhr, nicht in ihrer Erwartungshaltung bestätigen.

»Guten Morgen, Vesna«, sagte sie daher freundlich. »Dieser Typ, wie du ihn nennst, heißt Antonio di Salvia und ist ... war ein Freund von Simon, der nun einige Angelegenheiten für mich regelt. Und nein, ich habe nicht mit ihm geschlafen.«

Nicht dass Antonio genau das nicht gewollt hätte. Doch als sie vor seinem Hotel standen und er fragte, ob sie auf einen Drink nach oben kommen wollte, bekam sie kalte Füße. Oder wie auch immer sie das, was sie in diesem Moment empfunden hatte, nennen sollte. Da war einfach kein Verlangen nach Sex.

Sie merkte, dass Vesna sich beruhigt hatte. Dennoch entdeckte sie eine Spur von Gekränktheit in deren Blick.

»Du hast mich im Restaurant nicht gegrüßt.«

Elisa hob die Augenbrauen.

»Du hast mich auch nicht gegrüßt. Ich habe angenommen, es wäre dir unangenehm, dass ich dich mit dieser Frau sehe.«

»Das war Bianca.« Vesna kaute an ihre Unterlippe. »Sie ist ... also, momentan ... treffen wir uns gelegentlich. Aber wir haben keine Beziehung!«

Warum erzählt sie mir das?, dachte Elisa. Laut sagte sie in scherzendem Tonfall: »Na, hoffentlich.«

»Wieso sagst du das? Hast du Mitleid mit ihr?« Vesna verzog spöttisch das Gesicht.

»Mitleid mit ihr? – Nein, mit dir. Sei mir nicht böse, aber diese Frau wirkt auf mich wie die personifizierte Langeweile. Kann die noch über etwas anderes sprechen als über ihren faden Job? – Ich finde jedenfalls, du hast etwas Besseres verdient.«

Kaum ausgesprochen, biss sie sich schon auf die Zunge. Es stand ihr nicht zu, über Vesnas Bekanntschaften zu urteilen. Sie wollte eilig zu einer Entschuldigung ansetzen, als sie das feine Lächeln bemerkte, dass Vesnas Mund nun umspielte.

»Du hast unsere Gespräche belauscht. Pfui!«

Elisa grinste.

»Das war leider unumgänglich. Und jetzt tu nicht so, als hättest du deine Ohren nicht auch standig an unserem Tisch gehabt. Du hast mich die ganze Zeit angestarrt!«

»Nur, weil du mich ignoriert hast.« Vesna verschränkte die Arme vor der Brust. »Ich mag das nicht, weißt du eh?«, fügte sie trotzig hinzu. »Ich zahle dich dafür, dass du dich um mich kümmerst. Nicht dafür, dass du mich ignorierst.«

Wumms, da war es wieder: Vesnas schräges Selbstverständnis. Elisa hatte keine Lust auf eine neuerliche unergiebige Diskussion. Sie erhob sich und ging in Richtung Bürotür.

»Wo gehst du hin?«

Elisa drehte sich lächelnd um.

»Ich tue das, wofür ich bezahlt werde: Ich *kümmere* mich um dich. Ich mache dir einen Cappuccino mit Milchschaum und dann hole ich deine Postmappe von der Rezeption. Zufrieden?«

Vesna lächelte kryptisch.

Zufrieden? Nein, zufrieden war sie nicht. Vesna hasste den Gedanken, dass Elisa für diesen Antonio mehr zu tun bereit war als für sie. Dass sie mit ihm zu Abend aß, sich für ihn aufdonnerte, über seine schleimigen Sprüche lachte. Und das nur, weil er ein Freund ihres Mannes war. War sie wirklich so naiv, dass ihr nicht auffiel, dass dieser Typ nur eines im Sinn hatte? Schlimmer noch: Wollte Elisa genau das nicht vielleicht auch?

Warum sie diese Vorstellung so anwiderte, verstand sie selbst nicht. Rational betrachtet, wusste sie sehr genau, dass das Privatleben ihrer Assistentin sie nichts anging. Doch Elisa war Lillys Mutter und sie war nicht nur irgendeine Assistentin, sondern …

Ich will, dass sie mit mir ausgeht, ging es Vesna durch den Kopf. Dass sie sich für mich schön macht und mit mir lacht.

Sicher, dass sie nicht sonderlich witzig war, wusste sie selbst. Trotzdem hatten sie schon oft miteinander gelacht. Elisa gehörte zu den wenigen Menschen, die sie wirklich dazu brachte, alles zu vergessen. Den Krieg. Die Flucht. Alles.

Aber Elisa würde nicht mir ihr ausgehen. Woher auch? Sie würde sich wohl kaum die Blöße geben, sie darum zu bitten und eine Abfuhr zu kassieren. Möglicherweise verstünde Elisa ihre Absichten völlig falsch. Absichten. Schon allein dieses Wort war völlig verkehrt. Sie hatte schließlich überhaupt keine Absichten, jedenfalls nicht *derartige* Absichten!

Sie sah ihre Post durch, als ihr eine persönliche Einladung von *Women & Career* in die Hände fiel. Ein Galaabend des Frauennetzwerkes, dem sie vor fünf Jahren beigetreten war und das sie seither als Plattform für geschäftliche Kontakte nutzte.

Sie überlegte kurz, dann fasste sie einen Entschluss.

»Nächsten Donnerstag musst du länger arbeiten.« Vesna knallte die Mitteilung schonungslos auf den Tisch, was bei Elisa sofort leichte Panik auslöste. In ihrem Kopf begann das gesamte Programm ihres derzeitigen Lebens als berufstätige Frau und Mutter zu rattern: Jemanden organisieren, der Lilly vom Hort abholte. Jemanden bitten, auf Lilly aufzupassen. Wieder jemanden dafür bezahlen, dass Lilly betreut wurde …

Vesna legte derweil eine auf Hochglanz-Papier gedruckte Einladungskarte vor sie auf den Tisch. Einladung zum Gala-Abend. Hotel *The Ring*. Beginn: 19.30 Uhr.

»Du wirst mich begleiten«, sagte sie steif. »Das sind Überstunden. Ich zahle dafür.«

# Mabel

»Sie kommt!«

Die Kollegen und Kolleginnen, die bisher entspannt an der Bar gelehnt hatten, brachen abrupt ihre Gespräche ab und richteten sich steif auf, als Vesna das Restaurant betrat, in dem Elisa auf ihren Wunsch hin die jährliche Weihnachtsfeier für die Belegschaft organisiert hatte.

Vesna warf ein lockeres »Hallo« in die angespannte Runde, dann steuerte sie zielstrebig auf Elisa zu. Ihr Herz schlug automatisch schneller.

»Funktioniert die Therme wieder?«

Vesna beugte sich zu ihr und begrüßte sie mit Wangenküssen links und rechts. Seit sie gemeinsam einen entspannten und für Elisa darüber hinaus auch beruflich interessanten Abend bei *Women & Career* verbracht hatten, wurde sie von der Geschäftsführerin auf diese Weise begrüßt.

»Ja, allerdings hat der Handwerker eineinhalb Stunden gebraucht. Irgendetwas musste komplett ausgetauscht werden, frag mich nicht, was ... Danke jedenfalls, dass ich früher gehen konnte und du Lilly vom Hort abgeholt hast.«

»Kein Problem.« Vesna orderte eine Runde Begrüßungssekt für alle. »Ich konnte dich früher gehen lassen, weil ich wusste, dass ich dich heute Abend wiedersehe. So ist das.« Sie grinste. »Sitzt du beim Essen neben mir oder wen hat es getroffen?«

Offensichtlich wusste Vesna von dem Ritual ihrer Mitarbeiter, den Sitzplatz an der Weihnachtsfeier neben ihr auszulosen.

Elisa hatte davon erst vor zwei Tagen Wind bekommen und das in ihren Augen alberne Getue sofort unterbunden.

»Ich, so war der Plan. Aber wenn du lieber jemand anderen an deiner Seite möchtest …« Elisa nahm eines der Sektgläser von dem Tablett, dass der Kellner ihr entgegenstreckte.

»Du weißt ganz genau, wen ich will.« Vesnas Lächeln bescherte Elisa wieder einmal dieses seltsame kribbelnde Gefühl im Unterleib, das sie nach wie vor nicht richtig einordnen konnte. Gleichzeitig machten Vesnas Worte sie verlegen, obwohl sie nicht glauben wollte, dass die Zweideutigkeit, die man hätte hineinlesen können, beabsichtigt war – auch wenn die Kollegen ihr pausenlos weismachen wollten, dass Vesna mit ihr flirte.

Wir haben ein freundschaftliches Verhältnis und scherzen gerne miteinander, sagte sie stets. Denn genauso empfand sie ihr beiderseitiges Geplänkel. Und wie sollte sie eine Beziehung sonst bezeichnen, die inzwischen längst die Grenzen des Beruflichen überschritten hatte? Vesna war mittlerweile insgesamt drei Mal abends mit ihr ausgegangen und es war immer ein unterhaltsamer Abend gewesen.

Sie stießen mit den Gläsern an. Vesna richtet ein paar offizielle Worte an ihr Team, dann stellte sie ihren Kelch neben Elisas auf die Theke der Bar, an der sie lehnten.

»Hat das mit Leila als Babysitter für Lilly geklappt?«

Elisa seufzte.

»Na, was glaubst du? – Natürlich nicht. Leila ist mal wieder kurzfristig etwas dazwischen gekommen …«

»Du hättest sie auch mitnehmen können, hierher.«

»Dein Entgegenkommen in allen Ehren, aber eine Sechsjährige hat bei einer Firmenweihnachtsfeier um diese Zeit nichts mehr zu suchen, die gehört ins Bett! – Dein Vater passt heute Abend auf sie auf.«

Vesnas Miene verfinsterte sich schlagartig.

»Oh, und das glaubst du, kann er oder was? – Wäre das erste Mal, dass der auf ein Kind aufpassen kann.«

Elisa suchte automatisch Vesnas Hand und drückte sie leicht. Was auch immer zwischen ihr und ihrem Vater stand – allein ihn zu erwähnen, brachte sie in Rage. Vesnas Finger schlossen sich um die ihren, während Elisa den fragenden Blick, den Ruslana zu ihnen herüberschickte, geflissentlich ignorierte.

Nach einiger Zeit ließ Vesna ihre Hand wieder los und ergriff eines der Gläser von der Theke.

»Gehen wir nach nebenan«, rief sie in die Runde. »Da sind unsere Tische reserviert.«

Auch Elisa nahm sich ihr Glas. Auf dem Weg ins Gastzimmer nebenan nahm sie einen Schluck – und verzog überrascht das Gesicht. In ihrem Glas befand sich stark verdünnter Apfelsaft. Es dauerte etwas, bis sie begriff.

»Vesna, du hast mein Glas. Lass uns wieder tauschen.«

Vesnas Gesichtszüge spannten sich an. Wortlos leistete sie Elisas Aufforderung Folge.

Erst jetzt wurde Elisa rückblickend bewusst, dass sie Vesna noch niemals Alkohol hatte trinken sehen.

»Was ist das?«

Vesna hob den Kopf, als Elisa ihr das ausgefüllte Formblatt auf den Schreibtisch legte.

»Mein Urlaubsantrag mit der Bitte, ihn zu unterschreiben.«

Vesna überflog das Blatt. Zwei Wochen lang würde sie Elisa also nicht sehen. Nun gut. Was blieb ihr anderes übrig? 25 Tage pro Jahr standen jedem Dienstnehmer in Österreich zu.

»Du hast es aber eilig«, kommentierte sie, während sie bereits zur Unterschrift ansetzte. »Bis Weihnachten sind es ja noch mehr als vierzehn Tage.«

»Ich muss Flüge buchen. Je früher, desto günstiger.«

Vesna hielt mitten in der Bewegung inne. Eine dumpfe Vorahnung überkam sie.

»Wohin fliegst du?«

»Antonio hat mich und Lilly in sein Landhaus nach Kalabrien eingeladen.«

Die düstere Vorahnung wurde zur dunklen Bestätigung. Vesnas Finger schlossen sich so fest um den Stift, dass ihre Knöchel weiß hervortraten.

Die Zeit schien stehenzubleiben, während ihre Gedanken rasten. Dieser Antonio würde sie einlullen, restlos. Ein Landhaus in Kalabrien, eine Wohnung hier, ein Appartement da – wer wusste schon, mit was dieser Mann noch aufwarten konnte. Er würde mit ihr schlafen, ihr Versprechungen machen. Wahrscheinlich würde er ihr den Floh ins Ohr setzen, dass sie zu ihm ziehen sollte und nicht mehr arbeiten müsste.

Den Job aufgeben und nach Italien ziehen bedeutete in diesem Fall aber auch, dass Elisa sie verließe. Sie aufgäbe. Niemand würde sie künftig mehr zum Lachen bringen. Niemand würde ihr einen Kaffee machen, noch bevor sie den Wunsch danach äußerte. Und mit niemandem würde sie bei diesen oft so steifen, offiziellen Empfängen diverser Karriereplattformen und Netzwerke so viel Spaß haben wie mit ihr.

Andererseits – was ging sie Elisas Leben an? Was sie verband, war rein beruflich: Sie zahlte Elisa dafür, dass sie ihr Arbeitszeit widmete. Sie musste den Tatsachen ins Auge sehen.

Vesnas Hand zitterte, als sie ihre Unterschrift unter den Antrag setzte.

Nachts wälzte sie sich unruhig von einer Seite zur anderen. Der Gedanke, Elisa könnte wieder aus ihrem Leben verschwinden, brachte sie fast um.

Irgendwann sah sie ein, dass sie ohnehin keinen Schlaf finden würde. Sie war noch nie gut darin gewesen, still abzuwarten, bis die absehbare Katastrophe eintrat. Einmal hatte ihr diese Eigenschaft schon das Leben gerettet.

Sie setzte sich an den Laptop und begann, im Internet zu recherchieren.

»Mami, schau mal! Da ist Vesna! – Vesnaaaaa!« Lilly, die die Strecke von der Straßenbahnhaltestelle bis zum Schuleingang immer an ihrer Hand zu gehen pflegte, riss sich los und stürzte auf die elegante Frau im auffällig gelb-schwarz gemusterten Mantel zu, die vor dem Eingangsportal wartete und unter den Eltern mit Kindern merkwürdig deplatziert wirkte.

Elisa runzelte irritiert die Stirn, während Vesna sich bereits bückte und die übermütig vor ihr auf und ab hüpfende Lilly samt Schultasche zur Begrüßung auf den Arm nahm.

»Guten Morgen. Was machst du hier?«

»Ich wusste, wo ich dich in der Früh antreffe, ganz einfach.« Vesna stellte Lilly zurück auf den Boden. »Jetzt aber Abmarsch ins Klassenzimmer. Sonst fängt der Unterricht ohne dich an.«

»Egal ... holst du mich heute Nachmittag wieder ab? Bitte, bitte, bitte!«

»Vielleicht.«

Elisa hob fragend die Augenbrauen. Das war ihr neu. Aber bitte, wenn Vesna Lilly mit dem Auto abholen wollte und bei ihr zu Hause absetzte – ihr war es recht.

»Ich habe ums Eck geparkt«, sagte Vesna, als Lilly in der Schule verschwunden war. »Komm.«

»Oh, haben wir einen spontanen Außentermin?«

»So ähnlich. – Wir fahren zu dir. Ich muss mit dir reden.«

Auf der kurzen Autofahrt zur Wohnung überschlugen sich Elisas Gedanken. Es musste wohl an ihrem Urlaub liegen. Vesnas Zögern bei der Genehmigung war ihr am Vorabend nicht entgangen.

Sie stellte sich innerlich bereits auf eine unschöne Diskussion ein, obgleich ihr kein Gegenargument einfiel, das Vesna hätte vorbringen können, um ihre Ferien abzublasen. Irgendwann musste sie die ihr zustehenden Urlaubstage ja nehmen.

Als sie zehn Minuten später nebeneinander auf dem Sofa saßen, kam Vesna sofort zur Sache. Sie legte ein ausgedrucktes Foto von einer blonden, etwas konservativ wirkenden Frau auf den Tisch. Elisa schätzte sie auf Anfang, Mitte fünfzig.

»Weißt du, wer das ist?«

Elisa schüttelte den Kopf.

»Sollte ich?«

»Ja, solltest du. – Das ist Mabel Casella.«

Elisa runzelte zum zweiten Mal an diesem Vormittag die Stirn. Mabel Casella. Eine Verwandte von Simon. Das musste es sein. Sie kannte Simons Verwandte nicht.

»Und was ...«

Vesna ließ sie nicht ausreden.

»Mabel Casella ist die Witwe. Simon Casellas Witwe.«

Was für ein Unsinn. Warum auch immer Vesna sich die Mühe gemacht hatte, im Internet nach Simon und irgendwelchen Relikten aus seinem Leben zu suchen – hiermit lag sie völlig falsch.

»Das stimmt nicht. Simon war nicht verheiratet.«

»Er war nicht mit *dir* verheiratet. Mit ihr schon.«

Elisa schüttelte heftig den Kopf.

»Nein. Nein, das stimmt nicht. Simon konnte der Ehe nichts abgewinnen. Er war nicht der Typ für so was.«

Vesna schnaubte.

»Eines glaube ich ihm sogar: Dass er der Ehe *mit ihr* nichts abgewinnen konnte. Sonst hätte er ja nicht parallel dazu ein Verhältnis mit dir gehabt – sechzehn Jahre lang, das muss man sich erst einmal vorstellen!«

Sie soll aufhören. Ich will das nicht hören.

»Warum tust du das?«, platzte es aus Elisa heraus. »Ich weiß nicht, wer diese Mabel ist, ich kenne sie nicht, wahrscheinlich kannte sie auch Simon nicht ... ich meine, der Name Casella ist wohl nicht so selten ...«

»Hast du deinen Mann jemals gegoogelt?«

»Also, bitte!« Was für eine absurde Idee. »Wieso hätte ich das tun sollen? – Wenn ich etwas von ihm wissen wollte, habe ich ihn direkt gefragt!«

»Auf manche Fragen hätte er dir wohl kaum ehrlich geantwortet.«

Elisa spürte Wut in sich aufsteigen. Was war das für ein absurdes Gespräch, das sie hier führten?

»Simon war nicht verheiratet, das ist eine Lüge!«, fauchte sie entrüstet.

Seelenruhig zog Vesna das nächste Stück Papier aus der Mappe. Ein Foto von Simon. Er stand an einem Rednerpult, hielt die linke Hand in einer ausschweifenden Geste prominent in die Kamera. Elisa konnte gar nicht anders, als auf diese Hand zu starren. Ihr stockte der Atem: Er trug eindeutig einen Ring. Einen Ring, den sie noch nie an ihm gesehen hatte.

Es musste eine rationale Erklärung dafür geben. Und schon glaubte sie zu wissen, was es damit auf sich hatte.

»Das hat nichts zu bedeuten. Die Amerikaner sind ja so konservativ. Simon hat da einen Vortrag gehalten, sicher waren das wichtige Leute ... vielleicht Republikaner oder so ... und vermutlich war ihnen wichtig, dass der Redner einen einwandfreien Lebenslauf hatte. Mit Frau und Kindern. Deshalb hat er sich den Ring angesteckt.«

»Willst du dich selbst weiter belügen oder was?« Vesna schien nun auch wütend. Sie legte einen weiteren Ausdruck auf dem Tisch. Ein Artikel aus *The Boston Globe* über eine Preisverleihung in der Investmentbranche, datiert auf einen Junitag vor vier Jahren. Elisa erinnerte sich genau an den Tag, denn es war Lillys Geburtstag und Simon war auf Geschäftsreise gewesen. Was sie aus eben diesem Grund geärgert hatte.

Jetzt war Ärger nicht mehr das richtige Wort für das, was sie empfand. Ihr wurde regelrecht der Boden unter den Füßen weggezogen. Denn auf dem Foto oberhalb des Artikels hatte Simon den Arm um die Frau gelegt, die ihr gerade als Mabel vorgestellt worden war, und grinste in die Kamera. Neben dem Paar stand – Antonio di Salvia, ebenfalls gut gelaunt.

*Finance Manager Simon Casella with his wife Mabel, a well known cardiologist, and their Italian friend, laywer Antonio di Salvia.*

Sie las die Unterzeile mehrmals, ehe sie die Hoffnung aufgab, dass es sich hier um einen bösen Traum handelte, aus dem sie jeden Moment erwachen würde. Dann begannen ihre Tränen zu laufen. Sie konnte es nicht verhindern, obgleich ihr das vor Vesna zunächst peinlich war. Irgendwann wurde ihre Verzweiflung so übermächtig, dass sie vollkommen die Beherrschung verlor.

Vesna wandte den Kopf zur Seite, während sich Elisa neben ihr in Tränen auflöste. Sie hatte mit einer emotionalen Reaktion gerechnet. Deshalb führte sie dieses Gespräch bewusst in der Wohnung und nicht im Büro oder gar in einem Café. Dass Elisa in ihrer Gegenwart jedoch derart herzzerreißend weinen würde – darauf war sie nicht vorbereitet gewesen.

Weinende Frauen und sie. Zwei Pole, zwischen denen es keine Verbindungslinie gab. Sie selbst hatte zum letzten Mal in ihrem Leben geweint, als sie mit dreizehn Jahren auf einen Militärlastwagen geschubst worden war, auf dessen Route gen Westen sie nur hoffen konnte. Aber sie hatte gelernt, dass Weinen nicht zum Ziel führte, und so hatte sie sich geschworen, damit aufzuhören, egal wie groß der Schmerz auch sein mochte.

Seither wusste sie nicht, wie sie mit weinenden Frauen umgehen sollte. Sie mied sie, wann immer es ging, ergriff die Flucht, sobald der Blick ihres Gegenübers wässrig wurde.

Doch jetzt brachte sie es nicht über sich, Elisa einfach sitzen zu lassen und aus der Wohnung zu stürmen, auch wenn ihr danach zu Mute war. Schließlich hatte sie diese Tränen ausgelöst durch ihren Wunsch, Elisa endlich mit den Tatsachen zu konfrontieren – und Antonio di Salvia ein für allemal ins Off zu schießen.

Elisa schluchzte bitterlich, die Hände vor dem Gesicht.

Und plötzlich, ganz plötzlich, spürte Vesna, wie die unsichtbare Schutzwand, die sie jahrelang so erfolgreich vor jedem Mitgefühl mit dem Leid anderer geschützt hatte, in sich zusammenbrach. Elisas Schmerz traf sie, als wäre es ihr eigener.

Sie spürte, wie sich ihre Augen mit Wasser füllten, registrierte mit blankem Entsetzen, wie ihre Wangen feucht wurden.

»Vesna ... was ist ... mit dir?« Elisas abgerissene Stimme drang zu ihr durch wie aus weiter Ferne.

Vesna schüttelte nur stumm weinend den Kopf. Der Geruch von Schnaps. Das Kratzen des Barts auf der Haut. Der brennende Schmerz zwischen ihren Beinen und die vage Hoffnung, dass Versprechungen erfüllt würden. Die Vergangenheit, die wieder Gegenwart war.

Die Umarmung kam völlig unerwartet und ließ ihr den Atem stocken. Als sie begriffen hatte, dass es Elisa war, die sie in die Arme schloss, stürzte sie in einen Strudel wilder, höchst gegensätzlicher Empfindungen. Sie hatten sich bereits des Öfteren umarmt, doch nicht annähernd in dieser Intensität. Elisa schmiegte sich mit bebendem Körper an sie, streichelte über ihre nassen Wangen, vergrub das Gesicht in ihrer Halsbeuge.

Vesnas Herzschlag raste. Kalter Schweiß brach ihr aus. Sie hatte unbeschreibliche Angst vor dieser Nähe. Gleichzeitig konnte sie sich nicht lösen. Und je länger Elisa sich an sie kuschelte, desto mehr kam sie zur Ruhe. Zögerlich streichelte

Vesna mit ihrer rechten Hand über Elisas Rücken, so lange, bis alle Tränen versiegten.

»Wie konnte ich nur so blöd sein!« Elisa lief seit fünf Minuten im Zimmer auf und ab. Vier Schritte in Richtung Türe, vier Schritte zurück zum Sofa, auf dem Vesna mit ernstem Gesicht ihren Weg verfolgte. »All die Jahre war ich nichts als eine billige Affäre!«

»Also ...« Vesna räusperte sich. »Billig würde ich nicht sagen ...«

»Ach, du meinst, ich war teuer? – Da magst du recht haben. Das Haus in San Lorenzo und mein monatlicher Unterhalt, das hat sicherlich gekostet. Obwohl ich mich in Sachen Kleidung nicht annähernd auf deinem Niveau bewegt habe. Ich war auch mit Jeans, T-Shirt und einem Bikini vom Wühltisch zufrieden!«

»Das tut dir jetzt leid oder was? Du hättest mich früher kennen sollen, ich hätte dir schon ein paar teure Läden empfohlen, verstehst du.«

Vesna grinste schief. Ihre Bemerkung brachte auch Elisa kurz zum Lächeln, obwohl sie sich absolut nicht danach fühlte.

Sie ließ sich wieder neben Vesna auf der Couch nieder.

»Ehrlich gesagt, ich bin sicher, wenn ich dich vor Simon gekannt hätte, wäre ich nie mit ihm zusammengekommen.«

Vesna starrte sie ungläubig an.

»Na ja, stell dir vor, du wärest damals schon meine Freundin gewesen und ich hätte dir erzählt, dass ich mit einem Mann, mit dem ich gerade mal ein paar Nächte in einem Hotel verbracht habe, nach Süditalien ziehe. Was hättest du gesagt?«

»Bist du blöd oder was?«, erwiderte Vesna prompt, korrigierte sich dann aber. »Ich hätte dir geraten, es erst einmal mit einer Fernbeziehung zu versuchen und Informationen über ihn einzuholen.«

»Eben.« Elisa nickte. »Genau das hätte ich tun sollen. Aber ich war so verliebt, dass ich nur Herzchen im Hirn hatte.«

»Besser Herzchen als gar nix«, stellte Vesna nüchtern fest. »Hast du eigentlich nie nach seiner Familie gefragt?«

»Simon hat gesagt, seine Eltern seien schon tot und er hätte keine Geschwister. Er hätte niemanden. Was sollte ich tun, als das zu glauben?«

»Was war mit seinen Freunden?«

Elisa schnaubte.

»Ja. Antonio di Salvia. Sein bester Freund. Den habe ich kennen gelernt, schon nach wenigen Wochen. Ansonsten nur Geschäftspartner bei irgendwelchen offiziellen Abendessen. Und Antonio scheint dieses üble Spiel ja gedeckt zu haben.« Sie stützte ihren Kopf in die Hände. »Ich weiß nicht, was ich tun soll, Vesna. Es gibt so viele offene Fragen! Ich bin mittlerweile ziemlich sicher, dass die Personen, die meine Nachbarin Loretta um unser Haus in San Lorenzo herumschleichen hat sehen, in Mabels Auftrag spionierten. Vielleicht war sie sogar selbst dabei? Ich frage mich, ob wirklich nichts mehr von Simons Vermögen da ist ... oder ob diese Frau jetzt alles hat. Ich meine, mir geht es nicht um Geld, aber Lilly hat als seine Tochter gewisse Ansprüche, oder?«

»Definitiv.«

»Ich sollte mit Antonio reden.«

»An deiner Stelle würde ich mir erst anhören, was Mabel zu sagen hat. Er kann dich dann weniger anlügen, weißt du eh?«

Elisa nickte langsam.

»Vermutlich. Aber was ist, wenn sie gar nicht mit mir reden will?«

»Keine Sorge – sie wird mit dir reden wollen, sobald sie erfährt, wer du bist. Das wäre die erste Ehefrau der Welt, die das nicht interessiert!«

»Du meinst also wirklich, ich soll hinfliegen und mich mit ihr treffen?«

»Natürlich. Ihre Ordinationsadresse findest du im Internet.«

Elisa dachte nach. Die Vorstellung, eine wildfremde Frau davon in Kenntnis zu setzen, dass die Person, die vor ihr stand, über Jahre die Geliebte ihres Mannes gewesen war und ein Kind mit ihm hatte, behagte ihr nicht recht. Andererseits – sie musste es tun, wenn sie endgültig Klarheit haben wollte über ihr Leben mit Simon, seinen Tod, Lillys Zukunft. Allerdings, wie sollte sie einfach so nach Boston fliegen?

»Aber wie soll das gehen?«, wendete sie ein. »Lilly hat Schule. Und mein Urlaub ... ich sollte das vielleicht doch eher mit Antonio klären, an Weihnachten ...«

»Wenn du in seinem Landhaus bist und er dich flachlegen will, meinst du?« Vesna bedachte sie mit einem abschätzigen Blick. »Ganz schlechte Idee. Sprich erst mit dieser Mabel, dann mit Antonio, ich pass auf Lilly auf. Und mach dir keine Sorgen wegen deiner schlimmen Chefin, ich rede mit ihr wegen deines Urlaubs, weißt du eh ...«

»Ach, Vesna.« Elisa schüttelte zweifelnd den Kopf. »Ich weiß echt nicht, was ich dazu sagen soll. Warum tust du das eigentlich alles? Es könnte dir doch wirklich egal sein!«

»Ich will nicht, dass du die falschen Entscheidungen triffst.« Vesna erhob sich abrupt. »Ich muss jetzt ins Büro. Du kannst tun, was du willst ... zu Hause bleiben, Flüge buchen oder doch arbeiten ... Wenn dir noch nach weinen ist, kann ich Lilly heute von der Schule abholen. Wie du willst.«

## Simon

»Vesnaaaaa! Machst du mir das Shampoo in die Haare? Ich kann das nicht selber ...«

»Jaaa ... gleich!«

Vesna schob die Auflaufform in den vorgeheizten Ofen und stellte die Zeitschaltuhr ein. Dann sah sie sich um. Ihre Küche sah aus wie nach einem Inferno, und genauso fühlte sie sich inzwischen auch selbst. Seit sie gegen Mittag das Büro verlassen hatte, kümmerte sie sich ausschließlich um Lilly. Sie hatte mit ihr am Nachmittag eine Aufführung in einem Kindertheater besucht, dann Hausaufgaben gemacht. Während sie das Abendessen zubereitete, war es ihr als eine gute Idee erschienen, Lilly schon einmal in die Badewanne zu setzen. Die Erkenntnis, dass die Kleine hier noch nicht völlig allein zurechtkam, machte ihr wieder einmal bewusst, dass sie wirklich keine Erfahrung mit Kindern hatte.

Als sie ins Badezimmer trat, saß Lilly mit Schmollmund und nassen Haaren in der Wanne.

»Das ist langweilig, wenn du nicht da bist. Die Mami ist früher in Italien immer bei mir gesessen und hat mit den Badeenten gespielt.«

»Ja, aber leider habe ich keine Badeenten.«

Vesna griff nach ihrem Shampoo und verteilte es auf Lillys Kopf, bis es schäumte. Sie konnte nur hoffen, dass das hochwertige Produkt einer teuren Kosmetikmarke auch für die Kopfhaut von Kindern geeignet war. Elisa hatte Lilly zwar Zahnbürste,

Zahnpasta und Seife eingepackt, anderes aber völlig vergessen. Vesna konnte dies nachvollziehen: In den paar Tagen, die zwischen ihren neuen Erkenntnissen über Simon Casella und ihrem Abflug lagen, war Elisa völlig durch den Wind gewesen.

»So, jetzt die Augen ganz fest zu ...« Vorsichtig spülte Vesna den Schaum ab. Dann hob sie Lilly aus der Badewanne und wickelte sie in ein großes Duschtuch ein.

»Hat deine Mami mit dir auch mit den Badeenten gespielt?«, wollte Lilly plötzlich wissen.

Vesna hielt kurz inne, schluckte trocken. Dann besann sie sich darauf, wen sie vor sich hatte. Ein kleines Kind, das neugierig war.

»Nein«, sagte sie. »Wir hatten keine Badewanne zu Hause.«

»Wir jetzt auch nicht mehr«, gab Lilly unbefangen Auskunft. »Aber in San Lorenzo schon. Da hatten wir auch ein Schwimmbad auf der Terrasse, aber die Mami und ich waren im Sommer immer am Meer.«

»Na fein.« Kein Wunder, dass dieser Antonio so einen Reiz auf Elisa ausgeübt hatte. Und es hoffentlich nicht wieder tat. Wahrscheinlich versprach er ihr genau das, was in San Lorenzo Alltag gewesen war.

Elisa war wütend, weil er sich als Komplize entpuppt hatte, das war eindeutig, doch Vesna wagte nicht ihre Hand dafür ins Feuer zu legen, dass es dabei blieb, wenn sie ihm erst einmal wieder traf und er ihr fadenscheinige Entschuldigungen für seine Rolle als Mitwisser lieferte. Vesna schätzte ihn als Menschen ein, der für jedes Fehlverhalten eine charmante Erklärung liefern konnte.

Sie föhnte Lillys Haare und holte ihren Schlafanzug aus dem Koffer, den sie bereits in das kleine Zimmer gelegt hatte, in dem das Kind auf dem Ausziehsofa übernachten würde.

Erst als Lilly ihr beim Essen gegenüber saß und großzügig Tomatensoße über den Schlafanzug verteilte, wurde Vesna bewusst, dass die Reihenfolge ihres Abendprogramms völlig unsinnig gewesen war: erst essen, dann baden! Elisa war das sicher sonnenklar.

Vesna stopfte den Schlafanzug in die Waschmaschine und gab Lillys eines ihrer T-Shirts. Für Lilly war es wie ein Nachthemd und sie tanzte darin übermütig durch das Zimmer.

»Ich sehe aus wie eine Prinzessin!«, rief sie in Anspielung auf die Pailletten, mit denen das auffällige Muster verziert war.

Vesna brachte Lilly trotz deren Protest ins Bett und las laut aus dem Buch vor, das Elisa eingepackt hatte. Dennoch dauerte es eineinhalb Stunden, bis das Kind endlich schlief. Dann machte sie sich daran, ihre Küche zu säubern. Nachdem sie den Geschirrspüler eingeräumt und in Gang gesetzt hatte, ließ sie sich erstmals an diesem Tag erschöpft auf ihr Ledersofa sinken.

Während sie gerade überlegte, ob sie sich noch mit den Verträgen der neuen Gebäudereinigungsfirma auseinandersetzen sollte, wurde ihr schlagartig bewusst, was an diesem Abend fehlte: Musik. Sie hatte weder Stereoanlage noch Fernseher eingeschaltet, als sie nach Hause gekommen war. In den vergangenen Jahren hatte sie das an keinem einzigen Tag versäumt. Die Stille zu verdrängen war für sie wie ein Rettungsanker, an den sie sich klammerte, um nicht im Meer zermürbender Erinnerungen zu ertrinken.

Jetzt, da die Stille ihr bewusst war, wurde der Drang nach einer Geräuschkulisse übermächtig. Schon stand sie an der Stereoanlage und legte Musik auf, irgendeine Musik, senkte aber die Lautstärke. Lilly sollte nicht davon wach werden.

Zwei Stunden später ging auch Vesna zu Bett. Sie hatte gerade die Augen geschlossen, als ein Geräusch sie wieder hochfahren ließ. Kinderweinen.

Lilly stand heulend mit ihrem Teddybären im Arm im dunklen Wohnzimmer.

»Was ist denn?« Vesna nahm sie in den Arm.

»Die Mami«, schluchzte Lilly. »Ich will, dass die Mami da ist.«

»Das weißt du doch, die Mami ist auf Geschäftsreise. Komm, leg dich wieder ins Bett ... Ich kann dir noch eine Gute-Nacht-Geschichte vorlesen.«

Sie war müde, wollte selbst schlafen – aber was blieb ihr anderes übrig?

Lilly klammerte sich panisch an. »Ich will nicht alleine schlafen«, schniefte sie. »Ich hab Angst allein in dem Zimmer.«

Vesna gab auf. Sie trug Lilly in ihr Schlafzimmer und warf sie aus halber Höhe schwungvoll aufs Doppelbett. Der Trampolineffekt, der das Kind leicht anhob, brachte die Tränen sofort zum Versiegen.

»Mach das noch einmal!« Die Kleine war plötzlich wieder hellwach. »Das ist lustig.«

»Nein, ich bin müde.« Vesna legte sich ins Bett und deckte auch Lilly zu. Dann löschte sie das Licht.

Ein paar Minuten lang sagte Lilly nichts.

»Vesnaaa ... wenn du müde bist, warum hast du dann den Fernseher eingeschaltet?«

»Weil ich das brauche«, erwiderte sie dumpf.

»Warum?«

Sie unterdrückte ein Seufzen.

»Weil ich sonst Angst vor Monstern hab. Der Fernseher vertreibt die Monster«, sagte sie und begriff im selben Moment, wie kontraproduktiv diese Äußerung war: Wenn sie als Erwachsene schon Angst vor ihnen hatte, dann würde Lilly jetzt wohl erst recht kein Auge mehr zu tun. »Es sind aber nur Monster, die mich fressen wollen, dich nicht«, ergänzte sie eilig.

»Warum?«

Puh. War das immer so anstrengend?

»Sie mögen keine Kinder, nur Erwachsene.«

»Also, zu meiner Mami kommen keine Monster.«

»Zum Glück. Zu mir schon. Deshalb brauchen wir den Fernseher. Er ist auch ganz leise geschaltet. Man hört die Stimmen fast gar nicht.«

»Ich kann aber nicht schlafen, wenn das Bild so flimmert. Und ich höre die Stimmen schon.«

Vesna schaltete resigniert den Fernseher aus. Sie würde ihn wieder anschalten, sobald das Kind eingeschlafen war.

Die Decke neben ihr geriet in Bewegung. Lilly rutschte zu ihr und kuschelte sich an sie. Vesna bekam kurz Gänsehaut, so ungewohnt war die Situation für sie. Es war zum ersten Mal, dass ein anderer Mensch mit ihr in diesem Bett lag, und dann noch über Nacht.

Wieder rumorte es hinter ihrem Rücken. Ehe sie wusste, wie ihr geschah, hatte Lilly sich aufgerichtet und ihr einen Kuss auf die Wange gedrückt.

»Ich beschütze dich vor den Monstern«, sagte sie und Vesna glaubte in diesem Augenblick, dass sie das sogar konnte.

Elisa ging mit dem Strom der Ankommenden in Richtung Ausgang, ihren Koffer hinter sich herziehend. Sie war müde von der Reise. Während auf dem Rückflug alle um sie herum geschlafen hatten, war es ihr nicht eine Sekunde lang gelungen, den Fluss ihrer Gedanken zu bannen. Das aufrüttelnde Gespräch mit Mabel und das unerwartete Wiedersehen mit Antonio in Boston, das sowohl für ihn als auch sie ein Schock gewesen war, hatten sie nicht zur Ruhe kommen lassen.

Sie fühlte sich in mehrfacher Hinsicht betrogen. Ihr einziger Trost war, dass es Mabel, die sich trotz der Umstände als sehr höfliche, feine Lady entpuppt hatte, im Moment nicht anders ging. Geteiltes Leid war in der Tat halbes Leid.

Dass Simon ihnen beiden Derartiges hatte antun können, saß aber immer noch wie ein tiefer Stachel in ihrem Herzen. All die Jahre war sie nichts anderes gewesen als eine heimliche Geliebte, während Mabel, die mit Simon insgesamt über dreißig Jahre verheiratet gewesen war, in der Rolle der betrogenen Ehefrau um seine Liebe kämpfte. Er hatte sie beide gedemütigt, um seine eigenen Bedürfnisse zu befriedigen.

»Mami, Mami, Mami!«

Sie hörte Lillys Stimme aus der Menge der Wartenden heraus, die sich vor dem Ankunftsbereich des Flughafens versammelt hatten. Erstaunt sah sie sich um und entdeckte Lilly auf Vesnas Arm. Beide winkten ihr zu.

Als sie ihre Tochter in die Arme schloss, fiel die erste Anspannung von ihr ab. Sie hatte nicht damit gerechnet, dass beide zum Flughafen kommen würden. Vereinbart hatten sie es anders.

Nachdem sie sich von Lilly gelöst hatte, richtete sie sich auf, um Vesna mit freundlichen Wangenküssen zu begrüßen. Doch ihre Emotionen kochten über, kaum dass sie sich zu ihr gebeugt hatte. Sie zog Vesna stürmisch an sich und genoss es, von ihr umschlungen zu werden. Es tat gut, dass die Freundin nach dieser erkenntnisreichen Reise auf sie wartete und sich offensichtlich über ihre Rückkehr genauso freute wie sie sich selbst.

»Das ist eine echte Überraschung«, stellte sie fest. »Ich dachte, du bringst Lilly dann zu mir nach Hause …«

»Wir haben es uns anders überlegt.« Vesna grinste. »Die Sehnsucht war zu groß.«

»Ja, meine auch!« Elisa lächelte zurück und drückte kurz Vesnas Hand. »Wo steht das Gefährt des Wahnsinns?«

»Also, wenn du mein Auto meinst – das steht in der Garage. Zu Hause. Für dich, Lilly und deinen Koffer ist da kein Platz. Wir sind mit dem Taxi gekommen.«

»Tja, als Familienauto ist es halt so gar nicht geeignet, da gebe ich dir recht.«

Auf der Fahrt vom Flughafen Schwechat nach Wien redete Lilly in einer Tour. Elisa war froh darüber. Im Taxi wollte sie nicht über die zurückliegenden Erlebnisse auspacken.

»… und dann waren Vesna und ich in Oberlaa in der Therme und da sind wir draußen geschwommen, obwohl es ganz kalt war! Aber das Wasser war ganz warm. Und Vesna hat mir Lasagne gemacht und Schokoladenpudding, und wir waren Pizza essen und ich durfte auf Vesnas Bett Trampolin springen, das war so cool!«

»Dir ist es ja richtig gut gegangen.« Sie sah Vesna an, die angesichts Lillys lebhafter Erzählung fast ein wenig verlegen wirkte. »Du hast ihr wirklich Lasagne gemacht? Das hast du dir angetan?«

»Sie hat es sich gewünscht.«

Trotz des schlechten Lichts, das im Inneren des Taxis herrschte, bemerkte Elisa, dass die Freundin errötete.

»Du musst ihr wirklich nicht alle Wünsche erfüllen«, sagte sie scherzhaft. »Sie wird dich sonst irgendwann terrorisieren.«

»Ich kann mich schon wehren.« Vesna lächelte sie an und Elisa wurde warm. Es war schön, heimzukommen.

Bald hielt der Wagen vor ihrer Haustür. Elisa schickte sich an, das Taxi zu zahlen, doch Vesna wehrte ab.

»Ich muss ja noch weiterfahren, ich zahle das dann im Ganzen.«

»Kommst du nicht noch mit zu mir?«

Vesna sah sie an. Unsicherheit flackerte in ihrem Blick.

»Willst du das?«

»Natürlich! Meinst du, ich halte es eine Nacht länger aus, dir nicht von allem zu erzählen?«

Sie hatten Lilly ins Bett gebracht. Elisa schenkte Vesna Mineralwasser nach, dann setzte sie sich zu ihr auf das Sofa.

»Simon und Mabel haben sich schon als Studenten in Yale

kennengelernt«, begann sie unvermittelt. »Mabel kommt aus einer angesehenen Familie, Simon war eher eine Art Newcomer – mit Stipendium und so. Jedenfalls haben sie geheiratet und zwei Kinder bekommen.« Sie atmete tief durch. »Kannst du dir das vorstellen, Lilly hat zwei Halbbrüder, von denen ich erst jetzt erfahren habe? Gregory und David. Beide sind schon erwachsen. Gregory ist Anwalt in New York, David studiert in Harvard.«

»Das hat dir Mabel alles erzählt?«

Elisa nickte.

»Sie war ... sehr auskunftsfreudig. Und natürlich geschockt. Obwohl sie längst etwas ahnte ... sie hat ja seine Sachen bekommen, nach seinem Tod. Und da ist sie auf ein Foto von Lilly gestoßen ...«

»... die Simon ähnlich sieht«, schloss Vesna.

»Sie sieht Simon ähnlicher als mir, das stimmt. Aber Mabel hat mir ein Foto von David gezeigt. Es ist geradezu beängstigend, sie ist ihrem Bruder wie aus dem Gesicht geschnitten.« Elisa schüttelte den Kopf, in Gedanken stand ihr noch immer das Foto des jungen Mannes vor Augen. »Mabel ist sogar mit ihren Söhnen nach San Lorenzo gereist. Natürlich wegen des Hauses. Und weil sie sehen wollte, wo Simon über die Klippen gerast ist. Aber auch, um zu erfahren, was es mit dem kleinen Mädchen auf sich hat. Nur, wir waren zu der Zeit ja nicht mehr dort. Antonio hat uns ja sofort außer Landes geschickt – und mir ist jetzt auch sonnenklar, weshalb: Er wollte um jeden Preis verhindern, dass Mabel und ich uns über den Weg laufen.«

»Was ist mit dem Erbe? Simons Vermögen? Ist da wirklich nichts mehr?«

Elisa atmete tief durch.

»Simon war schon zwei Jahre früher pleite. Das Haus in San Lorenzo, Lilly und ich wurden in dieser Zeit bereits von Mabel finanziert – ganz sicher unwillentlich. Sie stammt, wie ich schon sagte, aus einer wohlhabenden Familie, hat gut geerbt ... und verdient als Kardiologin auch nicht schlecht. Sie hat Simon immer wieder Geld überwiesen, um ihn zu unterstützen. Dann bekam sie plötzlich den Verdacht, er könne sie betrügen, und sie drehte den Geldhahn zu. Das war im Dezember vergangenen Jahres. Und im Jänner hat sich Simon von mir freundlich verabschiedet, um mit dem Motorrad über die Klippen zu rasen. So sah offenbar seine Lösung des Problems aus.«

»Er wusste nicht mehr, wie er sein zweites Leben mit dir finanzieren sollte«, schlussfolgerte Vesna nüchtern.

»Herrgott, ja!« Elisa ballte ihre Hände zu Fäusten. »Aber ich habe dir schon erzählt: Ich war wirklich nicht sehr anspruchsvoll. Große Reisen, eine Garderobe, Schmuck – das habe ich alles nicht gebraucht.«

»Nun, er offenbar schon. Und du hättest dich sicher gewundert, wenn euer Lebensstandard schlagartig abgesackt wäre.«

»Natürlich hätte ich mich gewundert«, gab Elisa zu. »Aber er hätte ja nur mit mir reden müssen ... es hätte doch immer eine Lösung gegeben.«

»Was hätte er denn sagen sollen? *Amore mio,* ich habe keinen einzigen eigenen Dollar mehr und meine Frau will dich als meine Geliebte auch nicht länger finanzieren? – Auf das wäre es doch hinausgelaufen.«

Elisa dachte kurz nach. Vesna hatte recht. Wenn Simon ehrlich gewesen wäre, hätte er genau dies sagen müssen.

»Ich hätte das nicht akzeptiert«, sagte sie leise. »Ich hätte ihm nie mehr vertrauen können, wenn ich erfahren hätte, dass er mich schon ewig betrügt – oder umgekehrt, Mabel betrügt. Ich hätte ihn verlassen, ganz sicher.«

Vesna nickte nachdenklich.

»Was ist mit Antonio?«, fragte sie dann. »Wirst du ihn jetzt baldmöglichst mit den Fakten konfrontieren?«

Elisa schnaubte.

»Antonio, dieser Mistkerl!«, entfuhr es ihr.

Vesnas Gesicht erhellte sich. Sie schien regelrecht erleichtert.

»Ich habe dieses Kapitel schon erledigt«, fuhr Elisa fort. »Der liebe Antonio war nämlich bereits in Boston – um sich intensiv um Mabel Casella zu bemühen. Nach unserem kleinen weiblichen Austausch über die Fakten bestellte ihn Mabel gleich zu sich nach Hause. Du hättest sein Gesicht sehen sollen, als er uns beide vereint am Teetisch sitzen saß!«

In Vesnas Miene mischten sich Fassungslosigkeit und Wut.

»Mit anderen Worten: Dieser Typ hätte beinahe das Leben von Simon Casella übernommen! Mit einer reichen Ehefrau in den Staaten und einer hübschen jungen Geliebten in Italien.«

Elisa musste unwillkürlich lächeln.

»Danke für das Kompliment, aber so jung fühle ich mich gerade nicht ...«

»Ja, weil du traurig bist«, stellte Vesna sachlich fest. »Aber du bist jung. Sechsunddreißig. Wie ich. Wir sind beide keine alten Frauen.«

»Wenn du das sagst.« Elisa seufzte. »Ich kann einfach nicht glauben, wie naiv ich all die Jahre war! Dass ich nichts gemerkt habe!«

Vesna zuckte mit den Schultern.

»Oft sieht man nur, was man sehen will. Du hast eben einen tollen Mann gesehen, der dir schöne Versprechungen gemacht hat – die er ja auch eingehalten hat, solange es ging.«

»So etwas wird mir jedenfalls nie wieder passieren.« Elisa richtete sich auf. »Sollte ich mich je wieder verlieben – was unwahrscheinlich ist –, dann werde ich spätestens nach dem ersten Sex auf Heirat drängen, das schwöre ich dir! Ich lasse mich nie wieder auf dieses Spiel ein, eine inoffizielle Schattenexistenz zu führen! Ich will das schriftlich, basta!«

»Heirat schützt dich nicht vor allem«, wandte Vesna ein.

Elisa schüttelte den Kopf. »Vielleicht verstehst du das nicht ... Weißt du, ich habe mein ganzes Leben davon geträumt, dass mir jemand einen romantischen Heiratsantrag macht. Ich weiß, dass mich ein Stück Papier und ein Ring nicht davor schützen, irgendwann verlassen oder betrogen zu werden. Aber mir persönlich bedeutet es viel. Für mich ist das so, als würde mir dieser Mensch die Sterne vom Himmel holen, wenn ich ihn darum bitten würde.« Ein Blick in Vesnas amüsiertes Gesicht sagte ihr, wie ihre Worte auf sie wirken mussten.

»Du hältst das für kitschig und mich für plemplem«, sagte sie. »Aber ... tja, vielleicht stehe ich einfach auf Kitsch und Romantik! Dass Simon mich all die Jahre nicht heiraten wollte, hat mich immer wieder gekränkt. Und wie sich jetzt herausstellt, gab es für seine Weigerung den schlimmsten aller Gründe. Ich war für ihn nie einzigartig.« Sie schöpfte kurz Atem, fuhr dann fort: »Also ... nur für den Fall, dass ich mich je wieder verlieben sollte ... bitte erinnere mich an meine Worte. Ich will eine offizielle Beglaubigung dieses Verhältnisses, sonst mache ich gleich wieder Schluss!«

Vesna erwiderte nichts darauf.

# Küsse

»Harald und ich werden uns trennen.« Biancas Stimme klang fast beiläufig, als sie über den Rand der Speisekarte hinweg kurz aufschaute. »Es macht einfach nicht länger Sinn. Ich will nicht mehr mit ihm schlafen und ansonsten haben wir uns auch nicht viel zu sagen.«

Was vielleicht nicht nur an Harald liegt, ging es Vesna unwillkürlich durch den Kopf, während ihr Blick über die Liste der Vorspeisen flog. Auch sie hatte Mühe, etwas zu finden, worüber sie mit Bianca reden konnte.

»Interessiert dich das nicht?« Biancas Stimme klang vorwurfsvoll.

»Doch.« Vesna hob den Kopf. »Ich habe dich schon gehört. Ich kann Multitasking, verstehst du? Zuhören und andere Dinge. Gleichzeitig.«

»Aber du weißt schon, was das für uns beide bedeutet? – Wenn ich erst geschieden bin, können wir mehr Zeit miteinander verbringen. Ich meine, nicht bei offiziellen Anlässen … meine Branche ist da bekanntlich recht konservativ. Aber in der Freizeit. Ich muss niemanden mehr anlügen, wenn ich mich mit dir treffen will.«

Lauwarmes Lachsforellenfilet mit Mango-Gazpacho oder Flusskrebse mit Chicorée und Zitrus. Die Entscheidung war wirklich nicht einfach.

»Wir könnten endlich einmal gemeinsam wegfahren, auf Urlaub.«

Vesna klappte die Speisekarte zu. Es würden wohl doch die Flusskrebse werden und danach das Perlhuhn.

»Ich habe eigentlich schon erwartet, dass du dich darüber freust«, sagte Bianca, nachdem sie ihre Bestellung aufgegeben hatten.

Vesna runzelte die Stirn.

»Ich soll mich darüber freuen, dass du dich von deinem Mann scheiden lässt? Warum?«

Bianca stöhnte gequält.

»Ich wiederhole es gern noch einmal zum Mitschreiben: Weil wir dann mehr Zeit miteinander verbringen können, deshalb! Weil ich dich dann beispielsweise nächstes Jahr zu deinem weihnachtlichen Skiurlaub nach Kaprun begleiten kann und du nicht über eine Woche alleine dort herumhängen musst! – Ich kann sowieso nicht verstehen, dass man alleine in den Skiurlaub fährt, das muss ja öde sein. Oder hast du etwa jemanden kennen gelernt?«

Vesna rollte mit den Augen.

»Ich bin dort Ski gefahren, alleine, und ich mache das seit Jahren so. Weil es mir Spaß macht, verstehst du?«

Ein Blick in Biancas argwöhnisches Gesicht gab ihr die Antwort: Sie verstand es weiterhin nicht. Dass jemand alleine Spaß haben könnte, lag außerhalb ihrer Vorstellungskraft.

Wenn Vesna ehrlich zu sich selbst war, musste sie sich eingestehen, dass der Spaß in diesem Jahr tatsächlich nicht so richtig hatte aufkommen wollen. Tagsüber fuhr sie Ski, das war toll, besonders abseits der Pisten im Tiefschnee. Aber die Abende zogen sich arg in die Länge. Bisher hatte es ihr nie etwas ausgemacht, allein an einem Tisch zu sitzen oder an der Bar oberflächliche Gespräche zu führen. Zweimal hatte sie auf diese Weise sogar schon unverhofft einen Auftrag an Land gezogen.

Dieses Jahr konnte sie sich aber nicht einmal dazu aufraffen, überhaupt auf einem Barhocker Platz zu nehmen. Meistens hockte sie bereits um halb zehn auf ihrem Zimmer und sah fern.

Sie hatte Elisa ja gefragt. Sie hatte gedacht, nach dem Schock über Simon und der geplatzten Einladung von Antonio lägen ihre Chancen gut, sie für einen gemeinsamen Urlaub zu begeistern. Mit Lilly, selbstverständlich. Natürlich hätte sie ihn bezahlt.

Doch sie kam nicht einmal dazu, dies zu erwähnen, denn Elisa lehnte sofort ab. Sie könne nicht Ski fahren, werde die Feiertage außerdem bei ihrem Bruder und dessen Familie verbringen.

Vesna hatte verstanden. Sie wollte nicht mit ihr wegfahren. Damit hatte sie sich abzufinden, was bei weitem das Schwerste war. Im Arbeitsalltag war sie die Chefin, aber was den Urlaub anging, fehlte ihr jede Grundlage, Elisa zu irgendetwas zu zwingen. An dieser Grenze zerschellte ihre Macht. Sie konnte ihr wohl kaum weismachen, dass über die Feiertage wichtige Projekte erledigt werden müssten. In Kaprun, im Tiefschnee …

»Wir könnten ja Mitte oder Ende März noch ein paar Tage Skiurlaub planen«, begann Bianca erneut. »Vielleicht schneit es ja doch noch einmal. Außerdem, in Großarl oder Hohentauern liegt sicher noch Schnee. Oder wir fliegen in die Schweiz.«

Vesna atmete tief durch.

»Bianca, ich habe eine eigene Firma, weißt du eh? Ich war gerade auf Urlaub und ich kann nicht schon wieder fehlen. Ich habe Termine.«

»Dann am Wochenende. Zum Beispiel dieses. Oder nächstes. Ich kläre das mit Harald zügig, versprochen!«

Was Harald damit zu tun hatte, war Vesna schleierhaft. Dieser Mann interessierte sie schlichtweg nicht, warum wollte Bianca das nicht einsehen?

»Dieses Wochenende geht es nicht, übernächstes sowieso nicht.«

»Und warum? Triffst du da jemand anderen?«

Auf Biancas heller Haut zeigten sich rote Flecken. Die Vorstellung, Vesna könnte ein Date haben, schien ihr wirklich zuzusetzen.

»Diesen Samstag gehe ich mit einer ... langjährigen Freundin brunchen und nächstes Wochenende bin ich auf einem Kinderfasching«, sagte Vesna und ärgerte sich zugleich, dass sie ihre privaten Verabredungen offenlegte. Irgendwie hatte sie jeden Biss verloren. Seit geraumer Zeit gelang es ihr nicht mehr, Diskussionen wie diese mit einem einzigen Kommentar im Keim zu ersticken. Warum dies so war – sie wusste es nicht. Lag es daran, dass Elisas Freundlichkeit im Umgang mit Menschen allmählich auf sie abfärbte?

Langjährige Freundin. Zumindest hatte sie Bianca nicht offenbart, dass es sich um ihre Assistentin handelte, die sie inzwischen auch am Wochenende traf, weil ... ja, weil das, was sie miteinander verband, wohl doch zu einer Art Freundschaft geworden war. Und weil sie Elisa damit geködert hatte, sie dringend zu einer Wohnungsvermittlung mitnehmen zu müssen, nach dem Brunchen. Ein Samstagstermin, der bezahlt wurde. Selbstverständlich. Wie hätte sie sie sonst dazu bringen sollen, mit ihr am Wochenende frühstücken zu gehen?

»Auf einem Kinderfasching?« Biancas Stimme verriet deutlich ihre Verwunderung. »Seit wann interessiert dich denn so etwas?«

»Mein Patenkind ist dort und ich gehe mit«, erwiderte Vesna knapp. Lilly als Patenkind zu bezeichnen war die einfachste Lösung.

»Also, dass ausgerechnet dich jemand als Patin einsetzt!« Bianca nahm einen Schluck Wein. »Das ist wirklich schwer vorstellbar.«

Vesna fühlte, wie sich innerlich ihre Stacheln aufstellten und ihr altes Ich wieder die Oberhand gewann. Zuviel Offenheit und Entgegenkommen waren einfach nicht gut. Sie machte sich damit unweigerlich zur Zielscheibe für Worte, die verletzten wie spitze Pfeile. Entschlossen griff sie nach ihrer Tasche, holte ihre Börse hervor und schob zwei Geldscheine auf den Tisch.

»Weißt du eh, was dein Problem ist? – Du kennst mich überhaupt nicht und hast dir nie die Mühe gemacht, mich kennen zu lernen, verstehst du?« Noch schrie sie nicht, aber sie würde bald die Beherrschung verlieren, das spürte sie deutlich. »Das Einzige, was dich interessiert, ist, dass keiner in deinem polierten Umfeld erfährt, dass du es lieber mit Frauen treibst!«

Die ersten Köpfe drehten sich in ihre Richtung. Bianca lief rot an. Vesna war in ihrem Element.

»Aber wenn du künftig eine zum Ficken brauchst, musst dir eine andere suchen. Es gibt diese 0800-Nummern, weißt du eh, das ist das Richtige für dich. Aber mich lass künftig in Ruhe. Mich interessiert das nicht.«

Sie stand auf. Auf dem Weg zur Türe prallte sie fast gegen den Ober, der die Teller mit den bestellten Vorspeisen in der Hand trug. Vesna verabschiedete sich im Stillen von den lecker aussehenden Flusskrebsen und entschied sich für einen Salat bei McDonalds ums Eck. Alles war besser, als noch eine Minute länger mit einer Person zusammen zu sein, die sich einen Dreck um sie scherte.

»Es ist heute schrecklich«, hatte Mai-Lin in der Früh gesagt und damit Vesna gemeint. Das war schon lange nicht mehr vorgekommen und versetzte Elisa unwillkürlich in Anspannung. Vesna hatte sich seit einiger Zeit so unauffällig verhalten, dass Mai-Lin auf ihren üblichen Bericht zur Lage der Geschäftsführung, wie sie ihn nannte, zunehmend verzichtet hatte. Hinzu kam, dass sich die Kollegen in Elisas Anwesenheit kaum oder nur noch in sehr, sehr vorsichtigen Worten über die Chefin ausließen. Das war auch Elisa nicht entgangen. Sie konnte sich denken, warum. Ihre Freundschaft, in die vor allem Männer wie Kurt permanent ein Verhältnis hineininterpretierten, war wohl inzwischen zum allgemeinen Gesprächsstoff geworden.

Wie sehr Mai-Lin recht hatte, bemerkte Elisa mit einem einzigen Blick in Vesnas Gesicht. Sie sah aus, als würde sie den nächsten, der ihren Weg kreuzte, mit Haut und Haaren fressen. Elisa beschloss, ihre Stimmung zu ignorieren und sie mittels Cappuccino mit der Welt zu versöhnen. Das hatte oft genug funktioniert.

Als der Kaffee eine Stunde später noch immer unberührt auf dem Schreibtisch stand, während Vesna konzentriert in ihren PC starrte, beschloss Elisa, dem Schweigen zwischen ihnen ein Ende zu machen. Schließlich war sie sich keiner Schuld bewusst.

»Also, sag schon: Welche Riesenlaus ist dir über die Leber gelaufen?«

Vesna hob den Kopf.

»Was geht dich das an?«

Elisa unterdrückte ein Seufzen. Das konnte nicht dieselbe Frau sein, mit der sie gemeinsam geweint und die sie am kommenden Samstag unter einem ihrer Meinung nach fadenscheinigen Vorwand zum Brunchen eingeladen hatte. Hier saß die Vesna vom Praterstern; aber sie war auch weiterhin nicht bereit, mit dieser chronischen Abwehrkämpferin ins Gefecht zu treten.

»Okay«, sagte sie ruhig. »Du hast natürlich völlig recht, es geht mich nichts an. Also werde ich jetzt erst einmal ins Kundenservice gehen und nach diesen verschollenen Taubergasse-Akten suchen, die du für die Vertragsverifizierung brauchst. Das kann etwas dauern, und dann bin ich im Archiv wegen der Unterlagen zu H&G Gebäudereinigung. Das heißt, die nächsten zwei Stunden erreichst du mich nur auf dem Handy, solltest du etwas brauchen.«

Vesna sagte nichts. Elisa war schon fast bei der Türe, die ihre Büros voneinander trennte, als sie es sich anders zu überlegen schien.

»Du kannst jetzt nicht gehen. Ich zahle dafür, dass du dich um mich kümmerst!«

Elisa blieb stehen und drehte sich langsam um.

Vielleicht sollte ich irgendwann eine Strichliste führen, um einmal zu dokumentieren, wie oft sie diesen dämlichen Satz sagt, dachte sie. Ein Satz wie von einem Kind. Laut sagte sie: »Ich will mich ja um dich kümmern, aber du lässt mich nicht.«

»Hm, doch.« Vesna zog den zweiten Stuhl neben sich und gab Elisa mit einer kurzen Handbewegung zu verstehen, dass sie sich zu ihr setzen sollte. Kaum hatte sie das getan, sagte sie steif: »Bianca und ich haben uns gestern Abend getrennt.«

Na endlich! – Elisa hatte das Gefühl, in ihrem Bauch würde ein Feuerwerk entzündet. Sie musste sich beherrschen, um nicht aufzuspringen und zu jubeln.

Stattdessen sagte sie: »Das tut mir leid für dich« und meinte es auch so, denn überraschenderweise schien diese Trennung Vesna wirklich mitzunehmen. Wegen ihrer oft wenig schmeichelhaften Äußerungen über Bianca hatte Elisa die Beziehung bis jetzt nur für eine oberflächliche Geschichte ohne größere Emotionen gehalten.

Vesna sah sie direkt an.

»Weißt du eh, was für eine schlechte Lügnerin du bist? – Ich sehe in deinen Augen, dass es dir überhaupt nicht leid tut. Du bist froh darüber.«

»Es tut mir leid für dich, sagte ich, nicht um sie. Du weißt, ich war nie ein Fan von ihr. Einmal gesehen und für schlecht befunden. Eine Frau, die den ganzen Abend nur von ihren blöden Aktien spricht, ohne ein persönliches Wort an dich zu richten, kann nicht gut für dich sein. Aber das ist meine Ansicht.« Als Vesna nichts darauf sagte, fügte sie hinzu: »Selbstverständlich kannst du mich jetzt für meine offene Meinungsäußerung vierteilen.«

Ihre Hoffnung, Vesna dadurch zum Lachen zu bringen, erfüllte sich nicht.

»Ich habe ihr das gesagt«, sagte Vesna schließlich dumpf.

»Was gesagt?«

»Wie sie ist.« Sie machte eine kleine Pause, wurde dann präziser. »Wir waren essen, sie war schrecklich und ich hab es ihr gesagt.«

»Und jetzt hast du dort Lokalverbot?«

Endlich. Vesna lächelte, wenngleich auch nur flüchtig.

»Nein. Ich bin gegangen und habe ihr gesagt, sie soll 0800 anrufen, wenn sie künftig Sex will.«

»Sehr konsequent«, lobte Elisa neckend. »Das lief aus meiner Sicht wirklich besser als mit Tatjana. Ich nehme nicht an, dass sie nach dieser Ansage hier aufkreuzen wird, oder?«

»Nein.« Vesnas Miene sah nun nicht mehr gar so finster aus. »Das wäre ihr sowieso nur peinlich. Sie hat es nur heimlich mit mir getrieben, wegen der Gesellschaft.«

»Ah ja.« Elisas Bild von Bianca verdunkelte sich immer mehr. Sie stand auf, tat ein paar Schritte, dann trat sie hinter Vesna und umfasste ihre Schultern. »Sei froh, dass du sie los bist. Kein Grund zur Trauer.«

»Ich bin nicht traurig, dass ich sie los bin.« Vesna nahm ihre Hände und zog sie noch näher an sich herab. Ihre Wangen berührten sich fast. »Sie hat schlimme Dinge gesagt.«

»Und was?«

Vesna schüttelte nur leicht den Kopf.

Elisa verstand. Irgendwann würde sie es ihr vielleicht verraten, vielleicht aber auch nicht. Jetzt aber war sie einfach zu verletzt. Das überraschte Elisa, die nicht erwartet hatte, dass eine Frau wie Bianca die scharfzüngige Vesna aus dem Gleichgewicht bringen konnte.

»Du bist ein liebenswerter Mensch«, sagte sie leise, während ihre Hand durch Vesnas offenes Haar fuhr. »Lass dir nichts anderes einreden.«

Ihre Wangen lagen jetzt tatsächlich aneinander. Tief berührt von dieser ungewohnten Nähe, drehte Elisa den Kopf, bis ihre Lippen fast Vesnas Haut berührten …

Klack. Die Türe zum Gang schwang auf, Ruslana trat mit

energischen Schritten ins Zimmer – und blieb wie angewurzelt stehen. Elisa und Vesna fuhren auseinander.

»Kannst du nicht anklopfen oder was?«, fuhr die Geschäftsführerin ihre verdutzte Mitarbeiterin an.

Elisa wandte sich verlegen ab. Sie konnte sich gut vorstellen, was jetzt die Runde machte.

»Entschuldigung bitte, aber wir haben jetzt einen Termin.« Ruslana wedelte nervös mit einer Kartonmappe in der Hand herum. »Wegen dieses Bürogebäudes.«

»Ja, gut.« Vesna schien sich wieder komplett unter Kontrolle zu haben. »Setz dich.«

Elisa ging an ihren Schreibtisch zurück und schloss die Verbindungstüre. Trotzdem dauerte es lange, bis sie sich auf ihre Arbeit konzentrieren konnte.

Es wäre nur ein harmloser Wangenkuss geworden, sagte sie sich. Ein Bussi, wie sie es Lilly gab, um sie zu trösten und ihr eine gute Nacht zu wünschen. Nichts Sexuelles.

Aber vielleicht eine Grenzüberschreitung. Vesna war nicht mehr nur ihre Chefin, sie war schon längst zu einer Freundin geworden. Zumindest aus Elisas Sicht. Ob Vesna das genauso sah, war ihr unklar, zumindest ließ ihr Verhalten sie manchmal daran zweifeln. Dann beispielsweise, wenn auf eine vermeintlich private Einladung ein *Ich zahle dafür* folgte und sie in ihrer Lohnabrechnung tatsächlich Überstunden verbucht sah. Sie freute sich einerseits über das zusätzliche Einkommen, fühlte sich andererseits aber zum Begleitservice degradiert. Es war ein mieses Gefühl, für gemeinsame Abendessen oder legere Treffen abseits der Arbeit bezahlt zu werden. Genau das war der Hauptgrund, weshalb sie Vesnas Vorschlag, sie in den Skiurlaub zu begleiten, vehement abgelehnt hatte. Vesna hätte vermutlich auch dafür noch bezahlen wollen.

Außerdem fuhr sie tatsächlich nicht Ski.

Dennoch, während der Feiertage bei Robert und Eveline in Gramatneusiedl hatte sie oft bereut, die Einladung nicht einfach kaltschnäuzig angenommen zu haben. Die beiden waren ihr durchgängig auf den Wecker gegangen mit ihren süffisanten Bemerkungen über Simon. Sie hielten sie für ein naives Dummchen, das auf einen Betrüger hereingefallen war. Manches Mal war sie während dieser Tage in Versuchung geraten, Vesna auf dem Handy anzurufen, um sich von ihr ablenken zu lassen. Am Ende hatte sie es jedoch sein lassen. Es stand ihr nicht zu, sie im Urlaub zu stören.

Und jetzt hatte sie ihr beinahe einen Kuss auf die Wange gegeben. Anders als Wangenküsse zur Begrüßung, überschritt dies gewiss den Rahmen des Üblichen.

Ruslana würde sicher dafür sorgen, dass die Neuigkeit in der Firma die Runde machte. Elisa dachte an Kurts anzügliches Grinsen. Doch plötzlich waren ihr die Reaktionen der anderen völlig gleichgültig. Das, was beinahe passiert oder nicht passiert war, ging schließlich nur Vesna und sie etwas an.

Das Buffet ließ keine Wünsche offen: Lachs, Kaviar, Würstchen, Rührei, Speck, Croissants, frische Semmeln … Elisa musste drei Runden um den großen Tisch in der Mitte des Saals machen, um sich einen guten Überblick zu verschaffen. Im Hintergrund spielte eine Live-Band Jazzmusik.

Zum Glück habe ich nichts gefrühstückt, dachte sie, während sie mit einer bunten Auswahl von Speisen an den Ecktisch zurückkehrte, an dem Vesna sich bereits vor einem gefüllten Teller niedergelassen hatte. Überrascht stellte Elisa fest, dass an ihrem Platz schon eine Tasse Cappuccino auf sie wartete.

»Zur Abwechslung habe ich einmal dir einen Kaffee besorgt«, stellte Vesna mit leichtem Lächeln fest. »Auch wenn er nicht selbstgemacht ist.«

Elisa lächelte zurück.

»Gilt trotzdem. Danke.«

»Wo hast du Lilly gelassen? Ich dachte, sie käme mit.«

»Zu einem Jazzbrunch?« Elisa zog die Augenbrauen nach oben. »Das willst du nicht wirklich! Unser kleines Fräulein tut sich immer noch schwer, längere Zeit ruhig zu sitzen. Ich hab sie bei den Okoles abgegeben. Bis 14 Uhr kann sie dort bleiben.«

Vesna nickte.

»Das geht sich alles aus. Um halb ein Uhr ist der Termin mit den Kunden.«

Ah ja. Die mysteriöse Wohnungsbesichtigung. Elisa hatte sie komplett verdrängt, so privat war ihr die Einladung zum Jazzbrunch erschienen. Auch während der nächsten Dreiviertelstunde verlor Vesna kein Wort über Geschäftliches.

»Wegen neulich ...«, begann Vesna dann unvermittelt und Elisas voller Magen zog sich zusammen. Sie ahnte, was kommen würde. Bisher hatten sie hatten beide kein Wort mehr über den Vorfall im Büro verloren und ihr selbst war es nur recht. »Es tut mir leid, dass das passiert ist.«

»Es ist nichts passiert.« Elisa gab sich Mühe, unbefangen zu klingen.

Vesna bedachte sie mit einem kurzen, prüfenden Blick.

»Nein, ist es nicht«, sagte sie dann. »Aber weißt du eh, was jetzt geredet wird ...«

»Jetzt?« Elisa lachte auf. »Das ist schon seit mindestens einem halben Jahr Gesprächsstoff in der Firma. Und übrigens schon allein deshalb, weil ich den bisherigen Rekord deiner Assistenzen im Durchhaltevermögen überschritten habe.« Als Vesna nichts darauf erwiderte, fügte sie hinzu: »Komm, bitte. Ist doch egal – geredet wird immer.«

»Es ist nicht wegen mir«, erwiderte Vesna langsam. »Mir ist das egal, ich mache kein Geheimnis darum – auch wenn ich nicht scharf darauf bin, dass meine Affären diskutiert werden oder gar in die Firma hereinschneien wie damals Tatjana ... aber über dich soll so nicht geredet werden, verstehst du?«

»Nein, verstehe ich nicht. Wir beide wissen schließlich, dass dem nicht so ist.« Sie atmete tief durch. »Im Übrigen gelte ich lieber als Lesbe denn als naives Hascherl, das auf eine Art Bigamistin hereingefallen ist. Ersteres hat zumindest nichts mit Dummheit zu tun.«

Vesnas Gesichtsausdruck brachte pure Skepsis zum Ausdruck. Da sie nichts sagte, schob Elisa nach: »Ich sehe das so: Wir entsprechen eher südlichen Kulturen. Ich meine, du bist in Kroatien geboren, ich habe ewig in Süditalien gelebt. Und Südländer sind eben herzlicher im Umgang untereinander und haben nicht diese körperlichen Berührungsängste. Insofern finde ich es ganz normal, sich zu umarmen und ...« Sie merkte, dass sie sich auf dünnes Eis gewagt hatte, und brach ab. »Nun ja. Du weißt, was ich meine.«

»Eine interessante Theorie.« Vesna leerte ihre Kaffeetasse und sah zur Uhr. »Ich fürchte, wir müssen jetzt aufbrechen.« Sie verlangte die Rechnung. Elisa zückte ihren Geldbeutel, doch Vesna wehrte entschieden ab.

Der Widerwille, der sie erfasste, kam für Elisa plötzlich, aber nicht ganz unerwartet. Ich will das so nicht, schrie es in ihr.

»Nein! Diesmal lade ich dich ein.«

Vesna schüttelte den Kopf.

»Sicher nicht. Ich lasse mich nicht einladen.«

»Dann zahlt jede für sich.«

Wieder schüttelte ihre Freundin den Kopf.

»Das war ein Geschäftsessen.«

»So ein Unsinn!« Elisa wurde ärgerlich. »Wir haben bisher nur über Privates gesprochen!«

»Das lässt sich ändern.«

»Ich will es gar nicht ändern, ich möchte nur nicht, dass du mich ständig einlädst! Das ist nicht notwendig in einer Freundschaft!«

»Aber … du sitzt hier, weil ich dich hier herbestellt habe.« Vesna wirkte komplett angespannt. »Ich zahle dich dafür, dass du dich um mich kümmerst.«

Da war er wieder, dieser schreckliche Satz. Die beschwingten Klänge der Jazzmusik konnten nicht verhindern, dass Elisas gute Laune auf den Nullpunkt sank. Bestellt und bezahlt. War das Vesnas Verständnis von zwischenmenschlichen Beziehungen?

Kein Wunder, dass das mit ihr und ihren Liebschaften nie lange hält, ging es Elisa durch den Kopf.

Ich lasse mich nicht für Zuwendung zahlen, lag ihr auf der Zunge, doch ein Blick in Vesnas zutiefst verunsichertes Gesicht hielt sie davon ab.

»Ich sitze hier, weil ich mit dir hier sitzen *will*, nicht, weil du mich dafür zahlst«, stellte sie richtig. »Und auch ansonsten mache ich jede Menge Dinge, die ich *nicht* tue, weil du mich zahlst. Wenn ich nur das täte, wofür du mich zahlst, würde ich dir beispielsweise nur einen Kaffee aus der Maschine lassen und keine Mühe in eine Milchschaumkrone investieren, klar? Zu diesen Abendveranstaltungen habe ich dich in erster Linie begleitet, weil ich es wollte, nicht, weil du es mir aufgetragen hast. Ich bin gerne mit dir zusammen, aber ich will dafür nicht ständig bezahlt werden!«

Als sie weiterhin tiefe Skepsis in Vesnas Blick bemerkte, fügte sie leise hinzu: »Ich komme mir unglaublich billig vor, wenn du mich dafür zahlst, mit dir Zeit zu verbringen. Wie eine Art Pros…«

»Nein!« Vesna fiel ihr ins Wort. Sie war blass geworden, sah vollkommen entsetzt aus. Ihre Lippen zitterten. Sie setzte an, um etwas zu sagen, ließ es dann aber sein und wandte sich kurz von Elisa ab.

»Zahl du. Wenn du meinst«, sagte sie dann knapp und Elisa beglich die gesamte Rechnung.

Schweigend fuhren sie mit dem Lift in die Tiefgarage. Elisa fühlte sich vollkommen aufgewühlt. Vesnas Reaktion hatte sie bestürzt. Es war ihr zwar wichtig gewesen, die Sache klarzustellen, doch sie hatte die Freundin mit ihrem drastischen Vergleich keineswegs verletzen wollen.

Als Vesna die Parkkarte in den Automaten schob, zitterten ihre Hände. Elisas Magen zog sich zum zweiten Mal an diesem Vormittag schmerzhaft zusammen.

»Vesna.«

Vesna, die die Klinke der Garagentür bereits in der Hand hatte, hielt inne. Ihr Gesicht glich einer undurchdringlichen Maske.

Elisa trat zu ihr, legte den Arm um sie und zog sie zu sich heran. Vesna leistete keinen Widerstand. Fast dankbar erwiderte sie die unerwartete Umarmung. Elisa vergrub ihr Gesicht in Vesnas Halsbeuge, während sie ihre Hand durch das offene Haar gleiten ließ.

Ihr Herz klopfte. Sie hatten sich schon so oft umarmt und dennoch überraschte es sie jedes Mal aufs Neue, wie elektrisierend diese Berührung auf sie wirkte.

Vesna löste sich langsam aus der Umarmung.

»Danke für die Einladung«, sagte sie leise.

Die Wohnung lag im 19. Bezirk in nobler Grünlage. Sie war Teil einer großzügigen Jugendstilvilla, die in mehrere Wohneinheiten aufgeteilt worden war und deren reich verzierte Fassade mit ihrem floralen Dekor Elisa bereits von außen beeindruckte.

Eine unbezahlbare Wohnung in einer unbezahlbaren Lage, ging es ihr durch den Kopf, während sie durch die leeren, hohen Räume streifte.

Im größten aller Zimmer – als *Wohnsalon* bezeichnet – hörte sie Vesna mit den Kunden, einem Wiener Lokalpolitiker, den sie bisher nur aus der Zeitung kannte, und dessen Frau, einer Schauspielerin am Wiener Burgtheater, diskutieren. Sie führte es auf den Prominentenstatus des Pärchens zurück, dass die Chefin von VK Immobilien ihnen persönlich das Objekt zeigte. Wie sie wusste, hatte Vesna einige Jahre als Maklerin gearbeitet, ehe sie ihre eigene Firma gründete, und dies recht erfolgreich. Umso mehr überraschte es sie, als jetzt einige Wortfetzen ihr Ohr erreichten, die alles andere als verheißungsvoll klangen. Je länger sie zuhörte, desto mehr gewann sie den Eindruck, Vesna versuchte dem etwas exaltierten Pärchen die Wohnung geradezu auszureden.

Das am Anfang so euphorische Paar, das zunächst ganz hingerissen gewesen war, verlor zunehmend die Begeisterung.

»Ich glaube ... nun ja ... das ist dann leider doch nichts für uns«, hörte Elisa die Frau schließlich sagen. Als die Türe hinter ihnen ins Schloss gefallen war, fand sie Vesna grinsend an den amerikanischen Kühlschrank der ultramodernen Einbauküche gelehnt, die einen eigenwilligen Kontrast zu den Stuckelementen an der Zimmerdecke bildete.

»War ich gut oder war ich gut?«, fragte sie.

»Sagtest du nicht vorher, du kannst jede Wohnung verkaufen?«

»Ja, aber diese wollte ich ja nicht verkaufen.« Vesna verschränkte die Arme vor der Brust. »Ich musste sie ihnen nur zeigen, weil sie sie sehen wollten und weil sie prominent und wichtig sind, weißt du eh? Aber ich weiß auch, dass sie gar nicht genug Geld haben, um das Ganze hier zu zahlen. Also blieb mir nichts anderes übrig, als gute Miene zum bösen Spiel zu machen.«

»Sehr raffiniert.« Elisa wechselte in den Wohnsalon, der es ihr mit seinem kunstvollen Parkettboden, den breiten Flügeltüren und dem großen Rundfenster mit Blick auf den Park besonders angetan hatte. »Und ja, du warst nicht nur gut, sondern auch brillant darin, die Wohnung *nicht* zu verkaufen.«

»Es ist verdammt hart für mich, kein Geschäft zu machen. Aber in diesem Fall ist es besser so – erspart eine Menge Scherereien.« Vesna war ihr gefolgt. »Ich habe dich extra mitgenommen, um das seelisch besser zu verkraften.«

»Das Pärchen war im Übrigen ziemlich schräg. Kommen hier rein und tanzen Walzer im Salon, kaum dass sie dich begrüßt haben.«

»Na, würdest du hier nicht Walzer tanzen wollen oder was?«

»Aber natürlich. Am besten jetzt sofort«, erwiderte Elisa übermütig. Ihre gute Laune war zurück. Vesna schien zufrieden und machte Scherze. Perfekt. Sie zog ihr Handy aus der Tasche, tippte ein wenig darauf herum und legte es auf den Boden. Die ersten Takte des Donauwalzers erklangen leicht blechern.

»Darf ich bitten?«

Mit auffordernder Geste trat Elisa an Vesna heran.

»Ich kann gar nicht tanzen«, kam es zurück. Dennoch legte Vesna Mantel und Tasche ab und ging mit ihr in Tanzposition. »Ich warne dich, ich habe überhaupt kein Taktgefühl …«

»Das ist mir mittlerweile durchaus bekannt«, scherzte Elisa in Anspielung auf andere Situationen und machte die ersten Schritte. Vesna folgte ihr steif, wurde erst nach ein paar Schritten lockerer. Dann lief alles wie von selbst: Sie führte, Vesna folgte und der Abstand zwischen ihnen verringerte sich auf ein Minimum. Elisa spürte eine warme Berührung auf dem Rücken, Vesnas Hand, die nur knapp oberhalb ihres Gesäßes lag, und einen flachen Bauch dicht an ihrem. Vesnas Bauch. Die wenigen Lagen Stoff, die zwischen ihren Körpern lagen, schienen sich aufzulösen. Vesnas Wärme durchdrang sie, löste ein Gefühl in ihr aus, das sie lange nicht mehr gespürt hatte. Sie wollte nicht aufhören, während eine kleine mahnende Stimme in ihr flüsterte, dass es besser wäre, genau dies zu tun, auf der Stelle.

Irgendwann war der Walzer zu Ende. Elisa führte Vesna gekonnt in eine schwungvolle Abschlussdrehung, die diese allerdings aus dem Gleichgewicht brachte. Sie stolperte, fing sich in letzter Sekunde und taumelte gegen Elisa, die automatisch die Arme um sie schlang, um sie zu stützen.

Zwei Körper, dicht an dicht. Elisas Hände erfassten ein festes Gesäß, sie spürte angespannte Bauchmuskeln. Noch nie waren sie sich so nahe gewesen. Ihr Verstand schaltete sich von einer Sekunde auf die andere ab. Sie sah nur noch Vesnas Lippen, spürte ihren warmen Körper an sich. Ganz von selbst suchte ihr Mund diese Lippen, berührte sie, küsste sie vorsichtig.

Bruchteile von Sekunden verharrte Vesna, ohne sich zu bewegen. Dann riss sie Elisa an sich und der Kuss, der so sanft begonnen hatte, wurde drängend und intensiv. Elisas Lippen öffneten sich bereitwillig. Als Vesnas Zunge in sie eindrang, spürte sie einen heißen Blitz zwischen den Beinen. Mit sanfter Gewalt drängte sie Vesna gegen die Wand, schnappte kurz nach Luft, ehe sie wieder nach deren Mund suchte, ihre Zunge liebkoste. Auf ihrem Gesäß spürte sie jetzt Vesnas Hand, die sie dichter zu sich heranschob. Elisa entfuhr ein leises Stöhnen, während schneller, heißer Atem über ihre Haut strich.

Mehr. Mehr. Mehr …

Elisa konnte nichts anderes denken, als die Hitze in ihr immer mehr stieg.

Doch so plötzlich, wie das Küssen begonnen hatte, endete es auch. Vesna ließ von ihr ab, strich sich das Kleid glatt. Sie ging zum Fenster, drehte ihr den Rücken zu.

»Nächste Woche lasse ich die Wohnung noch anderen Kunden zeigen«, sagte sie. Ihre Stimme klang völlig gefasst.

Elisa bebte innerlich. Ihr selbst fiel es schwer, die Fassung wiederzugewinnen. Mit zitternder Hand hob sie ihr Handy vom Boden auf, schob es in die Tasche, schlüpfte in ihren über dem Küchenkasten abgelegten Mantel.

In ihrem Kopf drehte sich alles. Die Vorstellung, Vesna nach diesem Vorfall in die Augen zu sehen, unbefangen mit ihr im Auto zu sitzen, hatte auf einmal etwas Unerträgliches.

»Ich muss Lilly bei den Okoles abholen«, stieß sie hervor, während sie schon in Richtung Ausgang drängte. »Danke für den Tag.«

Vesna drehte sich nicht einmal um.

## Ausnahmezustand

Sie küssten sich, während ihre Hände Elisas nackten Körper entlangglitten, sie berührten, sie streichelten, schließlich ihre Nässe fanden, eintauchten …

Vesna schreckte aus dem Schlaf, setzte sich kerzengerade auf. Im Fernseher flimmerten die Bilder einer Bettszene: Mann und Frau, züchtig bedeckt von einer alles umhüllenden Decke. Dennoch, ihr Stöhnen und die Bewegungen ließen keine Zweifel an dem, was gerade geschah.

Wie passend.

Vesna erhob sich, ging ins Badezimmer. Sie drehte den Wasserhahn auf und spritzte sich eiskaltes Wasser ins Gesicht.

Sie durfte einfach nicht daran denken. Nicht einmal davon träumen. Sich nicht weiter ausmalen, was sie mit Elisa anstellen würde, wenn diese erst einmal nackt in ihren Armen lag.

Phantasien, die niemals wahr würden. Elisa war eine überaus anziehende, humorvolle Frau, die unglaublich gut küssen konnte. Aber eine Frau mit Kind. Eine heterosexuelle Frau, die gewiss Szenen erleben wollte, wie sie gerade im TV liefen.

Dass sie sie geküsst hatte, war ein Irrtum gewesen, den Elisa auf der Stelle bereute. Warum sonst war sie nach diesem Kuss angewidert davongestürzt?

Vesna konnte sie sogar verstehen. Sicher, Elisa hatte nette Sachen zu ihr gesagt – weil sie eben eine liebe, freundliche Person war. Sie hatte sich für sie interessiert, hatte sich Mühe gegeben mit ihr wie kein Mensch zuvor. Sie hatte ihr glaubhaft versichert, dass sie sie wirklich mochte. Doch ihre Freundschaft hatte sie, Vesna, jetzt wohl zerstört. Elisa hatte ihr einen klitzekleinen Kuss geben wollen, völlig harmlos, und sie hatte es maßlos übertrieben.

Weil man mit mir einfach keine Freundschaft haben kann, dachte Vesna düster.

Sie ließ sich auf den kalten Badezimmerboden sinken, umschlang ihre Knie mit den Händen. Sie fühlte sich elend und alleine.

Ich halte das nicht länger aus, ging es Elisa durch den Kopf, als Vesna die Verbindungstüre zwischen ihren Büros geräuschvoll hinter sich ins Schloss fallen ließ. Zuvor hatte sie ihr wortlos einen Zettel mit Arbeitsaufträgen auf den Tisch gelegt.

Es war einfach schrecklich. In den vergangenen Tagen hatte sie sogar mehrmals mit dem Gedanken gespielt, zu kündigen, und oberflächlich Stellenanzeigen studiert. Schließlich hatte sie es aufgegeben. Je öfter sie sich mit einem Jobwechsel befasste, desto mehr befremdete sie die Idee, nicht mehr bei VK Immobilien zu arbeiten. Vesna nicht mehr zu sehen. Keine Chance zu haben, ihren Fehler wieder gut zu machen. Ein klärendes Gespräch zu führen.

Als sie abends wieder einmal vor einer Portion Pasta mit Soße saß und keinen Bissen hinunterbrachte, wusste sie: Der Zenit ihrer stillen Leidensfähigkeit war überschritten. Wenn sie auf diese Weise weitermachte, würde sie nicht nur noch weitere Kilos verlieren, sondern auch den Verstand.

Sie brachte Lilly ins Bett und gab das Babyphon und ihren Wohnungsschlüssel bei Zlatko ab. Dann zog sie sich eine Jacke über und machte sich auf den Weg zu jener Adresse, die sie zwar von Taxirechnungen her kannte, bei der sie jedoch nie gewesen war.

Während sie mit der U-Bahn in Richtung Stadtpark fuhr, kamen ihr mehrmals Zweifel an ihrem Vorhaben. Sie hatte nicht einmal einen Plan. Sooft sie nach den passenden Worten suchte, dem richtigen Einstieg, so sinnlos erschien ihr der Entschluss. Als sie am Stadtpark angekommen war, regnete es. Natürlich hatte sie keinen Regenschirm dabei. Eine ausliegende Gratis-Zeitung über den Kopf haltend, hastete sie den nächstliegenden Ausgang hinauf und tat ein paar Schritte in den bereits dunklen Park – um schließlich zu erkennen, dass der richtige Ausgang auf der anderen Seite der Station lag.

Sie rannte zurück, vorbei am Hotel *Intercontinental.* Als sie die große Kreuzung überquerte und endlich in einer der Seitenstraßen das Schild mit der Aufschrift *Lagergasse* entdeckte, war sie bereits klatschnass.

Eineinhalb Stunden auf dem Laufband und ein ausgiebiger Saunagang hatten Vesna nicht aus ihrer düsteren Stimmung reißen können. Jetzt saß sie im Schneidersitz auf ihrem Sofa, während die Stimme von Pi!nk den Raum erfüllte und einzig dem Zweck diente, die Monster zu vertreiben. Ganz gelang es ihr nicht. Die alten Monster verschwanden, die neuen aber wollten einfach nicht fortgehen.

Vesna versuchte sich in einem neuen Online-Spiel, das sie auf ihr Handy eingeladen hatte, gab aber bald schon auf. Sie konnte sich nicht konzentrieren. Immer wieder wanderten ihre Gedanken zu Elisa. Sie verstand einfach nicht, warum sie so fühlte. Warum ihre Gedanken ständig um diese Frau kreisten, warum sie nicht aufhören konnte, an sie zu denken. Warum es so weh tat, nicht mehr mit ihr zu reden, und warum die Einsicht so schmerzte, dass der lockere Umgangston und die Vertraulichkeit, die sie in den letzten Monaten gepflegt hatten, für immer zerstört waren.

Vesna war lange der Überzeugung gewesen, dass ihr nichts im Leben mehr irgendetwas anhaben konnte, dass sie unempfindlich war für jedwedes Gefühl außer Zorn und Hass. Elisa hatte ihr das Gegenteil gezeigt und ihr ganzes Selbstverständnis auf den Kopf gestellt.

Und dann wandte sie sich einfach ab.

Vesna starrte mit leerem Blick vor sich hin, während der Regen an die Scheiben trommelte.

Irgendwann wird sie kündigen. Dann werde ich sie nie wiedersehen.

Der Gedanke schnürte ihr fast die Luft ab.

Das Schellen der Türglocke riss sie aus ihren trübsinnigen Gedanken. Vermutlich Spendensammler vom Roten Kreuz oder Samariterbund. Vesna spielte mit dem Gedanken, das drängende Klingeln einfach zu ignorieren, als sie sich erinnerte, dass sie immer noch auf die vor ein paar Tagen bestellten CDs wartete. Vielleicht war das Paket bei einem Nachbarn abgegeben worden, der es ihr jetzt vorbeibringen wollte?

Sie stellte die Musik leiser, ging zum Eingang. Ein Blick durch das Guckloch ließ sie erstarren: Vor ihrer Wohnungstüre stand Elisa, triefend nass und schlotternd.

Eine Sekunde lang spielte sie mit dem Gedanken, ihr nicht zu öffnen.

Sie will mich nicht sehen und macht nicht auf, dachte Elisa verbittert. Der ganze Weg umsonst.

Enttäuschung erfasste sie. Ihr war kalt, sie war nass. In der Hand hielt sie immer noch die durchweichte Zeitung.

Und wenn schon. Sie hatte sowieso noch immer keinen Plan.

Die Küsse tun mir leid – ein toller Einstiegssatz, der nur einen Fehler hatte: Sie taten ihr nicht leid. Fakt war, sie bedauerte nicht, Vesna geküsst zu haben, sondern nur, dass diese Küsse ihre Freundschaft zerstört hatten. Und sie war verwirrt. Verwirrt wegen ihrer plötzlichen Gefühle für eine Frau und durcheinander, weil Vesna sie seitdem glatt ignorierte.

Sie wollte sich gerade entmutigt auf den Heimweg machen, als sie hörte, wie der Schlüssel im Schloss gedreht wurde. Die Türe ging auf. Vesna stand im Türrahmen, musterte sie mit unergründlichem Blick und ohne ein Wort zu sagen.

Es war eine andere Vesna, als sie sich bisher kennen gelernt hatte: eine Frau in lässigem T-Shirt und schwarzer Jogginghose, ohne Make-up, ohne Goldschmuck, mit lose geflochtenem Zopf. Sie sah jünger aus – und verletzlicher als je zuvor.

Elisa schluckte.

Jetzt oder nie – sag etwas, befahl ihre innere Stimme.

»Ich will meine Freundin wiederhaben!«, brach es aus ihr heraus. Die Kälte und Anspannung ließ sie zittern. Ihre Zähne schlugen aufeinander.

»Komm rein.« Vesna machte einen Schritt zur Seite.

Im Inneren der Wohnung war es angenehm warm. Elisa streifte ihre triefenden Schuhe ab. Das Wasser hinterließ kleine Pfützen auf dem polierten Parkettboden.

»Entschuldigung.«

Vesna machte eine gleichgültige Handbewegung.

»Willst du duschen?« Als sie Elisas verwirrtes Gesicht bemerkte, fügte sie hastig hinzu: »Du bist nass, dir ist kalt …«

»Ja. Ja, bitte«, fiel ihr Elisa ebenso hastig ins Wort. Ein ungewöhnlicher Einstieg für ein ernstes Gespräch.

Kurze darauf lief bereits warmes Wasser über ihren Körper und ihr Zähneklappern verebbte. Immerhin gewann sie auf diese Weise Zeit, um sich zurechtzulegen, was sie sagen würde. Dass ihr die Küsse eben nicht leid taten; dass sie sie nicht bereute, dass sie aber wieder zu einer normalen Freundschaft zurück sollten, weil … Es war zwecklos, sich ihren Text vorab auszudenken, sicher würden ihr die richtigen Worte schon einfallen.

Sie legte ihre nassen Klamotten über die Heizung in der Hoffnung, dass sie so schneller trockneten. Eingehüllt in Vesnas schwarzen Seidenbademantel, das nasse Haar nach hinten frisiert, betrat sie das Wohnzimmer. Vesna, die auf der Couch gewartet hatte, erhob sich ruckartig.

»Vesna, ich …«

Elisa sah ihr in die Augen und ihre Stimme versagte. Ihr Kopf war wie leer, all ihre zurechtgelegten Sätze wie weggeblasen. Mit drei Schritten war sie bei Vesna, zog sie an sich, küsste sie leidenschaftlich auf den Mund, während sie die Hände über ihren Rücken gleiten ließ. Die zarte Haut, die sie plötzlich spürte, zerstreute ihre letzten Zweifel. Heiß vor plötzlichem Verlangen, zog sie Vesna mit sanfter Gewalt zur Couch.

Vesna begann ihre Küsse zu erwidern.

Elisa merkte sehr schnell, dass der folgenreiche Walzer in der leerstehenden Wohnung nichts war gegen das, was nun mit ihr geschah: Sobald sie Vesnas Zunge spürte, konnte sie sich vor Lust kaum mehr auf den Beinen halten. Küssend sanken sie auf das Sofa. Ihre Hände fanden wie von selbst wieder ihren Weg unter Vesnas Shirt.

Sie zog scharf die Luft ein, als ihre Hände auch schon mitten auf Vesnas Busen lagen.

Ihr Herz raste, während ihre Finger die Brustwarzen umkreisten, sie anschwellen ließen. Vesna stöhnte unterdrückt, was Elisas Leidenschaft noch steigerte.

Sie war selbst überrascht, wie leicht es ihr fiel, Vesna T-Shirt und Jogginghose abzustreifen. Es gab kein Zögern, keine Scheu. Vor ihr lag der Mensch, den sie spüren wollte, dem sie nahe sein wollte. Dass dieser Körper dem ihren glich, machte für sie die Sache im Grunde nur einfacher. Sie wusste, was ihr selbst gefiel, und Vesna dieselbe Lust zu bereiten, die sie erlebt oder sich früher gelegentlich selbst verschafft hatte, bedurfte keines Geheimrezepts. Sie küsste Vesnas Brüste, umschloss ihre Brustwarzen mit dem Mund, während ihre Hand zwischen deren Schenkel glitt.

Vesnas Stöhnen erfüllte den Raum. Elisa küsste sie innig auf den Mund, während sie ihre Finger in Vesnas Mitte gleiten ließ und mit dem Daumen über ihre harte Perle fuhr.

Vesna zog sie mit einem Arm dichter an sich, während sie mit dem anderen den Bademantel auseinanderschob. Elisa fühlte eine zarte Hand, die erst ihr Gesäß umklammerte, dann tiefer glitt. Als ein Finger in sie eindrang, schrie sie lustvoll auf. Vesna hielt sofort inne, suchte ihren Blick. Sie erstickte ihre Sorge mit einem weiteren Kuss, begann sich zu bewegen. Gleichzeitig spürte sie, wie Vesnas Erregung wuchs.

Schließlich bäumte sich Vesna unter ihr auf, keuchte, stieß dabei noch tiefer in Elisa hinein.

Elisa explodierte. Sie schrie auf, rang japsend nach Luft, umklammerte Vesnas Schultern – und sank schließlich auf sie nieder. Schwer atmend lagen sie eine ganze Zeit lang reglos aufeinander.

Dann begannen sich Elisas Gedanken zu überschlagen. Was hatte sie getan? Sie wollte ihre Freundschaft retten, und jetzt? Hatte sie die Situation nicht nur noch schlimmer gemacht?

»Bist du okay?« Vesnas kratzige Stimme drang leise an ihr Ohr.

Elisa richtete sich auf. Sie betrachtete die schöne nackte Frau, die mit aufgelöstem Zopf und geröteten Wangen vor ihr lag, und musste unwillkürlich lächeln.

»Sehr okay«, erwiderte sie und griff nach Vesnas Hand. »Ein bisschen durcheinander, aber okay.«

Vesna entzog ihr die Hand, griff nach ihrem T-Shirt und

schlüpfte in die Trainingshose. Dann schob sie sich neben Elisa, die ihrem Tun mit leichter Besorgnis zugeschaut hatte.

»War das dein Plan für heute?«

»Ich wollte mit dir reden. Das war mein Plan.«

Vesnas Mundwinkel zuckten.

»Hat ja prima geklappt.«

»Ja.« Elisa hob hilflos die Schultern. »Bist du sauer?«

»Sauer?« Vesna runzelte die Stirn. »Lass mich das kurz zusammenfassen: Du küsst mich, stürzt danach davon, redest nichts mehr, kommst in meine Wohnung und schläfst mit mir. Was passiert jetzt? Läuft du jetzt wieder weg oder was?«

Elisa seufzte.

»Tut mir leid. Ich wollte dich nicht verletzen. Ich war einfach total durcheinander, deshalb bin ich geflüchtet. Ich wusste nicht, was ich sagen sollte ... Ich meine, kannst du dir das vorstellen? Ich habe nicht deine Routine darin, Frauen zu küssen! Das war das erste Mal!«

Vesna zog die Knie an, kauerte auf dem Sofa. Sie wirkte nachdenklich.

Elisas Herz klopfte. Was jetzt? Was jetzt?! – Die Frage hämmerte unwillkürlich gegen ihre Schläfen. Dass Vesna und sie nach diesem Erlebnis nicht mehr einfach so befreundet sein konnten, war ihr klar. Nur: Gab es eine Alternative?

»Für mich war es auch das erste Mal«, sagte Vesna dann völlig unerwartet. »Das heute. Hier, in der Wohnung. Gewöhnlich gehe ich dazu ins Hotel.« Als sie Elisas verwirrten Blick bemerkte, fügte sie hinzu: »Ich mag nicht, wenn jemand in meiner Wohnung ist.«

Im ersten Moment traf Elisa diese Aussage, doch ein Blick in Vesnas Augen sagte ihr, dass es besser war, geduldig zu sein, als voreilige Schlüsse zu ziehen. Vesna war in mancher Hinsicht eigen und schroff. Die Verletzlichkeit, die dabei in ihren Augen stand, ließ Elisa jedoch vermuten, dass es für Vieles an ihrem Verhalten Gründe gab.

Sie tastete nach Vesnas Hand. Erleichtert nahm sie zur Kenntnis, wie Vesnas Finger sich um die ihren schlangen. Mehr noch: Vesna zog sie zu sich, legte die Arme um ihren nackten Körper und ihren Kopf auf ihre Schulter.

»Ist dir nicht kalt?«

»Mit dir so dicht an mir? – Niemals«, erwiderte Elisa. Sie schmiegte sich an sie, genoss es, dass die Freundin ihr die Hände auf ihre Brüste legte.

Vesna küsste sie sanft auf die Wange.

»Würdest du das noch mal tun?«, fragte sie dann. Ihre Stimme klang kratzig. Elisa konnte ihre Anspannung spüren.

»Dich in deiner Wohnung heimsuchen, obwohl du es nicht so willst?«

»Du bist ja schon hier.«

Sie spürte Vesnas heißen Atem in ihrem Nacken.

»Den Sex, meine ich.«

Da drehte Elisa sich langsam zu ihr um. »Was für eine Frage«, sagte sie – und küsste sie leidenschaftlich auf den Mund, während ihre Hände bereits über nackte Haut tasteten.

## Vesna

»Dein neuer Dienstwagen?«

Elisa hatte den Porsche kaum geparkt, als Marcel und Kurt, die im Innenhof eine Zigarettenpause einlegten, auch schon neben ihr standen. Besonders Kurt stand der Neid wieder einmal im Gesicht, während er ehrfürchtig um den silbergrauen Wagen schlich.

»Gibt es dazu eigentlich irgendwann einmal eine offizielle Verkündung?« Marcel betrachtete sie neugierig.

»Dazu, dass ich Vesnas Wagen vom Service abhole? – Wüsste nicht, was daran so spannend ist.«

Elisa schickte sich an, zum Haupthaus zu gehen, doch Kurt hielt sie zurück.

»Nicht so hastig, nicht so hastig.« Er grinste anzüglich. »Also, wir haben ja alle Augen im Kopf. Wir sind alles aufgeklärte, offene Menschen – und dir obendrein absolut dankbar für deine mehr als nur beruhigende Wirkung auf die Chefin. Aber natürlich würde uns schon interessieren …«

Elisa schüttelte den Kopf.

»Ich weiß echt nicht, was ich dazu sagen soll«, konterte sie mit einem charmanten Lächeln. »Am besten, ihr fragt Vesna persönlich.«

»Sehr witzig.«

Kurt verzog die Mundwinkel, Marcel schmunzelte.

Als Elisa den Lift betrat und nach oben fuhr, erlosch ihr Lächeln. Es lag ihr fern, ihre Beziehung zu Vesna in der Firma zu diskutieren. Das jedoch, was sie den beiden Männern gesagt hatte, entsprach der Wahrheit: Sie wusste tatsächlich nicht, wie sie das Gegebene deklarieren sollte. Rund vier Wochen waren vergangen, seit sie Vesna in ihrer Wohnung quasi überfallen hatte, und seither befanden sie sich für Elisa in einem völlig ungeklärten Verhältnis. Sie trafen sich gelegentlich privat, hatten inzwischen noch mehrmals miteinander geschlafen und Elisa hatte es jedes Mal ein Potpourri unerschöpflicher neuer Erfahrungen beschert. Vesna war in ihren Augen eine wunderbare, einfühlsame Liebhaberin, die ebensogut leidenschaftlich wie auch sanft sein konnte. Jede intime Begegnung brachte ihr Vesna näher – um sie danach wieder von ihr wegzureißen.

Denn die selbstbewusst auftretende, um Worte nie verlegene Vesna Katiç, die sie aus ihrem beruflichen Umfeld kannte, schien im privaten Leben eine komplett andere zu sein. Sie wirkte oft nachdenklich, in sich gekehrt, war teilweise wortkarg und schreckte zurück, sobald es um harmlose Zärtlichkeiten im Alltag ging, die nichts mit Sex zu tun hatten. Manchmal sah Elisa diesen vorsichtigen Argwohn in ihren Augen, den sie noch immer nicht einordnen konnte. Es tat ihr weh, Vesna so abweisend zu erleben, doch inzwischen war ihr bewusst, dass sie in diesen Phasen nicht zu ihr durchdrang.

»Ist alles okay?«, hatte sie anfangs oft besorgt gefragt und jedes Mal ein »Ja, alles bestens« zur Antwort bekommen, das in ihren Ohren nicht falscher hätte klingen können.

Sie fand Vesna am Schreibtisch sitzend, über ein Dokument gebeugt. Das lange hellbraune Haar fiel ihr über die Schultern, die Nachmittagssonne beschien das ebenmäßige Gesicht.

Meine schöne Geliebte, dachte Elisa, und war ein paar Sekunden lang von Glück und Stolz erfüllt, sämtliche Sorgen verdrängend. Mit einem Mal hob Vesna den Kopf. Im ersten Augenblick wirkte sie komplett bestürzt, dann schien sie sich ein Lächeln abzuringen.

»Schon zurück?«

»Ja.« Elisa legte ihr den Autoschlüssel auf den Tisch. »Natürlich habe ich noch eine Spritztour durch den Wiener Wald gemacht, entlang der Westautobahn, mit Tempo 230.«

Erleichtert nahm sie zur Kenntnis, dass ihr Scherz nicht seine Wirkung verfehlte. Vesna lachte auf und ihr Lachen klang echt.

»Nur 230? Der fährt 310 km/h, weißt du eh.«

»Ja, das ging nicht, wegen der Baustelle.« Elisa grinste, wurde dann ernst. »Sehen wir uns heute Abend?«

Da war er wieder, Vesnas nachdenklicher, leerer Blick.

»Ich muss heute Abend noch etwas erledigen«, sagte sie, ohne sie dabei anzusehen.

»Schade.« Elisa gab sich alle Mühe, unbefangen zu klingen. Es fiel ihr nicht leicht. »Die nächsten drei Tage bist du ja in London.«

Vesna nickte. »Danach dann wieder, okay?«

»Klar.« Elisa drückte ihr einen Kuss auf die Wange. »Ich muss Lilly jetzt vom Hort abholen. Werde zu Hause dann aber noch zwei Stunden online sein, um die Präsentation fertigzustellen, solltest du also etwas brauchen ...«

»Ich glaube nicht. Schönen Abend.«

Während Vesna sich wieder in ihre Unterlagen vertiefte, verließ Elisa das Büro mit einem dicken Kloß im Hals.

Vielleicht erwarte ich zuviel, grübelte sie, als sie in der Straßenbahn saß. Was sind schon vier Wochen?

Sie dachte an ihre Anfänge mit Simon. Die stürmischen Liebeserklärungen, die Schmetterlinge in ihrem Bauch, seine Begeisterung für sie und die schnelle Zusage, mit ihr leben zu wollen.

Auch bei Vesna fühlte sie Schmetterlinge in ihrem Bauch. Doch sobald sie mit den Flügeln schlugen, kam Vesna und erstickte sie. Das war zumindest Elisas Eindruck und sie fand einfach keine Erklärung dafür.

Vesna schlief gerne mit ihr, darüber bestand kein Zweifel, und sie hatten Spaß zusammen – es sei denn, sie war in dieser gewissen Stimmung, die Elisa nicht einordnen konnte. Klar war aber auch: Vesna blieb vollkommen unverbindlich. Elisa hatte keine Ahnung, was sich in ihr abspielte.

Sie selbst mied dieses Thema tunlichst. Sie wusste, wie feige es war, es nicht anzusprechen, doch ihre Furcht, dass etwas endete, noch bevor es wirklich begonnen hatte, war zu groß.

Du hast gewusst, dass sie kein einfacher Mensch ist, rief sie sich in Erinnerung, als sie von der Straßenbahnhaltestelle zum Hort ging. Du wolltest sie, jetzt hast du sie – oder auch nicht. Mit sechsunddreißig auf die große Liebe zu hoffen, war sowieso grenzenlos naiv.

Und naiv war sie wahrhaft lange genug gewesen, mit Simon Casella.

Vesna sah Elisa vom Fenster aus nach, wie sie das Gebäude verließ – eine zarte, hübsche Frau in einem beigen Sommermantel und orangefarbenen Paschima, die mit gesenktem Kopf schnellen Schrittes in Richtung Haltestelle ging.

Vesna wusste, dass sie an diesem gesenkten Kopf schuld war, und fühlte sich so hilflos wie nie zuvor. Sie wollte Elisa nicht unglücklich machen. Sie wollte sie um sich haben, mit ihr Zeit verbringen, sie lachen sehen.

Es war diese Höllenangst, die sie daran hinderte. Bereits Tage bevor Elisa ihr an diesem Abend so unerwartet in die Arme gefallen war, hatte diese Angst sich ihrer bemächtigt und wurde seither stärker und stärker. Der Gedanke, dass Elisa sich irgendwann von ihr abwenden würde, womöglich genau dann, wenn sie sie brauchte wie die Luft zum Atmen, versetzte sie in Panik. Vernünftig betrachtet, gab es nur eine einzige Vorkehrung zu treffen, damit dieser Zustand nicht eintrat: Sie durfte sich nicht zu sehr an Elisa gewöhnen. Sie musste sie auf Distanz halten, mit all ihrer Willenskraft.

Allein diese Blicke, mit denen sie sie oft ansah. Vesna schluckte trocken, als sie an die tiefe Zuneigung dachte, die in Elisas Augen stand und die sie komplett aus der Fassung gebracht hatte. Noch nie zuvor hatte jemand sie auf diese Weise angesehen.

Doch Elisa sah in ihr eine Person, die sie nicht war.

Du bist ein liebenswürdiger Mensch, hatte sie vor einiger Zeit einmal gesagt. Damals schon hätte sie ihr sagen sollen, wie sehr sie sich irrte. Berechnend und erfolgreich war sie, das war alles. Nicht die passenden Attribute für eine Beziehung, die sie deshalb bisher tunlichst vermieden hatte, auch wenn ihre Liebhaberinnen ihr Verhältnis irgendwann stets als solche deklarierten. Für sie selbst waren es allenfalls Affären.

Mit Elisa war das anders. Elisa bemühte sich um sie. Schon deshalb wollte sie sie nicht behandeln wie all die anderen. Dass sie mit ihr in ihrer Wohnung schlief, war für sie ein sehr großer Schritt.

Trotzdem, mehr würde sie ihr nicht bieten können. Weil alles vergänglich war und sie sich selbst schützen musste, so, wie sie es immer getan hatte. Weil auch Elisa sie irgendwann wieder verlassen würde. Weil Elisa sich mit Geld und Geschenken nicht ködern ließ. Weil sie eines Tages jemanden kennen lernen würde, den sie nicht für einen Edelproleten hielt, der ihr intellektuell das Wasser reichen konnte und mehr bot als nur Geschäftssinn. Jemand, der sich geschliffen und akzentfrei ausdrücken konnte.

Vesna zweifelte nicht daran, dass dieser Jemand ein Mann sein würde. Weil sie nur ein sexuelles Experiment für Elisa war. Nicht dass sie das für andere nicht auch schon gewesen wäre – kein Problem: Heterosexuelle Frauen auf Selbstfindungskurs reizten sie rein optisch schon immer mehr als überzeugte Lesben mit Feminismus-Diplom und Holzfällerhemd.

Bei Elisa jedoch brachte sie allein die Vorstellung, dass sie gehen könnte, fast um. Womit sie wieder am Anfang ihrer düsteren Gedanken war.

»Mami, warum ist Vesna heute nicht bei uns?«

»Ihr Flieger geht morgen ganz früh und sie muss rechtzeitig schlafen gehen.«

Elisa stellte die benutzten Teller und den Spaghetti-Topf zu der Pfanne in die Spüle. Als sie sich umdrehte, sah sie die Enttäuschung in Lillys Gesicht.

»Wenn sie zurück ist, kommt sie wieder zu uns.« Sie strich tröstend über Lillys Haare und bemühte sich, zuversichtlich zu klingen.

»Warum kann sie nicht immer bei uns wohnen?«

»Weil unsere Wohnung zu klein ist.« Etwas Besseres fiel Elisa nicht dazu ein.

»Warum ...«

Wenn Lilly in eine ihrer Warum-Phasen geriet, konnte das ziemlich zermürbend sein. An diesem Abend fehlten Elisa die Nerven, sich darauf einzulassen.

»Schon acht Uhr! Höchste Zeit, dass du auch ins Bett kommst! Hopp, hopp, Zähne putzen!«

Widerwillig trottete Lilly ins Badezimmer.

Eine Dreiviertelstunde und drei Gute-Nacht-Geschichten später, als das Kind endlich eingeschlafen war, machte sich Elisa unmotiviert an den Abwasch. Wieder und wieder kreisten ihre Gedanken um Vesna. Was sie wohl gerade machte? Den Koffer packen? Im Fitnessstudio trainieren?

Zweifelsohne irgendetwas, das wichtiger ist, als ich mich zu treffen, dachte sie bitter.

Ein kühler Luftzug streifte sie. Das Fenster. Sie hatte es nach dem Essen geöffnet, um zu lüften. Die laue Frühlingsluft war inzwischen deutlich abgekühlt; leichter Wind kam auf. Es war dunkel geworden.

Sie trat zum Fenster, hatte den Griff schon in der Hand, um es zu schließen. Dabei schaute sie kurz hinaus auf die Straße – und hielt überrascht inne, als sie im Schein der Straßenbeleuchtung ein Auto bemerkte, das direkt vor ihrem Haus geparkt hatte. Vesnas silbergrauer Porsche.

Vesna duckte sich blitzartig. Hatte Elisa sie gesehen? – Seit einer ganzen Weile schon saß sie hier im Wagen und hatte beobachtet, wie Elisa Lilly ins Bett brachte, und danach beim Abwasch zugesehen. Es war nicht ihr Plan gewesen, wie ein Privatdetektiv vor Elisas Fenster zu lauern, aber in ihrer Wohnung hatte sie es nicht mehr ausgehalten. Die Monster ließen sich an diesem Abend nicht vertreiben. Vesna bezweifelte inzwischen, dass sie jemals wieder zur Ruhe kommen würde.

Ein energisches Klopfen an der Scheibe zwang sie, sich aufzurichten. Ihre Frage war beantwortet. Elisa hatte sie gesehen. Schicksalsergeben betätigte sie die Zentralverriegelung.

Elisa rutschte auf den Beifahrersitz, sah sie lange von der Seite an.

»Willst du mit reinkommen?«

Vesna nickte stumm. Sie war dankbar um die Dunkelheit, denn sie spürte, dass ihr das Blut in den Kopf gestiegen war. Elisa musste sie für vollkommen bescheuert halten. Und wahrscheinlich hatte sie damit sogar recht.

Wenige Minuten später saß sie auf Elisas Couch und kämpfte tapfer gegen den inneren Drang, einfach nur davon zu stürmen. Elisa setzte sich neben sie, ohne etwas zu sagen. Im Moment war Vesna ihr für dieses Schweigen sehr dankbar.

In ihrem Kopf herrschte Trubel genug. Die Monster der Vergangenheit kämpften gegen sie, und sie gegen die Monster. Noch am Nachmittag war ihre einzige Sorge die gewesen, dass Elisa sie verlassen könnte. Am Abend, als sie alleine in ihrer Wohnung gesessen und die laute Musik diesmal nichts außer Kopfweh bewirkt hatte, war ihr plötzlich klar geworden, dass der Grund für die maßlose Panik, die sie erfüllte, nicht allein mit Elisa zu tun hatte. Und plötzlich hatte sie es nicht mehr ausgehalten, mit sich alleine zu sein.

»Ich ...«, begann sie, doch ihre Stimme versagte prompt. Sie musste sich mehrmals räuspern, ehe sie fortfahren konnte. »Ich ... wollte dich noch sehen, bevor ich wegfliege.«

»Ich dich auch. Es wäre schön gewesen, den ganzen Abend mit dir zu verbringen.«

Vesna schluckte. Der dicke Kloß vom späten Nachmittag saß noch immer tief in ihrer Kehle. »Ich bin kompliziert«, quetschte sie schließlich mühsam heraus und brachte es nicht über sich, Elisa dabei anzusehen. »Weißt du eh?«

»Ja, weiß ich.« Elisa schlang ihre Arme um sie und zog sie zu sich heran. Ihre Wärme und die vertraute Berührung ließen Vesna allmählich ruhiger werden. Sie ließ sich sanft gegen Elisa fallen. Gemeinsam sanken sie auf die Couch.

Elisa lag so dicht bei ihr, dass nur der Stoff ihre Körper voneinander trennte. Vesna spürte Elisas warmen Atem in ihrer Halsbeuge und Elisas Herz, das genau so schnell schlug wie ihr eigenes. Sie vergrub ihr Gesicht in Elisas Haaren, während deren Hände sanft über ihren Rücken streichelten.

»Ich habe das noch nie so gehabt«, rutschte ihr heraus. Sie biss sich auf die Zunge. Es war nicht ihre Absicht gewesen, ihre Gedanken laut zu äußern.

»Ich auch nicht«, erwiderte Elisa zu ihrem Erstaunen mit leiser Stimme.

»Aber Simon Casella ...«

»Das lässt sich nun wirklich nicht vergleichen.« Elisa stützte ihren Kopf mit der Hand ab und sah sie an. »Du bist eine Frau. Du fühlst dich ganz anders an. Alles ist anders mit dir.«

Vesna verkrampfte sich unwillkürlich. Das hatte sie ja kommen sehen.

»Mit Simon Casella war es für dich besser, oder?«

Es kostete sie Überwindung, die Frage zu stellen, doch nur mit einer Bestätigung hatte sie die Klarheit, die sie suchte.

Elisa sah die Unsicherheit in Vesnas Blick und unterdrückte ein Seufzen. Die private Vesna war eine völlig andere als die berufliche. Wieder einmal sah sie sich in ihrer Feststellung bestätigt.

Sie setzte sich auf, schaute ihre Besucherin eindringlich an.

»Vesna. Bitte! Hör auf mit solchen Fragen. Hör auch gleich auch mit solchen Gedanken! – Aber wenn du es schon so genau wissen willst, dann hör mir jetzt gut zu, weil ich das nur ein einziges Mal erzählen werde: Nachdem ich mit Lilly schwanger wurde, hat Simons sexuelles Interesse an mir ziemlich nachgelassen. Er war öfter auf Geschäftsreise, wie er es nannte, und der Kuscheltyp war er sowieso nie. Genügt das?«

Sie spürte, wie die Bitterkeit zurückkehrte. Es tat ihr nicht gut, an Simon zu denken.

Vesna setzte sich auf und umarmte sie.

»Tut mir leid. Ich ... will nur, dass ...«

Sie ließ den Satz unvollendet, doch Elisa spürte instinktiv, dass es eine ganze Menge war, was Vesna in Wahrheit wollte – und dass sie es offenbar nicht über sich brachte, ihr dies mitzuteilen. Sosehr sie sich auch danach sehnte, endlich eine klare

Antwort darauf zu bekommen, was Vesna für sie empfand, sosehr spürte sie, dass es keinen Sinn hatte, irgendeinen Druck auf sie auszuüben. Dass sie an diesem Abend gekommen war, schien, auch wenn sie sich vor dem Haus im Auto verkrochen hatte, ein Schritt in eine positive Richtung.

»Hast du heute tatsächlich eine Spritztour durch den Wiener Wald gemacht?«, fragte Vesna plötzlich.

»Nein, natürlich nicht. Ich habe den Wagen abgeholt und brav sofort im Innenhof geparkt.«

»Du hättest es aber tun können, weißt du eh?«

»Ohne dich macht das keinen Spaß«, sagte Elisa überzeugt.

»Willst du mit mir wegfahren, nächstes Wochenende?«

Die unerwartete Frage brachte Elisa unweigerlich ins Trudeln. Neben dem Überraschungseffekt kam ihr sofort Lilly in den Sinn. Während sie noch darüber nachdachte, wem sie ihre Tochter anvertrauen könnte, spürte sie bereits wieder, wie sich Vesna anspannte.

»Du musst das nicht tun, es ist kein Problem …«, kam es auch schon.

Elisa drehte sich zu Vesna um, sah ihr fest in die Augen.

»Ich will mit dir wegfahren. – Also, woran hast du gedacht?«

»An eine deutsche Autobahn ohne Geschwindigkeitsbegrenzung«, erwiderte Vesna und schmunzelte.

Als sie in der Nacht ihre Wohnung betrat, führte Vesnas Weg erstmals nicht zur Stereoanlage. Sie warf ihre Jacke über den Garderobenhaken, ging ins Badezimmer und schlüpfte schließlich unter die Bettdecke.

Sie fühlte sich auf seltsame Weise berauscht. Die Monster

waren an die Wand gedrängt, nur vage Schatten ihrer selbst. Sie hatte keine Angst mehr. Nicht in diesem Augenblick. Ihr Herz war voll – voll von Elisas Worten, ihrem Lachen. Elisas Berührungen liebkosten noch immer ihre Haut.

Objektiv betrachtet, war an diesem Abend nichts Außergewöhnliches geschehen. Sie hatten geredet und geschmust. Doch für Vesna war eine ganze Menge passiert. Trotz aller vermeintlichen Belanglosigkeit ihrer Gespräche war ihr bewusst geworden, dass sie sich Elisa öffnen musste, wenn sie sie nicht verlieren wollte. Sie musste ihr *davon* erzählen.

## Damals

Als die Tachonadel auf 230 km/h kletterte und das Heck des BMW vor ihnen immer näher kam, gab Elisa auf. Sie bremste scharf ab, scherte rechts ein und fuhr auf den nächsten Parkplatz, der sich bot.

»Musst du aufs Klo oder was?«

Vesna räkelte sich verwundert am Beifahrersitz.

»Nein, aber ich brauche eine Pause. Mein Limit ist erreicht.«

Elisa öffnete die Autotür und stieg aus. Sie streckte sich, machte ein paar unsichere Schritte in Richtung Grünfläche und atmete tief durch. Der Rausch des Tempos. Hätte ihr vor einigen Monaten irgendwer gesagt, dass sie mit einem röhrenden Porsche die Autobahn nach München entlangbrettern und Freude daran haben würde – sie hätte diese Person für komplett verrückt erklärt. Mittlerweile verstand sie Vesnas Vorliebe für ein Auto wie dieses. Zumindest bis zu einem gewissen Grad.

»Du bist sehr gut gefahren.« Sie fühlte Vesnas Arme, die sie von hinten umschlangen, und ließ sich gegen sie sinken. »Aber heißt das in anderen Worten: Ich soll jetzt übernehmen, oder was?«

»Ich bitte darum.« Elisa drückte ihr einen Kuss auf die Wange. »Und tu bloß nicht so, als hättest du nicht schon darauf gewartet!«

Vesna grinste breit.

Das Restaurant lag im Herzen von München und gefiel Elisa auf Anhieb. In den modern gestalteten Räumen fanden sich, hervorragend eingepasst ins Ambiente, auch Antiquitäten; durch Zwischenwände und hohe Zimmerpflanzen abgetrennte Nischen sorgten für hinreichend Privatsphäre zwischen den Tischen. Vorspeise und Hauptgang waren köstlich gewesen, jetzt saßen sie beim Dessert.

»Ein schöner Laden.« Elisa lächelte Vesna über den Tisch hinweg an. »Es ist fast wie in deiner Wohnung.«

»Findest du?«

»Ja. Die Kombination von alt und neu. Ich mag deinen Stil.«

Selbst im fahlen Licht der auf dem Tisch platzierten Kerze konnte Elisa sehen, wie Vesna errötete. Komplimente zogen bei ihr stets Verlegenheit nach sich.

»Irgendwann hast du einmal etwas anderes gesagt.« Vesna lächelte, doch ihre Stimme klang unerwartet ernst.

Es dauerte etwas, bis Elisa begriff, auf was sie anspielte. Dass Vesna noch an ihre Auseinandersetzung und die hässlichen Worte von damals dachte, machte sie zugleich betroffen. Sie streckte die Hand aus, streichelte über den nackten Arm der Freundin.

»Du hast mich damals zum Äußersten getrieben. Ich wollte, dass du aufhörst, mich zu sekkieren, und in meiner Not fiel mir nichts anderes ein. Es hat mir gleich danach leid getan, weil ich es schon damals nicht so meinte. – Im Übrigen solltest du dir nicht alles, was ich irgendwann einmal gesagt habe, wie ein Speicherchip merken. Wenn ich das umgekehrt genauso machen würde, säßen wir nicht zusammen hier.«

»Es ist für mich sowieso ein Wunder, dass du bei mir bist.«

Elisa fasste ihre Bemerkung automatisch als Scherz auf und grinste. Erst als sie Vesnas Gesicht bemerkte, begriff sie, dass es ihr ernst war.

Der Tag ist bisher so entspannt verlaufen, voller Spaß und Gelächter, dachte sie irritiert. Und jetzt kippt sie wieder in diese eigenartige Stimmung.

»Warum sollte ich das nicht tun, Vesna? – Ich bin gerne mit dir zusammen. Du bist ein wunderbarer Mensch.«

Vesna schob den Becher mit dem Mousse au Chocolat zur Seite, fasste sich kurz an den Kopf. Ihr Gesichtsausdruck wirkte so gequält, dass sich Elisas Herz unwillkürlich zusammenzog.

»Ich ... Damals in Kroatien ...«, begann sie unvermittelt, doch ihre Stimme brach. Sie hielt den Blick geraume Zeit starr auf die Tischplatte gerichtet, bis sie endlich weiterreden konnte. »Ich bin bei einer Tante und einem Onkel aufgewachsen, in einer kleinen Stadt im Landesinneren. An der Grenze zum heutigen Serbien und Bosnien. In den achtziger Jahren sind meine Eltern ... nach Wien gegangen, um besser zu verdienen. Sie ließen mich zurück und schickten Geld.«

Sie machte eine Pause, nahm einen Schluck Wasser. Ihre Hand zitterte so sehr, dass sie das Glas kaum halten konnte.

Elisa kämpfte gegen den inneren Drang, einfach aufzustehen und sie zu umarmen, doch sie blieb sitzen und schwieg. Lass sie erzählen, mahnte eine innere Stimme, während ihr schon nach Vesnas ersten Worten klar wurde, was es mit dem Satz auf sich hatte, der gerade in der Anfangsphase ihrer Zusammenarbeit permanent gefallen war. »*Ich will, dass du dich um mich kümmerst.*« Die Eltern hatten sie zurückgelassen und Geld geschickt. Liebe jedoch ließ sich nicht per Post schicken. Und daran krankte Vesna offensichtlich bis heute. Man musste keine diplomierte Psychologin sein, um diesen Zusammenhang zu erkennen.

»In unserer Stadt lebten Serben und Kroaten. Ich kann mich nicht bewusst daran erinnern, dass es zu größeren Spannungen gekommen wäre, damals in meiner früheren Kindheit. Das hat sich dann aber Ende der achtziger Jahre geändert.« Vesna hob den Kopf, sah Elisa ernst an. »Es waren die Hetzparolen aus

Belgrad und Zagreb, die die Menschen nach und nach vergiftet haben. Demagogie der übelsten Art. Aus diesem Grund hasse ich Politik bis heute und will nichts damit zu tun haben.«

Elisa nickte. Das konnte sie nachvollziehen.

»1991 fielen die ersten Schüsse«, fuhr Vesna nach einiger Zeit fort. »Ich war damals ... dreizehn. Es war furchtbar. Du liegst in deinem Bett, hörst die Geschosse einschlagen und alles, was du denkst, ist: Werde ich morgen noch leben? Irgendwann saßen wir dann nachts nur noch in irgendwelchen Kellerlöchern, dicht an dicht ... Es roch nach faulen Kartoffeln, Moder und Angstschweiß, und es gab wirklich Momente, wo ich mich fragte, ob es nicht besser war, einfach im Bett erschossen zu werden, als da unten zu ersticken.«

Elisa streckte automatisch ihre Hand aus, doch Vesna lehnte sich zurück und verschränkte die Arme.

»Ich bin noch nicht fertig«, sagte sie in ungewohnt scharfem Ton, hatte sich aber sogleich wieder unter Kontrolle. »Meine Eltern schickten Geld, mehr Geld als je zuvor, um mich da rauszukriegen und nach Österreich zu holen. Ich hatte drei Cousinen und zwei Cousins. Meine Tante und mein Onkel haben alles Geld dafür verwendet, ihre eigenen Kinder in Sicherheit zu bringen. Und ich saß dort fest, während ringsherum die Granaten einschlugen und die Panzer der Jugoslawischen Volksarmee und serbischen Freischärler durch die Straßen rollten. Irgendwann habe ich einmal gelesen, dass in dieser Zeit dort an die 8.000 Granaten täglich einschlugen. Ich halte diese Zahl ehrlich gesagt noch für untertrieben. Die Stadt wurde durchsiebt. Am Schluss waren nur noch 2.000 oder 3.000 Leute übrig – von ehemals über 40.000. Es gab kaum mehr Lebensmittel, nichts funktionierte ...« Sie schluckte. »Müll stapelte sich in den Straßen, es gab massenhaft Ratten, aber kein Heizmaterial mehr, auch keinen Strom und es war mühsam, an Trinkwasser zu kommen. Angesichts von Hunger und Beschuss klingt es vielleicht lächerlich, das zu erwähnen, aber solange du nicht verletzt bist, sind diese Alltagsdinge dir am nächsten. – Jedenfalls ... irgendwann war das Krankenhaus der einzige Ort, an dem es noch frisches Wasser gab, und die Menschen suchten dort Schutz, auch wir. Da habe ich dann gehört, wie mein Onkel und meine Tante planten, jemanden von den Serben zu bestechen, um aus der umzingelten Stadt herauszukommen und zu fliehen. Mit dem Geld, das mein Vater schickte.«

Sie sah Elisa kurz an, ehe sie ihren Blick wieder auf die Tischplatte heftete.

»Ich bin nicht blöd oder so. Das war ich noch nie. Ich habe im selben Moment begriffen, dass von mir keine Rede war. Ich war ihnen einfach egal. Sie wollten mich dort lassen. Es ging die ganze Zeit nur um sie, um ihre Kinder, ihre Flucht. Da habe ich kapiert, dass ich mir selber helfen muss. Ich hatte ... kein Geld damals. Keine guten Voraussetzungen für eine Flucht aus einer besetzten Stadt.«

Sie atmete tief durch.

»Ich habe mich also an einen serbischen Soldaten verkauft und er hat mir dann einen Platz auf einem Militärlastwagen organisiert. So bin ich herausgekommen. Meine Tante und mein Onkel haben es nicht mehr geschafft. Später habe ich gehört, sie hätten alle, die noch im Krankenhaus waren, in Busse verfrachtet und irgendwo auf freiem Feld erschossen.«

Die Welt um Elisa wurde still. Das Klappern von Besteck, die Gespräche der Menschen an den anderen Tischen – nichts davon drangt mehr zu ihr durch.

*Ich habe mich also an einen serbischen Soldaten verkauft.*

Der ungeheuerliche Satz hallte in ihr wieder.

Wie im Trance schob sie den Teller mit dem Rest ihres Nussparfaits zur Seite.

»Du warst dreizehn«, brachte sie dann mühsam hervor.

»Es war ein Geschäft«, sagte Vesna. Ihre Miene war starr, doch Elisa bemerkte an ihren zitternden Händen, wie sehr die Erzählung sie mitnahm. »Ich habe die ungarische Grenze zu Fuß überquert und hatte dann das Glück, einem LKW-Fahrer über den Weg zu laufen, der mich ein ganzes Stück mitnahm.« Als sie Elisas Blick bemerkte, fügte sie rasch hinzu: »Ohne Gegenleistung. – Die letzten hundert Kilometer vor der österreichischen Grenze waren der Horror. Ich hatte mich in einem Güterzug versteckt, zwischen Kisten voll ungarischer Salami. Es war Spätherbst und eiskalt. An der Grenze wurde der Zug für mindestens vier, fünf Stunden aufgehalten und komplett durchsucht. Im ersten Anlauf haben sie mich nicht entdeckt. Dann aber, kurz bevor der Zug ohnehin abgefahren wäre, kam noch jemand mit Hunden, und da bin ich dann aufgefallen. Im Grunde war das auch gut so. Denn immerhin konnte ich nach gründlicher Überprüfung meiner Personalien und der Richtigkeit meiner Angaben, dass meine Eltern mit legalem Aufenthaltsstatus in Wien wohnten, auf bequemere Art weiterreisen. Ich bin in einem Polizeibus nach Wien mitgefahren. Sie brachten mich bis vor die Haustüre. Inzwischen hatte ich hohes Fieber und mir ging es wirklich schlecht. Als ich dann endlich bei meinen Eltern war, waren die völlig unvorbereitet, dass ich plötzlich da war. Sie hatten nicht einmal einen Schlafplatz für mich.«

»Vesna, ich …« Elisa streckte erneut ihren Arm nach ihr aus. »Es tut mir so leid für dich.«

Diesmal zog Vesna ihre Hand nicht zurück, zuckte aber teilnahmslos mit den Schultern. »Es ist ja jetzt vorbei. Ich bin hier, habe eine eigene Firma, verdiene gutes Geld, was soll ich sagen.«

Es mag in der Vergangenheit passiert sein, aber vorbei ist es sicher nicht, dachte Elisa aufgewühlt.

»Vielleicht … könnten wir jetzt gehen.« Vesna winkte bereits mit dem Ober. Elisa verzichtete diesmal darauf, eine Diskussion wegen der Bezahlung zu starten, und ließ sie kommentarlos die Rechnung begleichen.

Im Taxi sprachen sie kein Wort. Erst im hell beleuchteten

Hotelfoyer fiel Elisa auf, dass Vesna leichenblass war. Als sie mit dem Aufzug nach oben fuhren, hatte Elisa einen Augenblick lang die Befürchtung, die Freundin könnte gleich in Ohnmacht fallen. Im Hotelzimmer angekommen, setzte sie sich sofort auf die Bettkante und bedeckte ihr Gesicht mit den Händen.

Elisa setzte sich neben sie.

»Tut mir leid«, murmelte Vesna. »Ich habe nicht … nicht gedacht, dass es mich so aufwühlt … Ich wollte dir davon erzählen, aber es war nicht der richtige Zeitpunkt. Ich wollte dir nicht den Abend verderben.«

»Um über ein Verbrechen zu berichten, gibt es keinen richtigen Zeitpunkt. Es ist und bleibt ein Verbrechen, egal, wann man darüber redet.«

»Nein. Es war ein Geschäft«, wiederholte Vesna. »Prostitution. Ich habe meinen Körper verkauft, das war alles.«

Elisa schüttelte den Kopf.

»Du warst in Not und ein Verbrecher hat das ausgenutzt. – Du warst dreizehn, verdammt! Der Typ hat ein Kind vergewaltigt!«

»Ich war schon recht gut entwickelt«, erwiderte Vesna dumpf. »Mein Alter habe ich ihm nicht auf die Nase gebunden. Und es war keine Vergewaltigung. Ich habe ja zugestimmt.«

»War er betrunken?«

Vesna nickte knapp und bestätigte damit Elisas Vermutung.

»Ich kann Alkohol seither nicht einmal mehr riechen«, schob Vesna hinterher. Sie sah Elisa kurz an, drehte dann aber sofort den Kopf zur Seite. »Und es gibt auch sonst Dinge, die ich beim Sex nicht ertragen kann. Ich … mag es nicht anal.«

Elisa wurde übel. Sie ballte ihre Hände unweigerlich zu Fäusten, um vor Wut und Schmerz nicht laut zu schreien.

Vesna deutete ihr Schweigen auf ihre Weise.

»Ich verstehe, wenn du mich jetzt mit anderen Augen siehst. Ich … ich dachte nur, du solltest wissen, mit wem du es zu tun hast. Wenn wir mehr Zeit miteinander verbringen sollten …

also«, sie atmete tief durch, »ich kann nicht immer eine Fassade aufrecht erhalten. Ich bin kein fröhlicher Mensch, weißt du eh.«

Elisa, die immer noch zu bestürzt war von Vesnas Offenbarung, brauchte einen Moment, um ihr weiter folgen zu können.

Sie sprang auf.

»Was soll das heißen: Mit wem ich es zu tun habe?« Als von Vesna keine Antwort kam, ging sie vor ihr in die Hocke und nahm ihre Hände. »Vesna. Ich weiß ganz genau, mit wem ich es zu tun habe! Das wusste ich schon zuvor und diese Geschichte hat mich in meinem Urteil nur gefestigt: Du bist einer der mutigsten und klügsten Menschen, die ich kenne. Und du bist wundervoll. So, wie du bist, mit allen Ecken und Kanten.«

Eine Träne löste sich aus Vesnas Auge, die sie sofort verschämt mit der Hand wegwischte.

»Vielleicht sollten wir besser nach Hause fahren«, sagte sie.

»Nach Hause fahren? Jetzt?« Elisa runzelte die Stirn. Sie setzte sich zu der Freundin aufs Bett und legte beruhigend den Arm um ihre Schultern. »Lass uns hier bleiben, wie geplant. Morgen sind wir beide ausgeruhter.«

Vesna nickte zögerlich.

»Es gibt da noch etwas, was ich dir sagen muss«, begann sie dann. »Es ist ... es sind meine Schlafgewohnheiten. Ich kann ohne laufenden Fernseher nicht einschlafen.«

»Das weiß ich bereits.«

»Aber wieso ...?«

»Lilly hat mir davon erzählt. Im Gegensatz zu mir hat sie ja schon bei dir übernachtet.«

»Wir hätten vielleicht besser zwei Zimmer buchen sollen«, meinte Vesna schuldbewusst. »Du wirst nicht schlafen können.«

»Doch, kann ich.« Elisa griff nach ihrer Tasche und kramte eine kleine Plastikbox hervor, die sie noch in Wien in der Apotheke erstanden hatte. »Ohropax. Eine unglaublich praktische Erfindung.«

Vesna lächelte schwach und drückte ihre Hand.

»Danke«, sagte sie leise.

Eine Weile saßen sie nebeneinander, ohne ein Wort zu sagen. Doch Elisa kam längst nicht von der Geschichte los. Etwas gab es, was sie noch wissen musste, um sie vollkommen zu verstehen.

»Hast du deinen Eltern je davon erzählt?«

»Ich konnte überhaupt nichts sagen, als ich in Wien bei ihnen ankam. Meine Stimme war weg.«

»Du warst traumatisiert.«

Vesna schüttelte den Kopf.

»Nein, meine Stimme war weg, wirklich weg. Für Wochen. Ich hatte eine schlimme Kehlkopfentzündung. Meine Stimme hat sich davon nie mehr ganz erholt.«

Der Grund, weshalb Vesnas Stimme gelegentlich rau und kratzig klang. Elisa verstand.

»Außerdem waren meine Eltern so damit beschäftigt, sich das Leben gegenseitig zur Hölle zu machen, dass sie mir eh kein gesteigertes Interesse entgegenbrachten. Sie standen knapp vor der Scheidung. Meine Mutter zog dann zu ihrem neuen Typen und ich blieb bei meinem Vater.«

»Und du hast ihm auch später nicht davon erzählt?«

Vesna sah sie an.

»Würdest du deinem Vater erzählen, dass du dich prostituiert hast? – Ich falle lieber tot um, ehe ich das tue. Er glaubt bis heute, sein Geld hätte mich letztendlich aus Kroatien herausgeholt. Und macht mir indirekt zum Vorwurf, dass ich es nicht geschafft habe, seine Schwester mitzubringen. So ist das.«

Die aufgebrachten Wortgefechte, die Vesna mit Zlatko hatte, ergaben nun einen Sinn jenseits aller politischen Differenzen, ebenso die Bitterkeit und Wut, die ihr stets ins Gesicht geschrieben stand, wenn sie mit ihm stritt.

»Und das verzeihst du ihm nicht«, schloss Elisa.

»Ich verzeihe ihm nicht, dass er sich nie um mich gekümmert hat. – Was hättest du getan, wenn Lilly da unten gewesen wäre, im Kriegsgebiet? Hättest du Geld geschickt? Oder was hättest du getan?«

Elisa schüttelte den Kopf. Allein die Vorstellung, dass sie ihre Tochter irgendwo zurücklassen müsste, war absurd.

»Ich wäre niemals ohne Lilly nach Österreich gegangen«, sagte sie. »Und wenn ich dazu gezwungen gewesen wäre – beim kleinsten Anzeichen, dass ihr Leben in Gefahr ist, wäre ich zurückgefahren und hätte sie geholt.«

Vesna nickte.

»Eben«, sagte sie. »Das ist es.«

Elisa lag bereits im Bett, als Vesna aus dem Badezimmer kam. Mit entschuldigendem Blick schaltete sie das Licht aus, ehe sie unter die Bettdecke schlüpfte, und betätigte die Fernbedienung des Fernsehers. Im flimmernden Halbdunkel sah sie zu Elisa hinüber. »Tut mir leid«, flüsterte sie. »Ich weiß, du hast es dir anders vorgestellt.«

»Ich bin froh, dass du mir davon erzählt hast«, erwiderte Elisa. Sie war noch immer sehr aufgewühlt. »Danke für dein Vertrauen.«

»Ich ... ich kann jetzt nicht mit dir schlafen. Tut mir leid.«

»Hör bitte auf, dich dauernd zu entschuldigen ... mir geht es nicht anders.« Elisa griff nach Vesnas Hand und hauchte einen zarten Kuss auf ihre Finger. »Wir haben noch x Gelegenheiten, um das nachzuholen. Außerdem muss ich nicht immer Sex haben. Ich bin auch zufrieden, einfach nur in deiner Nähe zu sein.«

Vesna lächelte. Es war das erste Mal, seit sie ihre Geschichte zu Ende erzählt hatte, und Elisa fiel ein Stein vom Herzen. Es war besser, mit einem Lächeln einzuschlafen als in Tränen.

Sie beugte sich vor und gab ihr einen sanften Kuss auf die Wange.

»Schlaf gut, trotz allem. Gute Nacht.«

»Gute Nacht.«

Elisa drehte sich vom Fernseher weg, stopfte sich die Ohropax in die Ohren und schloss die Augen, doch Schlaf wollte sich nicht einstellen. In ihrem Inneren tobte immer noch ein Sturm unterschiedlichster Gefühle. Wenn es ihr schon so ging, wie musste sich Vesna im Augenblick fühlen?

Sie wandte sich wieder um – und sah direkt in ihre Augen. Ohne ein Wort fielen sie einander in die Arme. Elisa zog sich hastig die irritierenden Stöpsel aus den Ohren, während Vesna nach der Fernbedienung angelte und den Aus-Knopf betätigte. Dann trafen sich auch schon ihre Lippen, heiß, verlangend, gierig.

Vesna riss ihr regelrecht das T-Shirt vom Leib. Ihr Atem ging hastig, während ihre Lippen auch schon Elisas harte Brustwarzen umschlossen. Elisa stöhnte auf. Sie schob ihre Hand unter Vesnas Negligé, ließ ihre Finger in Vesnas Slip gleiten. Die Nässe, die sie dort fand, steigerte ihre eigene Erregung.

Sanft begann sie, Vesna an ihrer empfindlichsten Stelle zu streicheln. Vesna bäumte sich kurz auf. Dann begann sie sich zu bewegen, wobei jede ihrer Bewegungen auch die Hitze in Elisas Unterleib steigerte und sie dem Höhepunkt entgegen trieb.

Vesna krallte ihre Finger in Elisas Rücken, japste nach Luft, keuchte – und sank zurück aufs Bett. Nach ein paar Augenblicken des Verharrens ließ sie ihre Finger in Elisas Mitte tanzen, zog sie näher zu sich heran. Elisas hatte das Gefühl, innerlich vor Lust zu verglühen. Sie keuchte, rang nach Atem. Und explodierte in Vesnas Armen. Einmal, zweimal … unendlich. Ihr Unterleib zuckte, während sie das Gefühl hatte, zu schweben. Dann landete sie sanft auf der Matratze. Ihre Lippen suchten Vesnas Mund und verschlossen ihn mit einem innigen Kuss.

»Mach das nochmal«, flüsterte sie.

Vesna lachte leise. In Elisas Ohren klang dieses Lachen wie Musik. »Ich kann gern die ganze Nacht weitermachen, wenn du willst …«

»Ich will.«

Vesna schob sich näher. Mit dem Finger zeichnete sie unsichtbare Linien über Elisas Mund, ihre Brüste, strich qualvoll langsam ihren Bauch entlang und verharrte kurz vor ihrer Perle.

»Sag's nochmal«, flüsterte sie.

»Ich will …«

Elisa fühlte, wie ihre Klitoris steif wurde. Schon baute sich in ihr dieselbe Hitze auf die zuvor. Erwartungsvoll hob sie Vesna ihre Mitte entgegen. Doch Vesna bewegte sich nicht.

»Bitte«, hauchte sie, gierig nach dem Gefühl, dass sie zuvor in ungeahnte Höhen getrieben hatte.

Vesna zog die Hand weg.

»Nein«, hörte sie sie mit klarer Stimme sagen. Erschrocken über die Abfuhr, öffnete sie die Augen – und sah in ein amüsiertes Gesicht.

»Was?!«

»Entspann dich.« Vesna küsste sie zärtlich. »Ich mach etwas anderes, okay? … Zur Abwechslung …«

»Was …«

»Psst!« Vesna legte ihr den Finger auf die Lippen. »Lass mich … einfach machen …«

Elisa gab auf. Sie ließ sich zurückfallen.

Vesna küsste sie auf den Mund, küsste ihren Hals. Die Art, wie sie es tat, ließ Elisa bereits lustvoll stöhnen. Intensiv. Erregend. Liebkosend und fordernd zugleich. Lange hielt sie sich bei ihren Brüsten auf, und Elisa überkam das Gefühl, zu zerfließen. Doch erst als Vesnas Lippen ihre Mitte berühren, wusste sie, dass sie noch weit davon entfernt gewesen war.

Mit sanften Zungenschlägen trieb Vesna sie einer Reihe von Höhepunkten entgegen, die ihr Flügel verliehen, deren Existenz sie zuvor noch nicht einmal geahnt hatte.

Der enervierende Piepston drang immer mehr in Elisas Bewusstsein. Irgendwann war es ihr trotz der bleiernen Müdigkeit nicht mehr möglich, ihn zu ignorieren. Schwerfällig setzte sie sich auf. Schlaftrunken tastete sie mit nur halb geöffneten Augen nach ihrem Handy und schaltete den Wecker aus.

Dann streckte sie den Arm zur Seite, wo sie Vesna vermutete – und griff ins Leere. Schlagartig war sie hellwach. Sie richtete sich auf.

Noch bevor ihre Gedanken in ein Horrorszenario abgleiten konnten, öffnete sich die Türe vom Badezimmer. Vesna, schon in weißer Hose, bunt gemusterter Kurzarmbluse und mit hochgestecktem Haar, blieb wie angewurzelt stehen, als sie ihr erschrockenes Gesicht sah. Dann kam sie zum Bett, beugte sich zu ihr hinüber und küsste sie.

»Keine Panik«, sagte sie. »Ich habe nicht vor, dich in München zurückzulassen.«

»Dann ist es ja gut.« Elisa ließ sich zurück in die Kissen fallen. »Ich dachte nur, vielleicht tut es dir leid …«

»Was ich die ganze Nacht mit dir angestellt habe? – Nein, kein bisschen. Ich würde es jederzeit wieder tun.«

Ein Lächeln breitete sich auf Vesnas Gesicht aus. Es war offensichtlich, dass sie nicht mehr über die schlimme Geschichte sprechen wollte. Elisa stieg darauf ein.

Sie griff nach ihrem Handy.

»Acht Uhr. Wie lange haben wir geschlafen?«

»Maximal drei Stunden, würde ich sagen.«

»Kein Wunder, dass ich mich so fühle … «

»Immerhin hast du es noch geschafft, den Wecker zu stellen.«

»Ich bin Mutter, da hat man dieses Verantwortungsgefühl intus …« Elisa setzte sich neuerlich auf. Sie gähnte. »Um halb ein Uhr muss ich Lilly bei den Okoles abholen. – Geht sich da noch ein Frühstück aus?«

Vesna zuckte mit den Achseln.

»Wenn ich fahre, dann ja.«

Elisa knuffte sie liebevoll in die Seite.

»Gib nicht so an. Seit deinem heilsamen Führerscheinentzug hast du dich ganz schön ... entschleunigt, wenn man das so ausdrücken kann.«

Vesna grinste nur.

»Wir sind da.«

Elisa fühlte eine sanfte Berührung an ihrer Wange. Sie öffnete die Augen, blinzelte in die Sonne – und stellte überrascht fest, dass sie bereits vor ihrem Haus geparkt hatten.

»Oh Gott, ich hab die ganze Fahrt verpennt ...«

»Ja, faszinierend oder was?« Vesna grinste breit. »Bei unserer allerersten gemeinsamen Fahrt warst du noch ziemlich hysterisch und jetzt schläfst du schon seelenruhig, wenn ich am Steuer sitze!«

»Wahrscheinlich war ich heute einfach zu müde, um mich aufzuregen. Danke fürs Fahren.« Elisa drückte ihr einen Kuss auf die Wange. »Kommst du noch mit rein?«

»Wir sehen uns morgen.« Als sie die leise Enttäuschung in Elisas Augen bemerkte, fügte Vesna schnell hinzu: »Ich muss mich hinlegen. Mir fehlen auch etliche Stunden Schlaf.«

Elisa nickte.

Sie hatte den Türgriff schon in der Hand, als sie sich noch einmal umdrehte.

»Danke für alles«, sagte sie leise. »Für das Wochenende. Für dein Vertrauen. Für alles.«

# Liebling

Elisa stand in Vesnas Küche, die ihr inzwischen beinahe so vertraut war wie ihre eigene, und schnippelte die auf der Rückfahrt vom See gekauften Erdbeeren in Stücke. Aus dem Wohnzimmer hörte sie Lillys überdrehtes Kichern und Vesnas Gelächter.

Besonders Letzteres machte sie glücklich.

Ich bin kein fröhlicher Mensch, hatte Vesna vor über zwei Monaten in München gesagt.

Seither allerdings verging kaum ein Tag, an dem sie nicht herzlich lachte. Es schien Elisa so, als würden die quälenden Lasten der Vergangenheit allmählich an Gewicht verlieren.

Sie hatten nie wieder über die Geschichte gesprochen. Doch in gewissen Momenten, wenn Vesna sich in sich zurückzog, kam Elisa das Geschehene mit all seinen hässlichen Details wieder ins Bewusstsein. Sie gab sich dann alle Mühe, Vesna abzulenken und aus ihrer tristen Stimmung zu reißen, und meist gelang es inzwischen recht gut.

Ihr nachbarschaftliches Verhältnis zu Zlatko hatte sich trotz allem nicht geändert. An den Abenden, wenn Vesna zum Joggen ging oder einen Geschäftstermin hatte, saß Elisa nach wie vor mit ihm und den anderen Hausbewohnern im Innenhof. Sie sah Zlatko inzwischen genauso als Opfer wie Vesna, und das Zerwürfnis der beiden tat ihr leid. Aber dies war eindeutig eine Sache zwischen der Freundin und deren Vater.

Zlatko wusste von ihrem intimen Verhältnis, machte daraus

jedoch nie ein Thema. Er hatte seine Tochter mehrmals nachts bei ihr aus- und eingehen sehen. Einmal hatten sie sich im Auto mit einem innigen Kuss voneinander verabschiedet, als er gerade auf den Hauseingang zugesteuert war.

Vesna soll glücklich sein, endlich, war das Einzige, was er Elisa gegenüber vor kurzem hatte fallen lassen.

Elisa hoffte dasselbe. Vesnas Lachen bestärkte sie jedes Mal in ihrer Vermutung, dass sie es wohl war.

Die Stichworte »Trampolin« und »Bett« drangen aus dem Nebenzimmer an ihr Ohr. Sie legte das Messer zur Seite und ging ins Wohnzimmer. Es war Zeit, sich einzubringen.

»Vesna – wenn du ihr das wieder erlaubst, ich sag's dir …!«, begann sie, stoppte aber automatisch in ihrer Tirade, als sie die beiden Menschen, die ihr am wichtigsten waren, frisch geduscht und mit feuchten Haaren einträchtig nebeneinander auf dem Sofa sitzen sah. Sie trugen ähnliche T-Shirts mit übergroßem Donna-Karan-Label auf der Brust, wobei Lilly aussah, als stecke sie in einem überlangen Kleid. Elisas Blick fiel auf Vesnas lange, braun gebrannte Beine. Sie lächelte.

»Was ist los?«

»Nichts, was du nicht ohnehin weißt.« Elisa ging zu ihr und schob sowohl Vesna als auch Lilly eine halbe Erdbeere in den Mund. »Du bist wunderschön, das ist los. – Aber trotzdem mag ich es nicht, wenn du Lilly erlaubst, auf deinem Bett Trampolin zu springen!«

»Aber es ist mein Bett.«

»Ja, aber Lilly unterscheidet das nicht. Sie will das dann bei uns zu Hause auch und ich habe etwas gegen zersplitterte Lattenroste!«

»Mami ist immer so streng.« Lilly zog ihr süßes Schmollmund-Gesicht, während sie noch auf ihrer Erdbeere herumkaute.

»Ja, mit gutem Grund. – In zehn Minuten gibt's übrigens Eis und Erdbeeren auf dem Balkon.«

Sie ging wieder in die Küche zurück, ein Lächeln auf den Lippen, und zerteilte weiter Erdbeeren. In Gedanken verloren, bemerkte sie nicht, wie sich jemand auf nackten Sohlen an sie heranpirschte. Vesnas Arme schlossen sich von hinten um ihre Taille, während sie ihren Kopf auf ihre Schulter legte. Ihr nasses Haar streifte Elisas Wange. Sie fasste nach vorne und angelte sich schnell das Erdbeerstück, das Elisa gerade vom Stil befreit hatte.

»Hej!« Elisa bemühte sich um einen empörten Tonfall, während sie Vesnas Nähe in Wahrheit genoss.

»Ja, Liebling – sei nicht immer so streng«, hörte sie Vesna plötzlich mit belustigter Stimme sagen, und die Welt stand still. *Liebling.* Noch nie zuvor hatte Vesna ein Kosewort für sie benutzt – und im Vermeiden des gewichtigen Begriffs *Liebe* durften sie beide als wahre Meisterinnen gelten.

Vesna war weiterhin ein Wasser voller Untiefen und auch, wenn sie sich inzwischen als ihre wirkliche Freundin fühlte und kein Wochenende verging, an dem sie nicht zusammen hingen – wie tief und verbindlich Vesnas Gefühle für sie tatsächlich waren, konnte Elisa nur vermuten.

Was sie selbst für Vesna empfand, wusste sie dagegen sehr genau, doch auch sie schaffte es bisher nicht, den entscheidenden Satz über die Lippen zu bringen. Denn genau das war der Punkt, an dem ihre Vergangenheit mit Simon sie einholte und mit voller Wucht zuschlug: Zu ihm hatte sie, jung, naiv und verliebt wie sie war, unzählige Male gesagt, wie sehr sie ihn liebte, und er hatte den Satz ebenso viele Male mit Inbrunst erwidert.

Du bist einzigartig für mich, hatte er stets noch hinzu gesetzt.

Inzwischen wusste sie, wie leicht solche Worte ausgesprochen wurden. Sie war niemals einzigartig gewesen für ihn, denn es hatte immer Mabel gegeben. Ob er sie wirklich so geliebt hatte?

Daher war es vielleicht besser, den Satz gar nicht erst zu sagen. Wer wusste schon, wie ernst er gemeint war.

Dennoch, das Kosewort streichelte ihre Seele.

»Ich muss manchmal streng mit euch sein«, erwiderte Elisa so unbefangen wie möglich und konzentrierte sich auf die Erdbeeren, den »Liebling« galant übergehend.

Vesna spazierte zum Kühlschrank.

»Das Vanilleeis ist im Gefrierfach, weißt du eh?«

Ja, wollte Elisa sagen, doch im selben Augenblick erklang Lillys Stimme von der Türschwelle.

»Mami, Vesna hat *Liebling* zu dir gesagt.«

Elisa schnitt sich vor Schreck beinahe in den Zeigefinger. Langsam drehte sie sich um. Vesna stand wie erstarrt vor dem Kühlschrank. Selbst ihr Rücken verriet jene blanke Unsicherheit, die Elisa schon so oft an ihr bemerkt hatte, wenn es um Vertraulichkeiten ging.

»Ja, hat sie.« Elisa gewann ihre Fassung wieder.

»Warum?«

Bisher hatte Lilly die Tatsache, dass sie viel Zeit mit Vesna verbrachten, einfach begeistert aufgenommen. Dass sie sich umarmten und gelegentlich auch Küsse austauschten, war für sie anscheinend nicht von gesteigertem Interesse gewesen und Elisa hatte sich vorgenommen, die Art der Verbindung erst dann zu thematisieren, wenn Lilly ausdrücklich danach fragte. Sie hatte jedoch nicht damit gerechnet, dass dies in Vesnas Beisein geschehen würde. Das schränkte ihre Wortwahl unweigerlich ein.

»Weil Vesna mich sehr gern hat. Deshalb.«

Vesna löste sich aus ihrer Erstarrung und wandte sich um, doch ihr Gesichtsausdruck blieb unergründlich. Elisa beschloss, dem Spuk ein Ende zu machen. Sie ging zu ihr, drückte ihr einen Kuss auf die Wange.

Im Hintergrund meldete sich Lilly erneut zu Wort.

»Mami, wann gibt es endlich das Eis?«

Vesna starrte in die Dunkelheit. Die Betthälfte neben ihr war leer. Noch vor Monaten hätte es sie mehr als nur gestört, wenn jemand an ihrer Seite gelegen hätte. Inzwischen war es umgekehrt. Es war schön, neben Elisa einzuschlafen, und noch besser war es, neben ihr aufzuwachen, sie zu küssen, mit ihr zu frühstücken. Leider war dies viel zu selten der Fall. Elisa konnte und wollte Lilly schließlich nicht ständig zu anderen Leuten in Obhut geben, um bei ihr zu übernachten, und dass sie bei Elisa blieb, war aufgrund der Enge der Wohnung und der Raumaufteilung unmöglich. Lilly schlief schließlich seit ihrem Einzug bei Elisa im Bett, womit als Ausweichmöglichkeit für sie beide nur die Wohnzimmercouch blieb – gerade gut genug, um sich so leise wie möglich zu lieben, wenn Lilly nebenan schlief, aber viel zu schmal und unbequem, um dort gemeinsam zu übernachten.

Vesna wollte dies ändern. Die Vorstellung, ihr Leben mit einem Menschen zu teilen, machte ihr inzwischen keine Angst mehr – jedenfalls nicht, wenn es sich bei diesem Menschen um Elisa handelte. Innerhalb weniger Wochen hatte Elisa es durch ihre liebevolle, besondere Art geschafft, den alten, wohlbehüteten Schutzpanzer aufzuweichen und ihre Seele zu berühren. Zum ersten Mal in ihrem Leben gab es jemanden, der für sie da war, egal, ob sie guter Stimmung war oder schlechter.

Was Vesna in dieser Nacht vom Schlafen abhielt, war die Frage, was Elisa wollte. Ob sie genauso empfand.

Das Erlebnis vom Wochenende hatte in ihr wieder einmal Zweifel aufkommen lassen. Sie hatte Elisa *Liebling* genannt, weil sie genau das für sie empfand, nicht weil sie sie *gern hatte,* wie die Freundin es Lilly gegenüber ausgedrückt hatte.

Der Gedanke, dass Elisa sich eventuell bewusst keine verbindlichen Gedanken über eine gemeinsame Zukunft machen wollte, ließ sie lange wach liegen.

Ruslana, Marcel und Kurt verstummten abrupt, als Elisa die Teeküche betrat. Dass sie vom üblichen Tratsch inzwischen ausgeschlossen war, war ihr nicht entgangen, und sie hatte es aufgrund der Umstände akzeptiert. Der plötzliche Abbruch des Gesprächs war jedoch allzu offensichtlich, um ihn kommentarlos hinzunehmen.

»Tut mir wirklich leid, dass ich mal wieder störe«, bemerkte sie süffisant. »Vielleicht ist es ja wirklich zu vermessen, mir hier mittags meinen Salat machen zu wollen …«

»Sorry, Elisa.« Marcel legte ihr beschwichtigend die Hand auf die Schulter, während sie sich Tomaten und Mozzarella aus dem Kühlschrank nahm.

»Wir haben doch nicht über dich gelästert«, sagte Ruslana.

»Schön.« Elisa verschränkte die Hände vor der Brust. Ihr ging dieses Getue allmählich wirklich auf den Geist! »Ich kann mir sowieso vorstellen, um wen es mal wieder ging, und ehrlich gesagt trifft mich das fast ganz genauso.«

Kurt grinste anzüglich. Sie überging sein Feixen und wollte sich wieder ihrem Salat zuwenden, als Marcel sagte: »Wir haben nur etwas Positives festgestellt. Nämlich, dass sie heute Vormittag in der Sitzung drei Scherze gemacht hat. Und dass sie seit einem halben Jahr niemanden mehr rausgeschmissen hat.«

»Und das letzte Mal, dass sie mich als Volltrottel bezeichnet hat, liegt satte vier Monate zurück«, schaltete sich Kurt ein.

Schade, dachte Elisa spontan. Von mir aus sollte sie das täglich zu dir sagen!

»Das Arbeiten hier war noch nie so entspannt«, stellte Ruslana fest. »Das wird hier noch eine richtig normale Firma. – Und was soll ich sagen: Danke schön, Elisa. Dir gebührt ein Orden!«

»Du hast die unberechenbare Säbeltigerin gezähmt.« Kurt

gab ein grollendes Knurren von sich, begleitet von einer theatralischen Angriffsgeste. »Und da du dich darüber so ausschweigst, können wir nur spekulieren, wie du das gemacht hast.« Wieder grinste er schmierig, dann leckte er sich über die Lippen und raunte: »Miau … miau …«

Für Elisa brachte sein Getue das Fass zum Überkaufen.

Sie legte Mozzarella und Tomaten schwungvoll in den Kühlschrank zurück. Dann richtete sie ihren Blick auf die Kollegen.

»Was soll dieses Theater eigentlich? – Ihr wisst doch sowieso schon längst, was los ist! Ich liebe Vesna unendlich. Und das macht mich in der Tat zu einer denkbar schlechten Adressatin für irgendwelche dreckigen Scherze über sie! Und was mich angeht – ich erwarte lediglich etwas Respekt. Ich kann mich nicht erinnern, jemals in eurem Liebesleben herumgestochert zu haben – weil es mich nämlich gar nicht interessiert, mit wem ihr es wie treibt. Auch nicht zu interessieren hat. Und von euch erwarte ich gefälligst dasselbe.«

Marcel machte ein betretenes Gesicht. Kurt kratzte sich verlegen am Kopf. Ruslana starrte sie vollkommen perplex an.

Noch voller Wut über die geführte Auseinandersetzung, stürmte sie aus der Küche – und prallte draußen prompt gegen Vesna, die sich ohne Halt an ihr vorbeidrängte. »Ich hab's eilig«, stieß sie hastig hervor und verschwand in Richtung Toiletten. Das Klappern ihrer gefährlich hohen Stilettos verhallte wie ein Echo im Gang.

Elisa sah ihr stirnrunzelnd nach.

Dann begriff sie: Vesna hatte vor der Tür gelauscht. Sie musste jedes einzelne Wort gehört haben.

Wenn schon, dachte Elisa, während sie an ihren Schreibtisch zurückging. Dann weiß sie jetzt wenigstens, was Sache ist.

Vesna lehnte sich gegen die kühlen Wandkacheln und versuchte, zur Ruhe zu kommen. Ihr Puls raste.

*Ich liebe Vesna unendlich.*

Eigentlich hatte sie wirklich nur zur Toilette gehen wollen. Elisas erregte Stimme aus der Teeküche hatte sie dazu gebracht, stehen zu bleiben.

*Ich liebe Vesna unendlich.*

Damit hatte sie nicht gerechnet. Es war mehr, als sie sich je erträumt hatte.

Und plötzlich kam ihr jenes Gespräch in den Sinn, das sie vor Monaten geführt hatten, als Elisa von ihrer erkenntnisreichen Reise aus den USA zurückgekommen war. Damals, nach ihrer Enttäuschung über Simon Casella, hatte Elisa es nahezu für ausgeschlossen gehalten, sich je wieder zu verlieben – jedenfalls aber eine konkrete Bedingung damit verknüpft. Darin musste der Grund liegen, weshalb sie ihr noch nie persönlich gesagt hatte, dass sie sie liebte. Weil sie, Vesna Katiç, sich im Grunde fast genauso verhielt wie Simon Casella und sie im Ungewissen ließ.

Aber im Gegensatz zu ihm würde sie dies ändern, denn die Bedingung zu erfüllen kam dem, was sie selbst wollte, nur entgegen: Elisa für immer in ihrer Nähe zu haben.

Beseelt von dem Gedanken, hatte sie nicht vor, auch noch eine Sekunde länger damit zu warten.

Elisas Magen knurrte inzwischen, aber sie hatte nicht vor, in der nächsten halben Stunde die Küche erneut zu betreten. Ihre Wut war noch nicht vollständig verraucht und ihre Lust auf eine neuerliche Auseinandersetzung gering. Trotzig vertiefte sie sich in die Kontrolle der frisch eingetroffenen Rechnungen von diversen Gebäudesanierern, Liftwartungsfirmen und Handwerkern – jene Arbeit, die sie am meisten verabscheute. Sie war kein Zahlenmensch.

Ein dezentes Räuspern riss sie aus ihrer Beschäftigung. Irritiert sah sie auf.

Vesna stand drei Schritte vor ihrem Schreibtisch, mit ineinander verknoteten Händen und todernstem Gesicht. Bei ihrem bloßen Anblick erfasste Elisa ein flaues Gefühl. War etwas passiert, das sie nicht mitbekommen hatte?

»Willst du mich heiraten?«

Elisa erstarrte, als habe sie eine Erscheinung. Sie musste sich verhört haben. Spielte die Phantasie ihr einen Streich? War Vesna nicht eben erst zur Toilette gestürmt, saß sie in Wahrheit nicht allein hier im Büro?

Sie schüttelte benommen den Kopf.

Dass sie sich mitten in der Realität befand, wurde ihr erst bewusst, als Vesna aus dem Zimmer stürmte und die Zwischentüre mit einem lauten Knall hinter sich zuwarf.

Sie hatte den Kopf geschüttelt. Einfach den Kopf geschüttelt, als würde sie eine lästige Fliege vertreiben wollen.

Vesna ließ sich auf ihren Schreibtischsessel fallen. Ihr Körper bebte vor Anspannung, Scham und Wut auf sich selbst. Wie hatte sie so dumm sein und auch nur eine Sekunde annehmen können, dass eine Frau wie Elisa wirklich bereit wäre, ihr Leben mit ihr zu verbringen! Mit ihr – einer, die sich prostituiert hatte, die ihre Verwandten sterben ließ, die immer nur an ihren eigenen Vorteil gedacht hatte.

Wie auch jetzt. Es wäre ihr Vorteil gewesen, mit Elisa und Lilly unter einem Dach zu wohnen, sie für immer an sich zu binden. Elisa dagegen hätte nur Nachteile davongetragen: Sie wäre in gewisser Weise erneut abhängig geworden, eine Position, in die sie, wie sie oft genug betont hatte, nach ihren Erfahrungen mit Simon Casella niemals mehr geraten wollte, und sie lebte dann offiziell mit einer Lesbe zusammen. Sie war nicht mehr frei und ungebunden für den Mann, der irgendwann kommen und sie als wirkliche, wahre Braut vor einen Altar führen würde.

Denn eine Verpartnerung war trotz allem eben keine Heirat.

*Ich liebe Vesna unendlich.*

Mit einem Mal klang das Wort *unendlich* in Vesnas Ohren schrill und theatralisch.

Nun, irgendetwas hatte sie ja sagen müssen, vor den Kollegen.

Elisa starrte auf die geschlossene Tür zwischen ihren Büros und versuchte zu begreifen, was da soeben schief gelaufen war. Sie hatte einen Heiratsantrag bekommen, vollkommen unerwartet, und noch ehe sie etwas dazu sagen konnte, war Vesna aus dem Zimmer gestürmt, mit einer Miene, als würde sie vom Teufel persönlich verfolgt.

Sie will mich heiraten.

Langsam sickerte die Botschaft in Elisas Bewusstsein. Vesna war es ernst! Sie wollte kein undefiniertes Verhältnis, wollte ihre Beziehung niemandem verheimlichen. Sie wollte sie offiziell machen! Das tun, was Simon all den Jahren nicht getan hatte!

Elisa war tief berührt.

*Ich liebe Vesna unendlich.*

Jedes dieser Worte war wahr, so wahr.

Doch ehe sie auf Vesnas Frage antworten konnte, musste sie

in Erfahrung bringen, welcher Horror ihre Freundin gerade überkommen hatte. Beherzt betrat sie ihr Büro – und wusste nach einem einzigen Blick in Vesnas Gesicht, dass die Person, die sie liebte, durch *die böse Frau aus dem Flugzeug* ersetzt worden war.

»Was willst du?«, herrschte Vesna sie auch schon an. »Ich war vielleicht kurz blöd oder so. Aber so blöd bin ich nicht, dass ich nicht verstanden habe, um was es dir geht. Sex und schöne Stunden, das ist alles. Da gab es Frauen, die waren ehrlicher als du. Die haben mich nicht für dumm verkauft und mir eine Illusion gemacht, die haben nur die Fakten auf den Tisch gelegt. Du glaubst, du kannst mich verar… «

»Vesna!« Elisa fiel ihr scharf ins Wort. Sie nutzte das kurze, finstere Schweigen, das auf ihren flehenden Ausruf folgte, um mit wenigen Schritten hinüber zu eilen, kniete sich vor Vesnas Bürosessel nieder und ergriff ihre Hände, die sich sofort zu Fäusten ballten. Vesna versteifte sich, hielt den Blick jetzt starr gerade ausgerichtet.

»Lass mich«, sagte sie, bewegte sich aber nicht.

»Nein. Ich lasse dich nicht.« Elisa streichelte mit den Daumen über Vesnas Handrücken. »Ich lasse dich nicht den ersten und einzigen Heiratsantrag meines Lebens ruinieren. Denn dazu ist mir dieses Thema viel zu wichtig.«

Vesna drehte ihren Kopf langsam in ihre Richtung. Ihre Augenlider flackerten nervös.

»Ich liebe dich«, fuhr Elisa fort und ihr wurde klar, dass sie diesen Satz schon längst hätte aussprechen sollen – Vesna selbst gegenüber, nicht in der Teeküche vor Leuten, die ihre Gefühle nichts angingen. »Ich liebe dich von ganzem Herzen und das hat nichts mit einer Illusion zu tun, und schon gar nicht mit nur Sex und schönen Stunden. Und ich will einfach nicht glauben, dass du das nicht ohnehin tief in deinem Inneren ganz genau weißt. Ich verstehe deshalb auch nicht, warum du kopflos aus dem Zimmer gestürmt bist …«

»Du hast den Kopf geschüttelt«, presste Vesna hervor. »Ich habe das schon verstanden, weißt du eh. Ich bin nicht ...«

»... blöd oder so, ich weiß«, vollendete Elisa jenen Satz, der zu Vesnas fixem Repertoire gehörte. »Leider muss ich dich da korrigieren: Du bist blöd, und zwar so richtig blöd. Denn als intelligente Frau hättest du zumindest meine Antwort abgewartet.«

»Ich weiß eh, warum du nicht willst. Ich ... hätte es einfach so lassen sollen zwischen uns.« Vesna schluckte.

Elisa schüttelte den Kopf und stand auf.

»Herrgott, Vesna! Hast du eigentlich überhaupt keinen Funken Selbstvertrauen, wenn es um dein Privatleben geht?«

Ein Blick auf ihre völlig leblos im Sessel lehnende Freundin gab ihr die Antwort. Sie seufzte. »Vesna, Liebes«, sagte sie dann leise und strich ihr über die blasse Wange. »Gehen wir gemeinsam zu Mittag essen. Auswärts, nicht im Büro. Und dann tu mir den Gefallen und frag mich noch einmal.« Sie versuchte es mit einem kleinen Scherz. »Abseits von PC und Hausmeisterrechnungen. Du weißt doch, ich stehe auf Romantik.«

Vesna atmete tief durch. Die Farbe kehrte in ihre Wangen zurück. Ihre Mundwinkel zuckten.

»Ich habe weder Rosen noch einen Ring«, sagte sie dann und sah Elisa erstmals seit ihrer Flucht aus dem Büro wieder in die Augen.

»Das macht nichts.« Elisa streichelte nochmals über ihre Wange und stellte mit Erleichterung fest, wie Vesna allmählich zu ihrer Gelassenheit zurück fand. Dann stach sie der Hafer. »Beides muss allerdings nachgereicht werden.«

Vesna stand auf, schloss sie in die Arme und küsste sie innig.

**CAROLIN SCHAIRER**

*wuchs in Niederbayern auf. Die Diplom-Journalistin schrieb als Freie für Zeitungen und Magazine, war in der Medienbeobachtung, in der Markt- und Meinungsforschung und als PR-Mitarbeiterin eines Großunternehmens tätig. Sie lebt in Wien. Bislang erschienen neun Romane von ihr bei Helmer.*

# Mehr von Carolin Schairer ...

**... unter www.ulrike-helmer-verlag.de**

## Verlieren – vergessen – verzeihen

*Roman. 277 Seiten. ISBN 978-3-89741-355-9*

Eva-Maria Sollenau ist eine international gefeierte Stargeigerin. Doch ein schweres Unglück stürzt Eva in eine tiefe Krise ... Erst eine neue Aufgabe lässt sie wieder Lebensmut schöpfen: Sie wird eine rumänische Pianistin auf deren erster Europa-Tournee begleiten. Was aber verbirgt diese junge Frau, der der Name Ceausescu mehr als nur einen Schauder über den Rücken jagt?

## Aprikose im Kopf

*Roman. 296 Seiten. ISBN 978-3-89741-330-6*

Als die Fernsehjournalistin Katja Dannhausen aus Afrika zurückkehrt, hält sie sich für abgebrüht. Doch dann begegnet ihr Irina ... und sie fühlt sich zu der jungen Russin hingezogen. Eingewoben in die Lebensgeschichten zweier ungleicher Schwestern, erzählt Carolin Schairer von der Liebe und aufrüttelnden Erfahrungen.

## Marie anderswie

*Roman. 300 Seiten. ISBN 978-3-89741-297-2*

Marie ist keine, mit der die Studentin Sarah Rosenberg freiwillig ganze Tage verbringt. Doch bald empfindet sie eine rätselhafte Zuneigung zu der verschlossenen Biologin – und begegnet einer jungen Frau, die mit ihrem Autismus leben und lieben muss ...

## Riskantes Spiel

*Roman. 304 Seiten. 978-3-89741-340-5*

Schauspielerin Mia erhält ein mysteriöses Angebot: Sie soll in das Leben einer Anderen schlüpfen! Mia wagt das riskante Spiel, bei dem viel Geld und ein Urlaub in Brasilien winken. Doch die Lebensverhältnisse der Unbekannten sind rätselhaft.

## Lass keine Fremden ins Haus

*Roman. 300 Seiten. 978-3-89741-311-5*

Die seltsame Frau, die Laura bei der morgendlichen Fahrt zur Arbeit trifft, geht ihr nicht mehr aus dem Sinn. Als sie die Fremde an einem eiskalten Abend völlig verfroren an der Haltestelle wiedersieht, nimmt sie sie mit zu sich nach Hause ...

## Todesursache: ungeklärt

*Kriminalroman. 280 Seiten. ISBN 978-3-89741-366-5*

Kaum hat Ärztin Gesine Hofmann eine Landpraxis in Niederbayern übernommen, erhängt sich eine Frau im Geräteschuppen ... Gemeinsam mit ihrer Nachbarin Holly taucht Gesine in den Strudel der Ermittlungen ein. Bald zeigt sich, dass hinter den Kulissen der idyllischen Gemeinde ein erbitterter Kampf tobt.

## Wir werden niemals darüber reden

*Kriminalroman. 304 Seiten. 978-3-89741-347-4*

Ein alter Bauernhof im Süddeutschen birgt düstere Geheimnisse. Nach dem Tod der Bäuerin kommen sie ans Licht. Als ihre Enkel Isabell und Jan zur Beerdigung der Großmutter zurückkehren, beginnt eine harte Reise in die Vergangenheit ...